ティアムーン帝国物語 III

断頭台から始まる、姫の転生逆転ストーリー

Tearmoon Empire Story

Written by Nozomu Mochitsuki

餅月望

TOブックス

サンクランド王国
Sunkland Kingdom
王都
セントノエル
学園
公都
ノエリージュ湖
聖ヴェールガ公国
Principality of
Saint Veirga
王都
レムノ王国
Remno Kingdom
辺土
N
未開地

Tearmoon Empire Story World Map
辺土
ティアムーン帝国
Tearmoon Empire
新月地区
帝都
小国
初期帝国領土
（中央貴族領地群）
内海
静海《セイレント》の森
ルドルフォン
辺土伯爵領
ペルージャン農業国
Perugian
Agricultural country

contents

第二部　導《しるべ》の少女Ⅰ

C H A R A C T E R S

ティアムーン帝国

ミーア

主人公。帝国唯一の皇女で
元わがまま姫。
が、実はただの小心者。
革命が起きて処刑されたが、
12歳に逆転転生《タイムリープ》した。
ギロチン回避に成功するも
ベルが現れ……!?

仇敵

孫と祖母

ミーアベル

未来から時間遡行してきた
ミーアの孫娘。
通称「ベル」。

仇敵

ルードヴィッヒ

少壮の文官。毒舌。
地方に飛ばされかけた所を
ミーアに救われる。
ミーアを「天が遣わしたる
偉大な指導者」だと考えている。

仇敵

革命

ルドルフォン辺土伯家

ティオーナ

ルドルフォン辺土伯家の長女。
前の時間軸では革命軍を主導し、
帝国の聖女と崇められた。今世では、
ミーアを学友として慕っている。

セロ

ティオーナの弟。優秀。

リオラ

ティオーナの専属メイド。
静海《セイレント》の森に棲む部族出身。

アンヌ

ミーアの専属メイド。
実家は貧しい商家。
前世ではミーアを助けた。
今世ではミーアを
信奉している。

ディオン

百人隊の隊長で、
帝国最強の騎士。
前の時間軸で
ミーアを処刑した人物。

※ ――― 未来の時間軸での関係性　※ ………… 前の時間軸での関係性

サンクランド王国

キースウッド
シオン王子の従者。
皮肉屋だが、
腕が立つ。

シオン
助力

第一王子。文武両道の天才。
前の時間軸ではティオーナを助け、後に断罪王と恐れられたミーアの仇敵。
今世ではミーアを「帝国の叡智」と認めている。

[風鴉《かざがらす》] サンクランド王国の諜報隊。

[白鴉《はくあ》] ある計画のために、風鴉内に作られたチーム。

聖ヴェールガ公国

支援

支援

ラフィーナ
公爵令嬢。セントノエル学園の生徒会長にして、実質的な支配者。
前の時間軸ではシオンとティオーナを裏から支えた。
必要とあらば笑顔で人を殺せる。

[セントノエル学園]
近隣諸国の王侯貴族の子弟が集められた超エリート校。

レムノ王国

アベル
王国の第二王子。前の時間軸では希代のプレイボーイとして知られた。今世では、
ミーアに出会ったことで真面目に剣の腕を磨き始める。

[フォークロード商会] クロエ
いくつかの国をまたぐフォークロード商会の一人娘。
ミーアの学友で読書仲間。

混沌の蛇
聖ヴェールガ公国や中央正教会に仇なし、世界を混乱に陥れようとする破壊者の集団。歴史の裏で暗躍するが、詳細は不明。

STORY

崩壊したティアムーン帝国でわがまま姫と蔑まれた皇女ミーアは処刑されたが、目覚めると12歳に逆戻りしていた。第二の人生でギロチンを回避するため、帝政の建て直しに奔走することに。かつての記憶や周囲の深読みで、飢饉時の小麦の確保や内戦回避に成功。ついに前世の日記帳が消滅するも、隣国レムノで革命が勃発。王子アベルに会う為、シオンらと共にレムノ王国に乗り込んだミーアは、図らずも革命を鎮圧したのだった。

イラスト――Gilse
デザイン――名和田耕平デザイン事務所

第二部
導《しるべ》の少女I

THE GIRL FROM THE FUTURE

プロローグ　その誇り高き名を抱いて！

荒れ果てた廃墟の町を一人の少女が走っていた。

かつて《美しき月の町》と呼ばれた帝都も、度重なる戦乱の前に焼け落ち、瓦礫《がれき》で舗装された無法地帯となっていた。道には骸《むくろ》が打ち捨てられ、それを片付ける者もいない。

かつての貧民街、新月地区よりもひどい有様だった。

だから……年端もいかぬ少女が、武装した男たちに追いかけられていても、助けようという物好きは現れなかった。

息も絶え絶えに、少女は走る。

恐らく長い間洗っていないであろう、くすんだ白金色の髪は汗に濡れ、少女の頬にはり付いていた。泥に汚れた頬は青白く血色が悪い。

か細くやせ細った肩が、激しく弾んだ息に合わせて上下していた。

けれど、少女は足を止めなかった。何度も何度も後ろを振り返りながら、追跡者から逃れるべく、懸命に足を動かし続ける。

もう動けないというところまで走って、走って、走って——やがて少女は転んだ。

「あっ……」

その拍子に、少女が持っていたものが道に投げ出された。

それは古びた本だった。焚書《ふんしょ》にされ、今やこの世界にはほとんど存在しない、その本の名は「ミーア皇女伝」

少女の親代わりだった人が書いた本だった。

「……エリス母さま」

今は亡き人の、優しい笑顔を思い出す。

「いい？　ベル。その本にはね、『真実』が書かれているの。あなたは、本当のことを知らなくてはならないわ。あなたのお祖母さまがどんな方であったか……。いくら世界が本当のことを偽りで覆い隠そうとしても、あなただけは知らなくてはならないの……」

そう言って〝ベル〟という愛称で呼ばれる少女の頭を撫でてくれた。

「アンヌ母さま」

精一杯の愛情を注ぎ、育ててくれた人の、温もりを思い出す。

「お逃げなさい。誇り高き、その名を胸に抱いて。あなたは、あの方の血を引く者、こんな場所で死んではダメよ」

自らの体を血に染め上げつつも、ベルを抱きしめて、優しく微笑んだ。

もう、見られない愛しい人の顔を思い出す。

優しい人たちの、その顔を思い出す。

「ティオーナおばさま、クロエおばさま、ルードヴィッヒ先生、ディオンおじさま……」

みんなみんな死んでしまった。

彼女に優しくしてくれた人は、彼女を守るために……死んでしまった。

ある者は口惜しげに、ある者は苦笑を浮かべて、同じことをつぶやきながら……。

あの方がご存命ならば……、こんなことにはならなかったのに……と。

帝国の叡智《えいち》が、慈愛に満ちた聖女がいてくれたならば、きっと帝国は……世界は……、こんな酷いことにならなかったのに、と。

みなが口々に称《たた》える〝その人〟のことを、ベルは覚えていなかった。

ただ、うっすらと優しい人だったという印象だけが残っていた。

だから、彼女が持つ〝その人〟の知識は、すべて本から得たものだった。

〝その人〟はまさに、叡智と呼ばれるのに相応しい人だった。

慈悲深い聖女で、救国の皇女だった。

ある時から〝その人〟のことも帝室のことも、口に出してはいけないことになってしまったけれど、それでも、こっそり〝その人〟のことを話す人は、必ずと言っていいほど笑顔だった。

だから……、ベルは誇らしかったのだ。

その人の血が自分の中にも流れていると考えるだけで、胸に温かな光が灯るような気がした。

「ようやく諦めたか、ガキ」

優しい思い出に浸っていたベルを、荒々しい声が現実へと引き戻した。

視線を転じると、粗末な革鎧に身を包んだ男が、暴力的な笑みを浮かべていた。

「悪いな。俺たちも気は進まねぇんだが、お前の首にかかってる金貨が魅力でなぁ」

その隣の男が、腰に佩《は》いた剣を抜く。

「大人しくついてきてもらおうか。ああ、言うまでもないことだが逃げたら殺すぜ？　生死は問わずってことらしいからな。絞首台か俺様の剣か、好みの方を選ぶといいさ」

「しっかし、こう薄汚れてたら人相書きと同じガキかわかんねぇな。おい、ガキ、お前の名前はなんだ？　正直に言えよ？」

ねっとりと絡みついてくる殺気――ベルは恐怖に身を震わせた。

――怖い……。怖いよ、母さま……。

胸に抱いた本をギュッと抱きしめる。

――助けて……お祖母さま……。

その瞬間……、大切な人たちの声が聞こえた気がした。

「その誇り高き名前を抱いて……行きなさい。そして、どうか生き残って……伝えて。あの方のことを……さまのことを……どうか……」

彼女は唐突に思い出した。

自分が、何者に連なる者かということを……。

己が内に流れる血が、人々の希望を体現した者から受け継がれたものであるということを。

雷にも似た感情の高ぶりが、ベルを襲った。

か細い体のまとう震えは、その種類を変えた。怯《おび》えではなく、闘志へと。

その激情に促されるように彼女は静かに立ち上がり、男たちを見据える。

その瞳には、青く澄んだ輝きが宿っていた。

「下がりなさい……無礼者！」

胸を張り声を上げる。その声には、帝国の叡智の血筋に相応しい威厳が宿っていた。

……本家の帝国の叡智など、比べ物にならないほど、大真面目な迫力が……。

そうして、彼女は告げる。自らの、その誇り高き名を。

「我が名はミーアベル。ミーアベル・ルーナ・ティアムーン。帝国の叡智にして聖女、誇り高きミーア・ルーナ・ティアムーンの血を受け継ぐ者である！」

――その瞬間！　ベルの視界を光が焼いた。

胸に抱えた本が開き、そこに書かれていた文字が、黄金の輝きを帯びて浮かび上がった。

文字は解け、黄金の糸となり、彼女の体に絡みついていく。

「……あ？　え？　え？」

呆然と立ち尽くすベル、その体が浮かび上がり――次の瞬間、光とともに忽然《こつぜん》と消えた。


……かくて、時間は流転する。

第一話　帝国の叡智の優雅なる春休み

かの帝国の叡智、ミーア・ルーナ・ティアムーンは優雅なる春休みを、セントノエル学園で過ごしていた。

女子寮の自室のベッドの上で優雅に、実に優雅に……ゴロゴロしていた。

広いベッドを確認するかのようにゴロゴロ……、ギリギリ落ちるかどうかというところまで行き、今度は反対側にゴロゴロ……。

枕を胸に抱いて、ゴロゴロゴロ……。

実に優雅……別の言い方をするなら、

「あー、ひまですわー」

自堕落《じだらく》で、不毛な時間を過ごしていた。

本来は、こんなはずではなかったのだ。学校が始まるまでは、帝国内でのんびり遊び倒す予定だったのだ。にもかかわらず、彼女がセントノエルにいるのには、ちょっとした事情があった。

レムノ王国から無事帰還を果たしたミーアは、そのまま本国へは帰らず、セントノエルに向かった。

そして、冬休みに入るまで一度も帰らなかったのだが……。

それが……とてもまずかった。

帝国に帰ったミーアを迎えたのは、涙にむせぶ皇帝だった。

「おお、ミーア、ミーアよ！　我が愛しの娘よ！　いったい帝国に帰らずになにをやっていたのだ!?」

帰ってきたミーアを思い切り抱きしめた皇帝は、無茶をしたミーアにお仕置きを命じたのだ。

ミーアのプライドをずたずたに傷つける、きわめて屈辱的なお仕置きを。

すなわち！

「次の冬が来るまで、わしのことをパパと呼びなさい。それ以外の呼び方は許さぬ」

実に……実に無情なお達しだった。

「そっ、そんな、それはっ！　おっ、お父さまっ！」

「パパだ。パパ。それ以外は返事せぬからなっ！」

プイっと顔を背ける皇帝を、光の宿らない陶製人形のような瞳で見つめて、ミーアはお腹をさすった。

――ああ、なんか、お腹痛くなってきましたわ。

しかも、いざ「パパ」と呼んでやると、ご機嫌になった皇帝は、事あるごとにミーアのもとに通うようになった。

……こう……、ウザくてしょうがなかった。

微妙なお年頃のミーアなのである。

ちなみに、ルードヴィッヒもディオンもティオーナもアンヌも、レムノ王国の件ではお咎《とが》めなしだった。というか、むしろ暴走したミーアを守った者として、皇帝陛下直々のお褒めをいただいたほどだった。

そういうことにしておかないと、四人が処刑されてしまいかねなかったから仕方ないとはいえ……、自分だけお仕置きされることも微妙に不満なミーアである。

そんなわけで散々な冬休みを経験したミーアは、春休みはあえて帝国に帰らずに、セントノエルに残ることを選択したのだ。

それはいいのだが……。

「あー、ひま、ひますぎますわ。クロエもいませんし、アベルも……」

ミーアと遊んでくれる友達は、現在、学園には誰もいないのだ。

まぁ、ラフィーナは普通にいるのだが……、ミーアとしては仲良く遊ぼうという気にはならない。誘いを受けたら行ってあげてもいいけれど、自分から誘おうとは思わないのである。

結果、ミーアはアンヌと一緒に島内の町に出てスイーツを食べるか、ダラダラ寝るか……、時々、乗馬するぐらいしかやることがなかった。

大変、自堕落な生活だった。


「ミーアさま……」

部屋に戻ってきたアンヌは、そんなダラけきっている主に対して呆れたような、心底から失望したような視線を向け…………てはいなかった。

むしろ、その視線はどこか優しい。

それはまるで、可愛い妹に向けるような、慈しみに満ちたものだった。

最近、アンヌは気付いたことがあった。

ミーアは……、勉強があまり好きではない。

先日、学年末の試験勉強を手伝った時、ものすごく苦労していたのを、アンヌはしっかり見ていた。

涙目になりつつ必死に勉強したミーアは、見事、学年トップ二十にランクインした。快挙である！

ちなみに、ミーアの学年は……八十名弱である。

まぁ、それでも快挙ではあるだろう。上位四分の一に入ることなど、前の時間軸では考えられないことだ。

それはともかく試験直前になって慌てて勉強したり、そこで力を使い果たしてダラダラしている姿が、なんだか妹たちみたいで、ちょっぴり微笑ましく感じてしまったのだ。

――ミーアさま、こういう試験みたいなお勉強は苦手なのね……。

そして、それを知ったからといって、アンヌの尊敬は揺るぎもしなかった。いや、むしろ……。

――うちの妹たちと変わらないぐらいの若さで……、あの小さな肩には重い責任が乗っているのね……。

そんなことを考えて、胸が熱くなった。

自らの敬愛する主の聡明さが生来《せいらい》のものではなく、努力によって培われたものだと知って……。そして、そんな主から頼られているのだと知って……。

なんだか、こみ上げてくるものがあったのだ。だから！

――私が、しっかりとお支えして差し上げないと。

こっそりと、そんな新年の目標を立ててしまったアンヌである。

――緩めるところは緩めて、きちんとしていただく時にはそうしていただく。ちゃんと言えばわかってくださる方だから、私がきちんと考えて、ミーアさまのご負担を軽くしてあげるんだ。

すっかり、ミーアの秘書としての役割を自任するようになったアンヌである。

そんなわけで、学校が始まるまでの休みの間は、せめてのんびりしてもらおうと思っていたアンヌだったが……今日のところはそうも言っていられない事情があった。

「ミーアさま」

ベッドのわきに歩み寄ると、ミーアがぽやーっとした目で見上げてくる。

「ああ、アンヌ、ちょうどよいところに来ましたわ。そこに座ってなんぞ子守歌でも……」

「残念ですが、本日のお昼寝はお控えください。ラフィーナさまから、午後のお茶会のお誘いです」

「あら？　ラフィーナさまが？　でも、確かお茶会でしたら昨日も……」

「本日、アベル王子殿下がこちらに到着されるらしく、ご一緒に、とのことです」

「まぁっ！」

途端にミーアは、ぱぁあっと笑みを輝かせた。

「もっと後になるかと思ってましたのに、もしや、わたくしが学園に残ったのを知って、予定を早めてくださったのかしら？」

すちゃっとベッドの上に身を起こすと、きびきびとした声で言い放つ。

「アンヌ、ドレスを選んで。急ぎますわよ！」

それは、帝国の叡智に相応しい、凛々しい態度だった。

もっとも……首から下に身に着けていたのは、くしゃくしゃのシワのついた寝間着という、いささか格好のつかないものではあったのだが……。

第二話　激キュン！　ミーア姫！

ベッドから起き上がったミーアは、迅速に行動を開始した。

まず、彼女が向かったのは言うまでもなく……お風呂だった。

「いつでもお風呂に入れるというのは、やっぱり素晴らしいことですわ！」

ちなみに……、風呂好きなミーアは朝起きて一番に風呂に入る。

血行を良くするために、朝起きてすぐ熱めの湯を浴びることは、セントノエルでも推奨されていることではあるが、ミーアの場合は一味違う。

「ああ、なんか、体がポカポカしてきて……ちょっぴり眠くなってきましたわ」

などと言って、そのままベッドに戻ってしまうのである。

自堕落の極みと言えるだろう……。

まぁ、それはそれとして……。

少しばかり急ぎ目の入浴だったものの、ミーアは普段の肌艶と、髪の輝きを取り戻した。

さらに、新しい洗い立てのドレスに身を包み、精いっぱいのオシャレをしてから、ミーアはラフィーナの部屋に向かった。

「ああ、来たわね、ミーアさん」

「ご機嫌よう、ラフィーナさま。お茶会へのお誘い、感謝いたしますわ」

スカートをちょこんとつまみ、優雅に礼をして、それから部屋に足を踏み入れる。と、

「やあ、ミーア、久しぶりだね」

「まぁ！　アベル、もう来ておりましたの？」

「さっき着いたところだよ。それにしても……、ミーア、今日はいつにもまして綺麗だね」

そう言って、アベルは爽やかな笑みを浮かべた。

それを見たミーアは……、一瞬で頰《ほほ》を赤く染めた。

「まっ、まぁ！　まぁっ！　アベルったら、ずいぶんと口が上手くなりましたわね。そういうこと、あんまり女の子に言わないほうがいいですわ。軽い男と思われてしまいますわよ！」

アワアワしつつ言うと、アベルはいかにも傷ついたという顔をして、

「誰にでも言ってると思われるのは心外だ。本当に思ったから、そう言っただけだよ」

そんなことを言うものだから……、ミーアは口から、ほぁあっと声にならない息を漏《も》らしてしまう。

——なっ、なっ、なんですの、やっぱり、アベル、ちょっと天然なんですの？　とっ、突然、そんなこと、人前でっ！

などと、恋に戯《たわ》けているミーアの耳に、小さな咳払いが聞こえた。

「あー、ミーア姫殿下……、我が主をあまりないがしろにしないでいただけますか？」

「あら！　キースウッドさん、あなたもいらしてましたの？　それに、ああ……シオン。あなたまで？」

そんなミーアの反応に、しゅんと肩を落としたシオンは、キースウッドに言った。

「……キースウッド、俺は、婦女子にモテたいなどと思ったことはない。というか、言い寄ってこられると煩《わずら》わしくさえ思っていた……。だが、なんだろう、俺はもしかして、かなり恵まれていたのだろうか？」

そうして、シオンは、しょんぼりうつむいた。罪悪感を刺激されてしまったミーアは、大慌てでフォローを入れる。

「もっ、もう、冗談ですわ。シオン、真に受けないでくださいな。あなたにも会いたかったですわ。元気そうでなによりですわ」

っと、次の瞬間、シオンは顔を上げ、したり顔で言った。

「なに、気にすることはない。こちらも冗談だ」

「なっ！」

「そして、俺の方も会いたかったよ。ミーア。君も元気そうでなによりだが……、しかし」

にやり、と笑みを浮かべてシオンは続けた。

「ミーア、君は相変わらずお人よしだな」

「なっ‼」

ミーアの顔が、再び赤く染まる。

いわゆる《激おこ》である！

――こっ、こいつ！　前より性格が悪くなってませんこと⁉　まさか、わたくしに蹴《け》られたことを、まだ根に持っているんですのっ⁉

ミーアが言い返そうとした、その瞬間、ぽん、とミーアの肩に手が置かれた。

振り返ると、そこには、アベルが不思議そうな顔をして立っていた。

「なにを言ってるんだ、シオン王子。そこがミーアのいいところじゃないか」

「はぇ……？」

再びのアベルの甘い言葉に、ミーアは再び声を失った。

その頬がさらに赤くなり、口から、ほぁあっと息が漏れる！

いわゆる《激キュン》である！

……そんな単語はない。

とまぁ、そんな甘々恋愛空間ラブコメタイムに酔っていたミーアは、完全に油断していた。

血染めの日記帳が消え、断頭台の恐怖から解放され……、また、危険地帯であるレムノ王国からも無事に脱出したミーアの危険察知の嗅覚は、今は完全に眠ってしまっていたのだ。

冬眠するクマ状態だったのは、ミーア本体だけではなかったのだ。

けれど……、直後に、それは覚醒する。

「失礼いたします。え？　ミーアさま？」

さらに遅れて部屋に入ってきた人物、それはティオーナ・ルドルフォンとその従者、リオラ・ルールーだった。

「まぁ、あなたたちも招待されておりましたのね。ティオーナさん、セロ君はお元気かしら？」

「あ、はい。ミーアさまのお建てになる学校を楽しみに、勉学に励んでいます」

「そう、それはなにより……あら？」

ふいに……、ミーアの背筋に寒気が走る。

——なんでしょう……、このメンバー、なんか、ちょっと引っ掛かりますわ。

シオンとアベル、それにティオーナ……。それは、レムノ王国に乗り込んだ際にミーアに同行した者たちばかりで……。なんとも不穏な組み合わせで……。

けれど、逃げる暇はなかった。

「そろったようですね。それでは、お茶会を始めましょう」

にこやかに告げるラフィーナ。

その瞬間、ミーアは、自分が新たなる危険の渦中に吸い込まれていくのを感じた。

第三話　混沌の蛇とジャムと紅茶

「あら、ラフィーナさま、このクッキー、とても美味しいですわ！」

お茶菓子のクッキーを一口かじって、ミーアは歓声を上げた。

甘いお菓子さえあれば、不吉な予感など彼方《かなた》に放り投げてしまえるのが、ミーアの良いところなのである……良いところだろうか？

「そう。気に入っていただけたならよかったわ」

ラフィーナは嬉しそうに、パンッ、と手を鳴らした。

ニコニコと上機嫌に笑って、それから、ラフィーナは話し始めた。

「ところで、ミーアさんに預けていただいた、あのジェムという方なのですが……ミーアさんのご提案通り、毎日、お説教をして差し上げました」

――おやまぁ、それは……。お可哀そうに、ですわ。

ミーアは、ニマニマしながら紅茶を一口すすった。

芳《かぐわ》しい花の香りにうっとりしつつ、ジェムの憎らしげな顔を思い出した。

――いい気味ですわ。ああ、とても気分がすっきりいたしましたわ。嫌な予感とか、気のせいでしたわ。

気分爽快、朗らかな笑みを浮かべるミーアを見て、ラフィーナは小さく頷《うなず》いた。

「やはり、ミーアさんはわかっていたのね。彼の背後にいるもののこと……」

――へ？　背後にいるもの……？

きょとんと首を傾げるミーアに代わって、シオンが口を開いた。

「それはどういう意味でしょう？　ラフィーナさま。あの者たちは、我がサンクランドの間諜の……」

「ええ、風鴉《かざがらす》……、いいえ、白鴉《はくあ》だったかしらね。サンクランドが誇る情報戦の専門家ね」

ラフィーナは、明るい笑みを浮かべて言った。

「彼らのほとんどは国に忠誠を誓う、善良で無垢《むく》な間諜だったわ」

「……善良で無垢……」

およそ間諜には相応しからぬ評価に、その場の全員が絶句する。

それにも構わず、ラフィーナは軽やかな口調で続けた。

「けれど、あのジェムという人……彼だけは違った。他のみなさんは私の話を聞くことにも聖典を読むことにも、なんの抵抗もなかったのに、彼だけは強い拒絶を示したわ」

「拒絶……、ですの？」

ミーアは不審げな顔で首を傾げた。

ヴェールガ公国を中心に、このあたりの国は「中央正教会」による単一の宗教圏を形成している。思想・道徳の基礎を築いたのは、ヴェールガが保有する神聖典《バイブル》であり、個人差はあれど、その価値観はこの地に住まう人々に広く根付いたものになっていた。

ゆえに、ラフィーナのお説教は「聞き飽きた退屈なもの」になることはあっても、強い拒否感を示されることは、あまりない。

特に、現実主義者であることを求められる間諜などは、そもそもその信仰を持っていない可能性だってある。小娘のする道徳的な話など、聞き流しさえすればいいもののはず。

にもかかわらず、

「いえ、むしろ拒絶というよりは……、恐慌をきたしたという感じだったわ」

信仰があるならば、ラフィーナの話をありがたく聞けばいい。

信仰がないのなら、聞き流すか、最低限、無関心を装うことはできるはずだ。

それすらできなかったとすれば、それは……反対方向の信仰心の持ち主ということになる。すなわち……。

「まさか、悪魔憑《つ》き……？」

ティオーナが、恐る恐るといった様子でつぶやいた。

それを聞いたラフィーナは……、意表を突かれたように、パチパチと瞳を瞬かせた。

「ああ、そうね。そういったものも確かにいるわね」

神に敵対する存在、邪神。それに仕える下級悪魔に憑りつかれて悪さをするのが悪魔憑きと呼ばれるものだ。

ヴェールガ公国には、その対応に当たる者たち、祓魔神父《エクソシスト》と呼ばれる者たちがいるが……。

「ただ私が知る限り悪魔憑きというのは、ああいう振る舞いはしない。獣のように暴れるだけ。徒党を組み、知性的に陰謀を張り巡らすようなことはしない。だから、あのジェムという者は、恐らく別のものよ」

「別のもの、か……。先ほどから聞いていると、どうも、ラフィーナさまは、その正体に心当たりがあるように聞こえるな」

アベルが、真剣な顔で言った。当事者である以上、犯人の正体には無関心ではいられないのだろう。

ちなみに、前時間軸での当事者であるミーアは、紅茶に入れるジャムを発見して上機嫌に話を聞き流している。

ジェムよりジャムに関心があるミーアである……別にダジャレではない。

――ああ、やはり。このお紅茶、野イチゴのジャムが合うと思いましたが、絶妙でしたわ。

そんなミーアをよそに、真面目な会合は続いていた。

「そう。アベル王子のおっしゃる通り、私が考えているのは、もっと現実的な脅威よ」

「というと……？」

ラフィーナは、一度間を置くように優雅な動作で紅茶に口をつけて、それから静かに告げる。

「我がヴェールガ公国に、中央正教会に、果ては世界に仇《あだ》なす破壊者の集団。歴史の裏で暗躍する秘密結社、名を『混沌《こんとん》の蛇《へび》』というわ」

その名を告げる時、聖女ラフィーナの顔には珍しく嫌悪の色が浮かんでいた。

「混沌の蛇……聞いたことがないが……、それは、いわゆる邪神教団でしょうか？」

眉をひそめつつ、シオンが問いかける。

邪神崇拝、悪魔崇拝。

この地に数多生み出されては、人々に忌避《きひ》され、泡のように消えていく邪教。

その一種なのか？　との問いかけに、けれど、ラフィーナの返事は歯切れが悪かった。

「恐らくは……。けれど、残念ながら詳しい教義などはわかっていない。というより、彼らについてわかっていることは二つだけ。一つは我らの神の聖典を嫌うこと。そこから、逆算して、彼らが邪神を奉ずる者たちではないかという推理が成立するのだけど……」

ラフィーナは一度言葉を切り、その場の全員の顔を見回してから……。

「もう一つは人間が造り出す秩序を徹底的に破壊しようとしていること。私はむしろ、こちらの方が現実的な脅威だと思っているの」

重々しい口調で告げた。

「秩序の破壊……というと？」

「ありとあらゆる秩序よ。国も法も文化も学問も……日々の平穏な営みさえもね」

それは、極端な言い方をしてしまえば、

「世界の敵、いや、人間の敵のような者たちですね……そのような危険な者たちが、放置されてきたというのですか？」

怪訝そうな顔で、アベルが問いかけた。

「そんなことはないわ。なにもしていないわけじゃない。けれど、彼らはどこにでもいるの。時に貴族、時に商人、時に農民、時に文官。果ては、邪教徒討伐軍の指揮官まで」

ラフィーナは、はぁ、と悩ましげなため息を吐いて首を振る。

「彼らは我々の社会に、国に、巧みに入りこんでいる。間諜と似たようなものかしらね。まさか、本当に間諜をやっているとは思わなかったけれど……」

どこにでもいて、誰がそれかわからない。ゆえに、対処が非常に難しい。

「通常の邪神教団は信者が集まって神殿などで生活している。時に徒党を組んで戦いを挑んでくるから村などに被害は出るが、討伐はたやすい……か。確かに、どこにいるかわからないというのは、厄介だな……。ああ、なるほど……。だから、俺たちに声をかけたということか。蛇とすでに敵対した者であれば、確実に白であると言えるから……」

「話が早くて助かるわ、シオン王子」

そのシオンのつぶやきに、ラフィーナは満足げに頷いた。それから、彼女はミーアの方を見た。

その視線を受けて、ミーアは……、背中にダラダラと冷や汗が流れるのを感じた。

——あら？　これ、もしかして、聞いたらダメなアレなんじゃ……。

ミーアの小心者の嗅覚が、敏感にそれを感じ取った。

……いや、それはいささか遅きに失していた。

このお茶会に招かれた時点で、あるいは、そう、レムノ王国事件の際、ジェムをラフィーナに押し付けるという提案をしてしまった時点で……、すでにミーアは巻き込まれていたのだ。

——というか、なぜ、わたくしまでこの場に呼ばれてるんですの？　ジェムの事後報告をしようと思っただけとか……。そっ、そうですわ。きっとジェムのことを話すのに、どうしても必要なことだから話しただけで……、別にわたくしには、なにも関係ないということも、ありえるのでは？

一縷《いちる》の希望をかけて、ラフィーナの方を見つめ返すと……。ラフィーナはにこり、とミーアに微笑みかけた。

「ええ、ミーアさんの想像の通りよ……。ラフィーナ・オルカ・ヴェールガは、ここに要請します。混沌の蛇に対抗する協力体制の樹立と、参加を！」

第四話　図書に願いを

——あ、これ、すごくヤバイやつですわ……。

ようやく働き始めたミーアの勘が告げる。

これは、先日の革命未遂騒動の比ではないぐらいに、危険なものであると……。

——ひっ、ひぃい……、なっ、なっ、なんとかお断りを……。

などと考え始めるが後の祭りである。

「さっきも言ったけれど、蛇はどこにでもいる。だから、今はあなたたちにしか声を掛けられないの」

「ん？　だが、神聖典に反応するというのであれば、それで炙《あぶ》り出せばよいのでは？」

首を傾げるアベルに、シオンが難しい顔を向ける。

「いや、無駄だろう。アベル王子、白鴉のことを思い出せばいい。騒動の中心人物は確かにジェムだったが、実際に動いたのは、その他の人員だ」

「そうか……。敵は秘密結社、混沌の蛇の構成員とそれに操られた者たちか……」

「その通り。そして彼らは決して愚かではない、とても狡猾《こうかつ》よ。だから、ボロが出るような場所には決して出てこない。神聖典の読み上げられるような場所には絶対に出てこないし、必要があれば、自分たちの息のかかった者を送り込む」

「なるほど、あのジェムという者を捕らえられたのは、ある意味、奇跡的なことだったということか……」

アベルが感心した様子で、ミーアの方を見る。

「ええ、本当に。それに、こんな状況にあっても、これだけの方に全面的な信頼を置いて声をかけられる。むしろ、これは僥倖《ぎょうこう》であったと言うべきね」

ラフィーナもまたミーアの方を見て、優しい笑みを浮かべた。

「それもこれも、すべてミーアさんのおかげね。さすがは私のお友達」

「あ、え、お、と、当然ですわ！　わたくしとラフィーナさまは、おっ、お友達ですし」

「そうか……。ミーアが協力するのであればボクが参加しないわけにはいかないな。我が国は直接的に被害を受けているわけだし、喜んで協力させてもらおう」

力強く、アベルが頷く。

――え？　え？　わ、わたくし、言いましたかしら？　協力するとか？　あら？　そんなこと、一言も言ってな……。

「俺もだ。とても放置しておける問題ではないし、ほかならぬ我が国の間諜にも紛れ込んでいたわけだからな。誰が信用できるかわからない以上、少なくとも信頼がおける者たちと情報の共有はしておきたい」

「あの、私、何ができるかわかりませんけど、でも、私も協力します」

シオンに続いて、ティオーナも名乗りを上げる。

そして、ミーアは……、

――ああ、このクッキーの甘味が……、心に沁《し》みますわ。涙が出てきそうなぐらいに、美味しいですわ。

現実逃避に移っていた。

――こんなに美味しいお菓子なんて、もしかしたら、これって夢なのではないかしら？　ああ、そうですわ！　きっと朝起きたら、ああ、もう少しのところで美味しいお菓子が食べられたのにって、後悔して二度寝するみたいに……。ほら、あの美味しそうなケーキに手を伸ばした瞬間に、目が覚めて……。

結局……、テーブルのお菓子すべてを食べ終わっても、ミーアの目が覚めることはなかった。

そして、お腹いっぱいでご飯が食べられなくなって、アンヌにちょっぴり叱られた。

翌日の夕刻……。

「……ああ、やっぱり、夢ではございませんでしたわ……」

ミーアはようやく、昨日の出来事を諦め、受け入れ……そうして動き出した。
なにしろ、こう見えてもミーアは断頭台の運命を覆《くつがえ》し、生存ルートを勝ち取った猛者である。
とてもそうは見えないかもしれないが……、ダラダラと無為に時間を過ごしている間に、状況がどうしようもなく悪化してしまうことがあることを、しっかりと知っているのだ……まったくもって、そうは見えないだろうが……。
とはいえ、基本的にミーアは面倒くさがりである。ズルをして楽ができるならば、そうしたい。
そんなミーアだから……、

「なにか、指針が欲しいですわ。これからの危険を上手く乗り切るような、あの日記帳のようなものが……」

ついつい、そんなことを考えてしまう。
けれど、残念ながら、あの日記帳は消えてしまったままである。
それに、自分の断頭台までの日々が綴《つづ》られた日記を読むのは、やっぱり、あまりやりたいことではない。

「はて、そう言えば……最近なにか、似たようなものがあったような……」

ふいに、ミーアは思い出す。

「ああ、あの日記帳みたいなものね！」と、ごくごく最近思ったことがあったような……。

「あれは、確か……っ！　そうですわ……。あの、歴史書。もしかしたら、あそこになにか書かれているかもしれませんわ！」

あの歴史書の未来の記述……、あの後、いくら見直しても記述が甦《よみがえ》ることはなかったのだが……、もしかしたら、今ならば復活しているかもしれない。

善は急げ、とベッドから起き上がったミーアは、一人で図書室の方に足を向けた。

セントノエル学園の図書室は、男子寮と女子寮の連結部分にあたる、共用の建物部分に存在している。本は貴重品のため入口には警備の職員が立っているものの、読むだけならば生徒だけでなく、従者にも許可されている。

そのため、普段であればそれなりに人で賑わっているのだが……、今はまだ休み中だからか、室内にはミーアだけしかいなかった。

探し物をするには、大変、好都合だったのだが……。

「ああ、やっぱり、そう簡単にはいきませんわね……」

歴史書自体はすぐに見つかったものの、肝心の記述がどこをどう探しても見つからなかった。

「あら、でも……、あの記述自体がどこかからの抜粋みたいなことが書かれていなかったかしら。そう、確か……、ミーア皇女伝からの抜粋とか、そんなことが書かれていたかしら……ミーア皇女伝……」

そのタイトルを口ずさみ、ミーアは……とても嫌そうな顔をした。

……ちょっと試してみていただきたいのだが、自分の名前の後に『伝』という字面が続く本を想像してみていただきたい。なかなかの破壊力ではないだろうか？

「……うっかり読んだが最後、心が削られそうなタイトルですわね」

そうつぶやきつつも、一応、探してみるミーアであったが……、それも空振りに終わる。

本棚に「ミーア皇女伝」なる奇怪なタイトルの本は見つけることはできなかった。

「……まぁ、そうですわよね。期待はしておりませんでしたが」

そうは思うものの、少なからず落胆してしまうミーアである。

「ああ、あの日記帳ほどでなくても構わないけれど、なにかないかしら……。こう、行動の指針になりそうなもの……わたくしの導《しるべ》になってくれそうなものが……降ってこないものかしら……？」

空からお金が降ってこないかしら？　ぐらい不毛なことをつぶやくミーアである。

はぁっと悲しげなため息を吐いて、ミーアが帰ろうと立ち上がった、まさにその瞬間だった！

ミーアの視界を、突如として黄金の輝きが埋め尽くした。

「うひゃあっ⁉」

図書室では怒られてしまいそうな悲鳴を上げて、ミーアが腰を抜かす。

「なっ、なっ、なんですのっ⁉　いったい、なにがっ⁉」

じりじりと床を後ずさり、光から離れるミーア。ある程度のところまで後退してから、改めて怪しげな光の方に目をやる。

光は徐々に弱くなっていった。けれど……目の錯覚だろうか……？

ミーアには、その光の中に人影のようなものが見えた気がした。

「あっ、あれ……は、な、なんですの？」

と……そこで、ミーアは唐突に気付いてしまった。

広い図書室にいるのが、ミーアだけだということに！

今、ミーアがいる場所は広い図書室の奥の奥だ。入口の職員のところまでは、かなり離れている。

しかも絶妙に薄暗い。シーンと静まり返っていて空気全体が淀《よど》んでいるような……。

つまり簡単に言ってしまうと、ちょっぴり気味の悪い場所なのだ。

ミーアは、別にお化けや幽霊などというものを信じてはいない。

「お、おほほ、いやですわ。そんなの、子どもじゃないんですから、そそそ、そんなのいるわけないですわ。ひ、ひ、一つ目の、お化けとか？　ばばば、バカバカしいですわ。歯をとっていく悪い妖精とか、人に乗り移る悪魔とか、そそ、そんなの、いるはず、ないですわ。ないですわっ！」

そう、なんといってもミーアの中身は二十歳過ぎの大人の女性なのである。

幽霊とか、お化けとか、そんなの信じているはずがないのだ。

なにしろ、ミーアは大人……。

ずずずずっ！

消えつつある光の中、人影のようなものが、突如、ミーアに近づいてきた！

這《は》いずるように近づいてくるのを見たミーアは……っ！

「…………………っ！」

口をパクパクさせながら逃げ出した。

アンヌ、アンヌぅっ！　と助けを求めようとするものの、怖すぎて声が出なかったのだ。

脇目も振らず、図書室を後にしたミーアは、全速力で自室に帰り、ベッドの中に飛び込んだのだった。

……その後、泣きべそをかくミーアをアンヌが部屋でなだめる際……、

「もう、ミーアさま、大丈夫です。幽霊なんていないんですよ。きっと怖い夢でも見られただけですから、ね……」

小さな小さな子どもをあやすように頭を撫でられたことは、ミーアの名誉のために秘密である。

第五話　ミーア姫、絶好調！

さて……、ミーアが図書室で受けた心の傷を癒しているうちに、季節はめぐり春がやってきた。

新学期になり、ミーアは無事に二年生になった。

今年の冬には十四歳になるのだ。

「いつまでも、いもしないお化けに怯えて、一人で寝られないとかありえませんわ！」

などという偉そうな宣言を自らにした後、ミーアは春休みの間ずっとお世話になっていたアンヌのベッドから、自分のベッドに進級した。

……断じて、新学期が始まり、クロエをはじめ友人たちが戻ってきて、怖いのがちょっぴり薄れたから、などという単純な理由ではない。ミーアの名誉のために一言書き添えておこう。

そうして、クロエらとの再会もほどほどにミーアの新学期が始まった。

「それでは、この紋章が読み解ける方はどなたか……いかがですか？　ミーア殿下」

教室の前に据え付けられた大きな白石板《ホワイトボード》。そこに、赤い特殊な樹液ペイントで描かれた紋章を見上げて、ミーアは颯爽《さっそう》と立ち上がった。

「ふふん、そんなの簡単ですわ！」

教室中の視線を一身に集めつつ、ミーアは紋章の前に悠然と歩み寄る。

現在、ミーアたちのクラスでは『紋章学』の授業を行っていた。

紋章学とは、その名の通り、紋章に込められた意味を読み解く学問である。

特に貴族の子女の場合、相手の家紋からその血筋、家々の結びつきを読み解けることは必須のスキルといえる。

「ふむ……」

ミーアは描かれた紋章の前に立ち、じっと見つめて、その意味を読み取っていく。

紋章を描くのには法則がある。

ある貴族の男子と貴族の女子が結婚する場合、基本的には家紋を半分ずつ組み合わせたような新しい家紋を継承することになるのである。

例えばの話、ミーアとアベルが結婚した場合、ティアムーンの紋章である「三日月」とレムノ王家の紋章である「戦狼《いくさおおかみ》」とを合わせた紋章になるのだ。

つまり、各貴族の家に伝わる紋章を知っていれば、相手の家同士の繋がりを知ることができるのである。

……ちなみに〝例え〟は、あくまでも〝例え〟である。

別にミーアが暇な時に、自室の鏡にちょこちょこと落書きして、

「ああ、アベル王子と結婚すると、こんな紋章になるのですわね……月に吠える狼、相性ぴったりですわ！」

などと、一人でうっとりしていた……なんてことはない。大きな誤解、あらぬ疑いというものである。

ちなみに、前時間軸ではサンクランドの紋章である太陽とティアムーンの月とを組み合わせて、

「ああ、シオン王子と……以下略」

などと、一人でうっとりしていた……なんていうこともない。ミーアに対しての悪意ある醜聞《フェイクニュース》である！

「ふむ、この家紋の右側は、ガーラント伯爵《はくしゃく》家、左下はサンクランドの門閥《もんばつ》貴族ウェスレー侯爵、右上は……」

ミーアの答えに、初老の女教師は満足げに頷いた。

「正解です。さすがミーア殿下。よく復習されていますね」

いつも厳しい教師の手放しの称賛に、ミーアは胸を張って、渾身のドヤ顔を見せる。

「ふふん、このぐらい、わたくしにかかれば簡単ですわ」

新学期、ミーアは順調な滑り出しを見せていた……意外なことだが。

それもこれも、すべてはアンヌのお手柄だった。

あの日、図書室で深い深い心の傷を負ったミーアは、一人では眠れなくなった。

アンヌに添い寝をしてもらうようにしたまではよかったのだが……、それでもなかなか眠れないミ

ーアである。

それを見たアンヌは一計を案じた。

「ミーアさま、せっかく眠れないのであれば、一年生の授業の復習をするのはどうでしょうか？」

そうして、アンヌは子守歌の代わりに授業で習った知識を一つ一つ、ミーアに語って聞かせたのだ。

テストで苦労していたミーアの負担を少しでも減らそうというアンヌの思い付きだったが、これが思いのほか上手くいった。

アンヌが話し始めるとすぐにミーアはコロッと眠りに落ちてしまったのだ。いつでも、アンヌが気が付いた時には、すーすー、気持ちよさそうに寝息を立てていた。

けれど、不思議なことに、ミーアは寝ている間に聞いていた話を、きちんと覚えていたのだ。

《アンヌ式・睡眠学習法》が誕生した瞬間である！

そういうわけで、今のミーアは帝国の叡智に相応しい行動ができる体になっていた。

実にまったく奇跡である！

クラスメイトの称賛の視線を感じながら、ミーアは朗らかな笑みを浮かべる。

――ああ、とても気持ちいいですわ。やはり、わたくしはこうでなければいけませんわ。

すっかり調子に乗っている……。

けれど、まぁ、当然のことと言えば当然のことながら……人生はそうそう上手くいかないものである。

……。

ミーアの心の傷を鮮やかに甦らせるソレは、昼休みのランチタイムにやってきた。

その日、ミーアは取り巻きの少女たちとともに中庭で昼食をとっていた。

食堂でサンドイッチを作ってもらい、気分はすっかりピクニック。晴れ渡る空は青く、春の日差しはポカポカと、なんとも心地よい。

——ああ、絶好のピクニック日和ですわ。それに、このサンドイッチの中身の塩漬け肉、絶品ですわね。ついつい食べすぎてしまいますわ。

などと、ミーアはご機嫌にサンドイッチを食べていたのだが……。

楽しい歓談の時間は、そう長くは続かなかった。

昼休みも半分を過ぎた頃、ミーアの取り巻きの一人、グライリッヒ伯爵家の令嬢、ドーラがおもむろに口を開いたのだ。

「そういえば、ミーアさま、お聞きになりまして？」

サンドイッチを食べることに夢中になっていたミーアは、

「ん？　なんの話ですの？」

ドーラの醸《かも》し出す、危険な雰囲気に気付けなかった。

「……なんでも、出た、みたいなんです」

声をひそめるドーラに、ミーアは首を傾げた。

「出た、とは？　いったいなにがですの？」

ミーアの興味を引こうとするかのように、ドーラはたっぷり溜めてから、

「幽霊……」

恐ろしげな声で言った。

「はぇ？」

ぽかーん、と口を開けるミーアに構わず、ドーラは話し出した。

第六話　クロエとティオーナとミーア式三段論法

「私のお友達が実際に見たらしいのですけれど、夜、女子寮を歩いていた時、見たっていうんです……」

尋ねるミーアに重々しく頷いて、ドーラは話し始めた。

「ゆゆ、幽霊、ですの……？」

そこで言葉を切って、上目遣いにミーアを見つめて……、

「ボロボロの格好をした女の子の幽霊を！」

——そっ、そういう無駄な演出はいりませんわっ！

内心で絶叫を上げつつも、ミーアは浮かべた笑みを崩すことはなかった。

注意して見ると、その頬が微妙に強張っていることに気が付くだろうが……。幸いなことに、この場にはあまり観察眼に優れた者はいなかった。

「噂では恋敗れて自ら命を絶った女生徒の幽霊とも、湖で溺《おぼ》れた町民の子どもの幽霊とも言われてるようで……」

「まぁ、怖い！　ミーアさま、やはり幽霊とかっているのでしょうか？」

きゃあきゃあ言いながら怖がる取り巻きの少女たち。その一人に話を振られたミーアは、

「そうですわねぇ、お話としては楽しいかもしれませんけれど……」

余裕たっぷりの笑みを浮かべて、首を振った。

「残念ですが、それで怖がることができるほど子どもではございませんわ」

それから、優雅な仕草で目の前のサンドイッチをひょいっと口に入れて、

「では失礼、わたくし、次の授業の準備がございますから、先に行きますわね」

ミーアは、ちょこん、とスカートの裾《すそ》を持ち上げると、そそくさと中庭を後にした。


校舎に入ると、ミーアは小走りになった。

階段を上る頃には、全速力になっていた。スカートを軽やかに翻《ひるがえ》し、貴族の子女としては、ちょっぴりはしたない走り方かもしれないが……、知ったこっちゃないミーアである。

階段を一段抜かしでぴょこぴょこ上り、向かう先は教室だった。

「クロエ、クロエっ！」

入るや否や辺りに視線を走らせる。っと、目当ての人物が、ちょっぴり驚いた顔でミーアの方を見た。

「あれ？　ミーアさま？　どうかされたんですか？」

どうやら、教室で次の授業の準備をしていたらしいクロエ。そのそばには一緒に談笑を楽しんでいたのか、ティオーナの姿もあった。

ちなみに、ミーアを介して知り合いになったこの二人だが意外と話が合うらしい。

実家の手伝いで農作業もするティオーナにとって、植物にも造詣《ぞうけい》が深いクロエの知識は、とても有

用なものだったとか。

今もそんな話で盛り上がっていたところなのだが……ミーアにそんな空気を読んでいる余裕はなかった。

開口一番、ミーアは尋ねる。

「クロエ、つかぬ事をお聞きしますが……幽霊って、本当にいるんですの？」

基本的に、ミーアは幽霊など信じていない。

そんなものを信じるなんて、いかにも子どもじみていると思っている。

思っているけれど……それでも怖くなってしまうのが、小心者で臆病なミーアという少女なのである。

だからこそ、誰かに否定して保証してもらいたい時があるのだ。

まして、先日見てしまった、アレのことがある。

ミーアの中で図書室での出来事は、ただの見間違いとして処理されているが、それでも現在のミーアはナイーブ乙女モードなのだ。

幽霊なんかいないと、どうしても誰かに保証してもらいたいのである。

この場合、誰でもいいわけではない。

アンヌなどは否定して安心させてくれるだろうけれど、それは、ミーアを安心させるために言っている可能性がある。

かといって、アベルやシオンに聞くわけにもいかない。アベルに「怖がりだなぁ」と笑われつつ、思い切り甘えるというのは一瞬考えないでもなかったが……、

——そ、そ、そんなはしたないことっ、できませんわっ！　いいいい

などと、変なプライドが邪魔するのだ。当然、シオンに子ども扱いされて笑われるのは論外である。

また、ラフィーナなどは確かにその手の専門家なのかもしれないが……、それだけに怖いものがある。

「あら？　知らないのかしら？　幽霊はちゃんといますよ。ほら、ミーアさんの後ろにも……」

なーんて言われたりしたら、ミーアの心に回復不能な傷がついてしまう危険性がある。

そう考えた時、一番否定してくれそうで、なおかつ、その言葉に信用が置けそうな人物こそ、クロエであった。

自分などよりもよく本を読むクロエであれば、きっと冷静に、理知的に否定してくれるに違いない

……そう信頼して尋ねたミーアであったが……。

クロエは……笑わなかった。

そっとうつむき、何事か考え事をしている様子。メガネに光が反射して瞳が見えなくなって……、その顔が、ちょっとだけ不気味に感じられる。

「あの、ミーアさま、私は幽霊についてはちょっとわからないんですけど……」

代わりに口を開いたのは、ティオーナだった。

「でも、悪魔憑きは、領内によく出るから知ってます」

一般的に、悪魔憑きというのは、都会よりは田舎の農村部に出やすいと言われている。

ティオーナの住むルドルフォン辺土伯領は帝都から遠い地域である。当然、そうしたものと接する機会も多かったのかもしれないが……。

「悪魔憑きと幽霊と、どういう関係がございますの？」

首を傾げるミーアに、ティオーナは思いがけないことを言った。

「いえ、悪魔みたいな目に見えない怪物がいるんだったら、幽霊だっていてもおかしくないんじゃないかな、って思って……」

ティオーナの言葉は完全に盲点をついていて……、なおかつミーアを怯え上がらせるのに十分だった。

なぜなら、ミーアもまた、不可思議な現象に巻き込まれた経験があるからである。

時間遡行転生《タイムリプレイ》、そのような奇跡を起こせるものは神さま以外にはありえないとミーアは素朴に信じていた。

「わたくしは偉大なる神の恩寵《おんちょう》を受けた、特別な存在なのですわ……」

……などといささか調子に乗っていたりすることもあるが……、それはともかく。

神が存在するのであれば、当然、神聖典《バイブル》に書かれた他のものだって、存在する可能性は高い。すなわち、神の敵である邪神……、そして、悪魔……。

恐ろしい怪物どもが存在してもおかしくはない。

とすれば、幽霊だっていてもおかしくないのかも……。

ミーア式三段論法の完成である。

――なっ、なっ、なんで、怖くなるようなこと言うんですの⁉ やっぱり、この子、嫌いですわ！

ティオーナのことを睨《にら》みつけるミーア。そんなミーアに追い打ちをかけるように、

「ミーアさま、実は、こんな本があるんですけど……」

静かな声に、振り返ったミーアは思わず悲鳴を上げそうになった。

クロエが……なにやら不気味な骸骨の絵が描かれた本を、ミーアに差し出してきたからだ。

「ひぃ？　な、なな、なんの、本ですの？」

「うふふ、これはですね、なんと、東の島国に伝わる妖怪図版集と言って、えーっと怖い怪物の絵を集めたものなんです」

そうして、クロエは本を開いた。

そこに見えたのは、首がやたらと長いナニカや、目玉が三つあるナニカや、人間を丸飲みにしているナニカや、他には……。

「う、うーん……」

そこまでだった……。くらーっと、ゆっくりミーアの体が傾《かし》いだ。

「きゃあ！　み、ミーアさま、どうされたんですかっ⁉」

慌てた様子でティオーナが抱きとめる。っと、ミーアは真っ青な顔で、小さく首を振った。

「だっ、だっ、大丈夫、ですわ。ちょ、ちょっと、めまいがしただけ……。すぐによく、なりますわ」

「大変。今、アンヌさんを呼んできますね」

そうして、すっかり気分が悪くなってしまったミーアは、その日の午後の授業を休むことにして、部屋で長いお昼寝をすることになった。

回復したのは夕食時のこと。

ティータイムのオヤツを食べ損なってしまったから、と、たくさん食べて、心行くまで飲んだのだが……。

それが、さらなる悲劇を生むことになるとは思いもしないミーアであった。

第七話　蛮勇《ばんゆう》を奮え！　帝国の誇りを守るために！

その日の夜のことだった。

真夜中……ふいに目が覚めたミーアは、自らの体を襲う違和感に思わず背筋を震わせた。

違和感、そう、それは……。

——う、うう……。と、トイレに行きたい、ですわ……。

昼間のサンドイッチが塩辛かったこと、その結果、夕食時にガブガブ水を飲んでしまったことが仇となった。

もぞもぞと寝返りを打ち、そのまま寝てしまおうと目をぎゅっと閉じるミーアだったが……。

——こ、このまま寝たら、別の意味で大変なことになってしまいそうな予感がいたしますわ……。

我慢しきれずに、起き上がった。

暗い部屋の中を、ほのかな月明りを頼りに、ミーアはアンヌのベッドに歩み寄る。

トイレについてきてもらおうと思ったのだが……、すーすーと気持ち良さそうに寝息を立てるアンヌに思いとどまる。

——春休みの間、わたくしのせいで、ずっとアンヌを寝不足にしてしまいましたわね……。

休みの間、図書室で見た影に怯えるミーアが寝付くまで、ずっとお話をしてくれていたアンヌ。ただの子守歌ではなかなか寝付けないからと、かなり遅くまで付き合わせてしまった。

それがアンヌの負担になっていたらと思うと気軽に起こしていいものなのか……。

ミーアは思わず迷ってしまう。

——もしも、アンヌが体調を崩したら大変ですわ。

臣下に優しい、聖女のようなミーアである。

——こっ、この部屋で一人で寝るとか、ありえませんわっ！

………自分ファーストなだけだった。

ちなみに、余談ではあるのだが、セントノエル学園の消灯時刻というのは午後九時である。

しかし、健康優良児であるミーアは、消灯時間より一時間早くベッドに入る。そして、「寝られない！」と焦りだすのは、だいたいベッドに入ってから一時間が経ってから、つまり消灯時間と同じぐらいの時間である。

それから三十分ほど怖い怖——い想像に悩まされた後、ようやく眠りにつく。

つまり、ミーアが全然眠れないという時、消灯時間から三十分遅く眠りについている計算になる。

さらに、アンヌが子守歌代わりの授業の復習を読み上げてくれるようになってからは、ベッドに入ってから数呼吸で眠りにつけるようになった。

十分に寝ている……。

アンヌはその後、一時間程、それを続けてから眠りについて、翌朝、五時に起床する。

睡眠時間にすると、およそ八時間は寝ている。

一概には言えないが……恐らく、アンヌが体を壊すとしたら、寝不足以外の原因によるのではないかと思われるのだが……そんなことは露《つゆ》ほども思わないミーアである。

「う、うう、仕方……、ありませんわ」

ミーアは室内靴《スリッパ》に履き替えて、部屋を後にした。

寮内の廊下は完全な闇に沈んでいる……ということはなかった。

壁に活けられたホタルツツジが、ぼんやりとした明かりを放っているおかげで、ランプがなくとも歩けるようになっているのだ。

普段であれば、まるで夢の中の世界に迷い込んでしまったような幻想的な光景のはずなのだが……、今のミーアにはただただ不気味に見えた。

廊下に残されたちょっとした暗がりから、クロエの本に描かれていたような、恐ろしいナニカがひょっこり顔を出しそうで……。

「や、やっぱり、我慢しようかしら……。そうですわ、朝までならなんとか……」

踵《きびす》を返しかけたミーアの背筋を、ふいに吹き付けてきた風が撫で上げる。

春先の風は冷たく、ミーアは、ぶるりと体を震わせた。と同時に、気付いてしまった。

すでに、自分が、のっぴきならない状況に陥《おちい》っているということに……。

――あ、ああ、ここで蛮勇を奮って、お手洗いに行かなければ、わたくしは…………、まったく別の心の傷を負うことになるのですわね。

染みのついたシーツを干しているアンヌの姿を想像して……ミーアは震え上がった。

――い、今こそ、勇気の出しどころですわ、ミーア・ルーナ・ティアムーン！　わたくしは帝国皇女、ティアムーンを代表する者。わたくしの恥は、帝国の恥、帝国の誇りが踏みにじられようとして

いる時に戦わずして、いつ戦うというのですの⁉

戦地に赴く孤高の騎士のように、悲壮なる覚悟を固めて、ミーアは廊下に足を踏み出した。

目的地であるトイレは、運が悪いことに、ミーアの部屋からはかなり離れていた。

大帝国の姫君であるミーアの部屋をトイレの近くにはできないという配慮が働いたのだが……今のミーアには迷惑な話だった。

「う……うぅ……。遠いですわ……。どうして、こんなに遠いんですの？　それに、暗い……ひぃっ！」

暗がりに怯え、風の音に怯え……、寿命を数週間ばかりすり減らして、ミーアはようやくトイレにたどり着いた。


しばしの時間経過の後……。

「ふぅ……」

トイレから出てきたミーアは、すっきり顔でため息を吐いた。

「やっぱり、勇気を出して正解でしたわ。これで気持ちよく眠れそう……」

つぶやきつつ、視線を前に向け……ふいに恐怖が甦ってきた。

「……今から、戻るのですわね。で、でも、帰るだけですし、さっさと行けば問題ないはずですわ……」

自分を励ますようにそう言って、ミーアは歩き始めた。

第八話　ミーアの新春怪談ナイト

歩き始めてすぐミーアは喉《のど》の渇きを覚えた。

「……部屋に水差しが用意してあったはずですわね……」

いつも寝る前にアンヌが用意しておいてくれたものがあったはず……とは思うものの、一度寝れば、まず夜のうちに起きることはないミーアである。

夜中に目が覚めて水を飲む経験など一度もない。ゆえに、机の上に置いてある水差しの中身が、夜のうちに用意されたものか、朝一番にアンヌが汲《く》んできてくれたものなのか、いまいち自信が持てなかった。

実際には寝る前に汲んで、朝起きたら汲みなおしているアンヌである。忠臣である。

それはともかく……、

「……ああ、部屋に帰ってもしも水差しがなかったら、喉が渇いて眠れなくなりそうな気がいたしますわ」

一度気になりだすと、止めることができない心配性なミーアである。飲んだら飲んだで、またトイレに行きたくなりそうではあるが、今はとにかく水が飲みたかった。

――ここから食堂までは、そんなに離れておりませんわ。一度、部屋に戻るよりは……。

食堂には、いつでも飲めるように湧水が引いてある。さすがに水が豊富にあるヴェールガ公国だけあって、各部屋に引くまではいかずとも、全体的に水関係の設備は整っていた。

トイレまで何事もなく来ることができたのが、ミーアの気を大きくしたのだろうか。

ミーアは、そのまま食堂の方へと足を向けた。

……まるで、何者かに、誘い込まれるかのように。

食堂の入口まで来た時……、

「あら？　なにかしら……」

ミーアの耳がとらえた音、それは、すん、すん、と鼻を鳴らすような……音で。もっと言ってしまうと、それは、女の子が泣いているような………。

瞬間、ミーアの脳裏に昼間に聞いた話が過《よぎ》る。

自ら命を絶った女生徒の幽霊の話が……！

「ま、まさか、ありえませんわ、そんなの絶対に……」

踵を返し、逃げ出すべきだった。

けれど、ミーアは、ついつい見てしまった。

音の鳴っている方を……。

「ひっ！」

思わず、ミーアは息を呑んで固まる。

そこにいたのは、一人の少女だった。年の頃は、恐らくミーアより少し年下といったところ。

ボサボサに伸びた髪、ボロボロにすり切れた服と薄汚れた肌は、セントノエルの学生には相応しくない、貧民街の住人のようだった。

けれど……、それ以上にミーアの目を引いたもの、それは、少女の体中を染め上げる赤い色だった。

食堂を照らす明かりは、決して強くはない。にもかかわらず、その赤は、ミーアの目に焼き付いた。

頭から上半身にかけて滴《したた》る赤い液体……、それは、まるで……！

「ひぃいいいっ！」

ミーアは絶叫したつもりだった。

けれど、口から出てきたのは、かすれたような、か細い悲鳴だけだった。

──なっ、なっ、なんですのっ⁉ あれ、ち、血まみれの女学生の幽霊⁉ ひぃいいいっ！

よたよたと食堂から転がり出ると、ミーアは自室を目指して走り出した。

室内靴がどこかに飛んでいくが、そんなものに構っている余裕はない。

裸足で廊下の床を蹴り、全力で走ろうとする……けれど、まるで悪夢の世界にいるかのように、体はなかなか前に進んでいかなかった。

そして、気のせいだと思いたかったのだけど……、

──ひぃいいいいっ！ ななな、なにかが、なにかが追いかけてきてますわっ！

すた、すた、という足音が、ミーアの後をつけてきていたのだ。その足取りは、ミーアより確実に早い。

徐々に近づいてくる足音に泣きべそをかきながら、ミーアは自室に逃げ込んだ。

「アンヌっ！ アンヌぅっ！」

弱々しい悲鳴を上げつつアンヌのベッドに飛び込む。けれど、なぜかベッドには誰もいなかった。

「アンヌ、ど、どうしてっ！ どうして、いないんですのっ？」

その時、ふいにミーアの脳裏にいやぁな想像が過ぎる。

この世界に、自分と得体のしれないナニカ以外いなくなってしまったような……。

そんな話を、前の時間軸で聞いたことがあったような。

あの時、楽しげに怖い話大好きなドーラが話していたような……。

――どっどど、どうして、こんな時に、そんな怖い話を思い出すんですのっ⁉　そんなのありえないですわ！　きっと、そう！　目が覚めた時に、わたくしがいなくなってたから、心配になって探しに行っただけですわ。みんないなくなってしまったなんて、そんな怖いこと……。あっ。

その時、ミーアは重大なミスに気付いてしまった。

――か、カギ、かけ忘れて……ひぃっ！

その瞬間、ガチャリ、とドアが開く音。

ミーアは慌てて毛布をかぶり、必死に目を閉じた。

――きっきき、きっと、アンヌですわ。アンヌが帰ってきたのですわ。そうに違いありませんわ……！　それ以外に、ありえませんわ。ありえませ……ひんっ！

のそり、のそり……、なにかがベッドに上ってきた。

――お、おかしいですわ。アンヌだったら、わたくしに、ひと声かけるはずですわ！

恐る恐る、ミーアは薄っすらとまぶたを開ける。と、そこには……、真っ赤なナニカに染まった少女の顔が、すぐ近くに見えて、こちらを覗き込んでいてっ！

――ひっ、ひぃいいいいいっ！　あっ……。

かくん、と、ミーアは意識を失った。

第九話　ミーア姫、推理する

ゆさ、ゆさ……。

体がゆすられる感触、ミーアは、うぅん、と呻《うめ》いて、目元をこすった。

――夢？　なんだか、すごく怖い夢を見たような気がいたしますわ……。

ミーアは、ゆっくり目を開いて……、目の前に自分を覗き込む少女の幽霊の顔が見えて……、

「うっ、うーん……」

再び、かくんっ！　と意識を失いかける。でも、

「あの、寝たふりしないでください」

――はぇ？　い、今、声が……？

遠慮がちにかけられたその声で、ミーアはかろうじて踏みとどまった。

それから恐る恐る少女を観察する。

上目遣いにミーアを見つめている少女、表情に乏しい顔には、けれど、わずかばかり戸惑いの色が見てとれた。

――あっ、この子……、幽霊じゃありませんわ。

ミーアは察した。幽霊は戸惑ったりしない、とミーアの常識が告げていた。

と同時に手を伸ばし、少女の髪に触れる。そこに付いた粘り気のある液体……。

――この赤いのは……。

よく見れば、血と言うには赤すぎるその液体……それは、

「ああ、なるほど、これは……、白石板に板書するための樹液ですわね」

そう問うと、少女は小さく首を傾げて、

「ああ、なにかはわかりませんが、容器をひっくり返してしまいました。でも、ちゃんと片付けましたから、心配しないでください」

生真面目に答えた。

「なるほど、そういうことですのね……」

つぶやきつつ、ミーアは考える。

――まぁ、もちろん幽霊などではなく、普通に人間であることは、はじめからわかってましたけれど……、ええ、幽霊などいるはずがないと、もちろんわかっておりましたけれど……。はて？　では、この子、いったい何者かしら？

見たところ帝都の新月地区にいてもおかしくはない風貌《ふうぼう》。何日も洗っていないであろうボサボサの髪と、擦り切れたぼろ布のようなワンピース、そこから伸びたやせ細った手足……。

〝食うに困って、学園に忍び込んだ子ども〟

一見すると、そんな印象の少女だが……。

「それで、いったいここには、なにをしに来ましたの？」

「……これを落としたみたいだったから、届けに」

そう言って、少女が差し出してきたのは、先ほどまでミーアが履いていた室内靴だった。

「まぁ、わざわざこれを届けに？」

ミーアが尋ねると、少女は小さく首を振った。

「いえ、それだけじゃありません。お願いがあってきました」

――お願い……。食べ物でも分けてほしいのかしら？

などというミーアの予想をよそに、少女は言った。

「ボクがここにいること、誰にも言わないでください。お願いします」

そう言って、少女はスッと頭を下げた。それを聞いてミーアは、

――ボク……？　ははぁん、読めましたわ……！

しばしの黙考の後、にんまり、と意地の悪い笑みを浮かべた。

見たところ少女は、貧しさに耐えかねた無辜《むこ》の民といった風情である。

授業で使う白石板用の樹液を誤って頭から浴びたなどと言って、過剰なほどに哀れな姿をしている
……、否！　それを装っている！

けれど、ミーアは知っている。

――貧しさに窮《きゅう》した一般民衆が入ってこられるほど、セントノエルの警備は甘くはありませんわ。

島に踏み入るだけでも一苦労。加えて、学園自体は城と言っても過言ではないほどの警備体制を誇っているのだ。

――ということは、この子は、厳重な警備をかいくぐってこられる者ということになりますわ。

しかも、ミーアは気付いていた。少女は自分のことを『ボク』と言っていた。

どこからどう見ても女の子、なのに、少年のような一人称……。

——あわよくば、少年のように振舞おうとしている……つまり、身分を偽りたいのですわね。そんなことをしてまで、このセントノエルに忍び込まなければならない存在、そして、それを実現させてしまう存在は、一つしか思い当たらなかった。

すなわち、世界の破壊をもくろむ秘密結社……。

——混沌の蛇！　その正体、このミーアがしかと見破りましたわ！

ミーアの推理が冴《さ》え渡る！

……まぁ、言うまでもないことではあるが、迷推理である……。

——ふふん、さっそく、やってきましたのね！　ラフィーナさまのところに突き出してやりますわ。

ミーアは、ふんすっと鼻息を荒くして、少女を睨む。

——さて、正体がわかれば怖くなんかありませんわ。騙《だま》されたふりをするのが得策ですわね。

いかに少女といえど、こうして潜入してきているのだから、強いのかもしれない。

であれば、騙されたふりをして、逆に騙すのが得策……。

策士ミーアの脳みそが唸りを上げる！

罠に溺れなければいいのだが……。

「ボクのこと、秘密にしてたってバレたら、ひどい目に遭《あ》うって知ってます。でも、どうかお願いします。誰にも言わないで、お願いします」

「ふふふ、ええ、もちろんですわ」

ミーアは、優しげな笑みを浮かべて言った。

「あなたのこと、秘密にしておいて差し上げますわ」

「……へ？」

その答えに少女は、驚いた顔をした。

「それよりあなた、もしかして、お腹が空いているんではないかしら？」

ミーアは机の上に置いてあった小箱を手に取った。

箱の中身はクッキーだ。

ミーアの部屋には、いざという時のために非常食（＝オヤツ）が備蓄してあるのだ。少なくとも、三日は部屋に籠城《ろう》（＝引きこもり）できるようになっているのである。

しかも、そのクッキー、ただのクッキーではない。

ミーアがアンヌに命じて行った調査の結果、安く入手できるものの中では、最も味が良いと判断したものなのだ。

――ふふふ、空腹の時にこれを食べてしまえば、心を奪われざるをえませんわ。

そう腹の中で皮算用をしていたミーアであったが……、少女は小さく首を振った。

「いいえ、大丈夫です。減ってません」

「へ？　でも……」

「ほんとです。減ってません」

その少女の言葉を否定するように、きゅるる、という切なげな音が鳴った。

「………」

無言で少女の方を見つめるミーア。少女は、表情一つ変えずに、むしろ胸を張った。

「嘘じゃありません。なんでしたら、ボクの尊敬するお祖母《ばあ》さまのお名前に誓います」

——まあ、ずいぶんと安いお祖母さまのお名前ですわ！

ミーアは呆れつつも、クッキーを取り出した。

「別に、遠慮することはございませんわよ？　ほら、たっぷりありますし……」

「でも……、食べ物は貴重なはずです……」

少女は、食い入るようにクッキーを見つめつつ言った。

「……ボクのこと、黙っててもらうだけで、すごく迷惑かけてるし……」

そう言いつつも、少女の視線はクッキーにくぎ付けだ。

試しに、ミーアは手に持ったクッキーをスーッと横に動かしてみた。

すると、それを追うように、少女の顔の向きが変わる。

「………その上、たっ、食べ物をもらうなんて……」

ミーアはひょい、っとクッキーを少女の方に投げた。

少女は、パクっとそれに食いついた！

もぐもぐ、クッキーを食べてから、彼女は瞳を潤ませて……、

「おっ、美味しい……」

それから、ミーアの方をじっと見つめて……、

「お姉さまは、慈愛の女神さまかなにかなんですか？」

鼻をすすりながら言った。

——あっ、この子、チョロイですわ。

ミーアは確信する。それから、愛想の良い笑みを浮かべて、

「たっぷりあるから、遠慮する必要はありませんわ。とりあえず、今はそれしかございませんけれど、明日の朝になったら、なにかお食事を作っていただきますわね。それと……」

少女の体を眺めまわして、ミーアは頷いた。

「お風呂が必要ですわね」

ラフィーナのところに突き出すにしても、こんな汚れたままにはできない。

――わたくしでさえ憐《あわ》れみを覚えてしまう格好ですし……ラフィーナさまも判断を誤られる可能性がございますわ。

その時だった。部屋のドアが開いた。

「ああ、ミーアさま、よかった、お帰りだったんですね」

立っていたのは、アンヌだった。ミーアの顔を見て、小さくホッと息を吐く。

どうやら、ミーアを心配して、探しに出ていたらしい。

「ええ、お手洗いに行っておりましたの。ちょうどいいところに帰ってきましたわね、アンヌ。すまないのだけど、お風呂の準備をしてもらえるかしら？」

「それは構いませんけれど、ミーアさま、その方は……」

――はて、なんと答えたものかしら……。

ミーアは、わずかばかりに悩みつつ、少女の方を見る。と、

「え……、アンヌ、かあ、さま……？　それに、いま、ミーアって……え？」

少女は混乱したように、アンヌの方を見て、それから、ミーアを見つめた。

「えーと……？」

一方のミーアは、わけもわからず、首を傾げるばかりだった。

第十話　祖母と孫の感動の対面

「ミーアさま、どういたしますか？」

「そうですわね……。とりあえず、共同浴場に連れていきましょうか」

ミーアは、呆然とする少女をうかがいつつ、アンヌに指示する。

女子寮の共同浴場は、基本的には入浴時間が決まっている。けれど、それはあくまでも表向きのこと。温泉を引いているため、常時、湯はたまっている。そして、どうしてもという場合には、管理人に言って、こっそり入ることも可能なのである。

天井の一部がステンドグラスになっている浴場で、淡い月明かりを浴びつつ、入浴するとたいそう風流なのだとか。

まぁ、夜は寝ることに無上の喜びを感じているミーアには縁のない話ではあるのだが。

「とりあえず、この子の服は洗うとして……。着替えはわたくしのものを適当に見繕《みつくろ》ってちょうだい」

「ミーアさまは、いかがいたしますか？」

「へ？　わたくし、ですの？」

ミーアは、ふと自分の体を見下ろした。

気が付けば、ミーアは汗まみれだった。先ほど廊下を全力で走ったのだから、当然のことだ。

――このまま寝るのは、確かに少し気持ち悪いかもしれませんわね。

小さく頷き、ミーアはベッドから起き上がった。

「そうですわね、月夜のお風呂というのも風流でしょう」

ミーアは少女とアンヌを引き連れて、共同浴場にやってきた。

その間、少女はずっと黙ったままだった。

――どうかしたのかしら？　なにか、企《たくら》んでいるとか……？

ちらちら横目で監視するミーア。だったが、少女は悪だくみをしている様子はなく、むしろ、かすかにうかがえるのは戸惑いの様子だった。

脱衣所に着くと、手早くアンヌが少女の服を脱がせていく。

少女は、特に抵抗する様子もなく、なすがままにされていた。

ミーアはさりげなく、その様子を見つめていたが……、

――ふむ、武器などは持ってないようですし……。なにか武術をやっているようにも見えませんわね。

自分とあまり変わらない……というより、むしろ貧相ですらある少女の裸身だった。

あばら骨がわずかに浮いていて、あまり食べていないことがうかがえる。肌艶もあまりよくないし、頬は痩せこけて、顔色も青白い。

先ほど触れた時も思ったことだが髪質も悪い。

貧民街の住人を装った、混沌の蛇の関係者……。そう予想していたミーアであったが、その姿には、ついつい憐れみの念を抱いてしまう。

——地下牢《ろう》での生活を思い出してしまいますわね。

食べられないのは……辛《つら》いことなのだ。

先ほど少女の反応を見て、チョロイなどと思ってしまったことを、ミーアは思わず反省する。お腹が減っていれば、ミーアだって、食べ物をくれた人を女神と崇《あが》めるぐらいは……。

——いや、さすがに、あそこまではやりませんわ！　やっぱりこの子、ちょっとチョロイ子だと思いますわ。

「ミーアさま……」

ふと見ると、アンヌが生真面目な視線をミーアに向ける。

「ミーアさまの洗髪薬《シャンプー》と洗身薬、それに肌を潤す香油を使ってもよろしいでしょうか？」

普段から、ミーアのもろもろのお手入れを手伝っているアンヌである。その仕事には、こだわりを持っている。そんなアンヌだからこそ、少女の状況を見て、肌艶&髪質保持職人《スペシャリスト》の魂に火がついてしまったようだ。

「ええ、構いませんわ。わたくしは寝汗を流すだけですし。その子の入浴を手伝ってあげてちょうだい」

それから、ミーアは悪戯《いたずら》っぽい笑みを浮かべて、

「せっかくですから、ダンスパーティーに出ても恥ずかしくないぐらいに、綺麗にしてあげるといいですわ」

さっさと汗を洗い流したミーアは、浴槽に浸かって、はふーっと息を吐いた。

——あー、生き返りますわ……。

手足をぐいーっと伸ばして、疲れがたまった筋肉を解《ほぐ》していく。

…………大した運動はしていないように思うのだが、なまりきった体には、先ほどの全力疾走がこたえたのだ。

――っと、気を抜くわけにはいきませんわね。

気分を入れ替え、ミーアは改めて少女の方を見た。

アンヌにされるがままにしている少女。今はわしゃわしゃと長い髪を洗われている。ぎゅっと目をつむり、じっとしている、その姿は、まるでお風呂に入れられた猫みたいだった。

――あの子、いったい何者なのかしら……？

当初、混沌の蛇から送り込まれた破壊工作員かなにかだと疑っていたミーアだったが、少女を見ていると、なんだか、疑っているのが馬鹿らしくなってきた。

――それに、あの子がさっきつぶやいた言葉……。

「アンヌ母さま……とか言ってましたわね」

やがて、汚れを落とした少女が浴槽に入ってきた。

「では、ミーアさま、私はお着替えと香油の準備をしてきます」

「ええ、よろしくお願いするわね」

頭を下げ、踵を返すアンヌ。その後姿を、少女はジーっと見つめていた。

浴室の扉が閉まったところで、

「……やっぱり、アンヌ母さまだ……」

ぽつん、とつぶやく。

「……でも、おかしい。確かにアンヌ母さまなのに、なんだかすごく若い……」

ぶつぶつ、戸惑うようにつぶやいていた少女だったが、突然、顔を上げて、パンっと手を叩いた。

「あっ、そうか。つまり、これ、夢なのですね」

意味のわからない状況を「夢」で片付けてしまう精神性に、ミーアは微妙な親近感を覚えた。

――なっ、なんかこの子……とても他人とは思えませんわ。

そうして、改めて見てみると、少女はどことなくミーアに似ていた。

しっかりと洗い清められた髪の色は、ミーアと同じ白金色だった。その愛らしい瞳の色もミーアと同じ青色で形も似ている。

っと、その瞳がミーアの方を見て、驚きに見開かれた。

「あ、ごめんなさい。えーと、遅くなりましたが、お初にお目にかかります。ボクはベル。ミーアベル・ルーナ・ティアムーン。ミーアお祖母さまの孫娘です」

「はぇ…………？」

ミーアはぽっかーんと口を開けた。

第十一話　帝国の叡智の虚像

「わ、わたくしの、孫……？　孫ということは、わたくしの子どもの、娘ということですわね？」

ごく初歩的な単語の意味の確認をしつつ、ミーアは、呆然と少女を見つめた。確かに言われてみれば少女の顔は、どことなく自分に似ているように見えないこともないが……。

普通であれば疑うべきこと。けれど、ミーアはそれをありえないとは言えなかった。

なぜなら、もしもベルが混沌の蛇の関係者で、ミーアを騙そうとしているのであれば、そんな突飛な嘘を吐く必要がないからだ。

そもそも時間を飛び越えて過去にやってきたなど、どんなおとぎ話でも聞いたことのない話である。

唯一、ミーアが思い当たるものこそ……自身の経験だった。

想像の外の出来事、物語より奇妙なる現実……。

それゆえに、ミーアはベルの言葉を信じることができた。

「ということは……、もしかしてミーアベル、あなた……」

「あっ、ベルって呼んでください。お祖母さま」

ベルは、ごくごく小さくはにかみながら言った。

「わかりましたわ。では、わたくしも名前で」

「はい、わかりました。ミーアお祖母さま」

ぐむ、っとミーアの喉が変な音を立てた。

ミーアは前の時間軸で二十年の人生を過ごした。そして今の時間軸に転生してからは三年近くの時間が過ぎている。

精神年齢はさておくとして、実質的に二十二、三歳の女性ということができるだろう。

……が、さすがにお祖母ちゃんと言われるのには抵抗があった。

お母さんぐらいならば、葛藤《かっとう》とともに受け入れることもできたかもしれないが……、お祖母ちゃんと呼ばれるのは、なんというか……、こう、心に来るものがあるのだ。

ちゃぽり、とお湯に波紋を立てつつ、ミーアはベルの方に近づいた。それから、無言でベルの華奢な肩をぐいいっと掴んで、笑みを浮かべた。

「お・ね・え・さ・ま、と呼んでいただきたいですわ」

「え？　でも、おば……」

ベルに顔を寄せて、ニコニコ笑みを浮かべながら、

「お姉さま、いいですわね？　お姉さま」

「え？　え？　でも、あ、いたっ！　痛いです。肩に指が、食い込んで……」

「練習してみるのがよろしいですわね。わたくしに続いて言ってみなさい、ベル。はい、ミーア、お・ね・え・さ・ま」

「ミーア……お姉……さま？」

恐怖のゆえか、フルフル震えだしたベルを見て、ミーアはようやく離れた。

「と、まぁ、些細なことは置いておいて、ベル、もしかして、あなた……、断頭台で首を刎《は》ねられましたの？」

「……はぇ？」

ミーアの突然の問いに、ベルは瞳をぱちくりさせてから、

「ふふふ、面白いこと言いますね、ミーアお姉さま」

クスクス笑い声を上げた。

「じゃあ、お姉さまは、断頭台にかけられたことがあるんですか？」

ええ、ありますわ！　……などとは、さすがに言えないミーアである。

――なるほど、つまり時間を遡《さかのぼ》る条件は断頭台ではないということですのね……。でも、よく考えると、そもそも時間の遡り方もわたくしの時とは違いますわね。もしかすると、これはまったく別のものなのでは……。

その瞬間、ミーアの脳裏に甦ってくる記憶があった。

――そういえば、あの時、確かわたくしは……、導を求めたのでしたわ……。

血まみれの日記帳のような、行動の指針になるようなものを……。

――だとすると、この子こそが？

ミーアはベルの方を見た。すると、ベルは寂しそうな笑みを浮かべた。

「でも、ミーアお姉さまの言う通りなのかもしれません」

「ん？　なんのことですの？」

「実はボク、追手の者たちに捕らえられる寸前だったんです。だから、きっとその時に気を失ってしまったんだと思います。この夢から覚めたらお姉さまの言う通り、断頭台にかけられてしまうかもしれません」

それから、ベルは、真っすぐにミーアの方を見つめた。

「でも、最後に見た夢が、こんな風《ふう》に楽しい夢でよかったです。ボク、ずっとお祖母さま……じゃない、お姉さまにお会いしたかったんですよ」

そうして小さく笑みを浮かべた。それは、笑い慣れていない子どもが無理に笑うかのように、ぎこちない笑みだった。

気付いた時……ミーアは、ベルの手を握りしめていた。

「大丈夫ですわ、ベル」

真っすぐに、ベルの瞳を見つめる。

「大丈夫、あなたの夢は、このわたくし、ミーア・ルーナ・ティアムーンが……、いいえ」

ミーアは、そっと首を振ってから、優しい笑みを浮かべて、

「あなたの尊敬するお祖母さまが、決して終わらせはしませんわ」

そっと胸を張った。

「だから、話しなさい。いったいなにがございましたの？　なぜ、帝室の一員であるあなたが追われなければならなかったんですの？」

「それは……」

「それは？」

ミーアはゴクリ、と喉を鳴らして、続く言葉を待つ。が……、その答えが返ってくる前に……、

「あっ……目が……」

突如、ベルの体がぐらり、と揺れる。そのままふらーっとお湯の中に倒れこんでいく。

「ちょっ、ベル……。ああ、湯あたりしましたのね？」

ミーアは慌てて、ベルの体を抱きとめる。

「もう、しょうがありませんわね……」

そのまま、ベルを連れて浴槽から出ようとして……、

「あっ、あら？」

直後、くらっと目が回る。

よくよく考えれば、ミーアの方がベルよりもずっと長くお風呂に入っていたわけで……。

「めっ、目が回ります、わ……」

ふらーっとその体が傾いていき、浴場の床にこてん、と倒れるミーア。

「ああ……床が、気持ちいいですわ……」


数分後、浴場に戻ってきたアンヌは、真っ赤な顔をしたミーアとベルが、目を回して倒れているのを見て大いに慌てたという。

けれど、幸運なことに先に目を回してしまったベルは、尊敬するミーアの醜態を見ずに済んだため、帝国の叡智の虚像は無事に守られることになったのだった。

めでたし、めでたし！

第十二話　祖母と孫とのパジャマトーク（シリアスな）

——不思議な夢……。

お湯につかり、目の前の少女と話しながら、ベルは思った。

追手に捕まりそうになって、光に飲み込まれて、気が付いたら変な建物の中にいた。

大きくて、とても豪華な内装の、お城のような建物。

突然の変化に驚いたベルは、警戒してすぐに身を隠した。

――ちょっとだけ、もったいなかったかも……。

はじめから夢だってわかっていたら、もっといろいろ回れたかもしれない。食べ物がなくてひもじい思いもしなかったかもしれないし、それに……。

――もしかしたら、アンヌお母さまとだって、もっと早くお会いできたかもしれない。それに……。

目の前の、ベルの祖母を名乗る少女、ミーア・ルーナ・ティアムーン。

ベルの周りにいた人たち、みんなが慕い、その死を惜しんだ人……。

その姿は少しだけ、ベルに似ていて、でも……。

「あなたの尊敬するお祖母さまが、決して終わらせはしませんわ」

力強い宣言とともに、ベルを安心させるように笑みを浮かべる。その力強い笑みに、ベルは見惚れて、憧れた。

――ああ、これが……これが帝国の叡智……。

ベルの姿を見て、惜しむことなく、すぐにお菓子を出してくれた。

遠慮するベルに、無理矢理に食べさせて、その後は労《いたわ》るように、お風呂に連れてきてくれた。

――とっても温かくて、頼りになる人……。尊敬するお祖母さま……。もっと早くお会いしたかったな。そしたら、もっともっとたくさんお話しできたのに……。

最初はちょっぴり怖い夢かと思った。だけど、今ではすごく楽しくって、ベルは久しぶりに笑った。

それは本当に本当に、久しぶりのことだった。

アンヌとエリスが命を落としてから、楽しいなんて思うことはなくなってしまったから。

――もしかしたら……ボクが最後まで誇りを失わなかったから、ご褒美にこんな素敵な夢、見れたのかな……。

最後……、そう、ベルは自分の命運がすでに尽きていることを知っていた。

追手の手に落ちれば、皇帝の血を引く自分は、確実に処刑される。

断頭台で首を落とされるか、それとももっと別の、恐ろしい方法でなされるのかはわからないけれど……。

それを思うと、恐怖で体が震えた。

――できれば、もう少しだけ、この世界にいたいな……。

温かで、優しい世界。

大切な人たちが、まだ生きていて……自分を抱きしめてくれる幸せな世界。

ここにずっと居たいと、心からそう願う。

だけど、そんなベルの想いと裏腹に、目の前の景色が霞《かす》み始めた。

夢の終わり……。

どれだけ楽しくても、夢は終わる。ずっと居たいと思っていても、人は夢の中に居続けることはできない。

――お祖母さま……お会いできて、嬉しかったです。

そうして、ベルの意識は、白い湯気の中に溶けていって……。

「あっ……」

目が覚めた時、ベルは自分が泣いていることに気が付いた。

慌てて、目元を拭《ぬぐ》う。

夢は終わった。これからやってくるのは、辛く苦しい現実だ。

自分は追手の手に落ちて、今は絶望的な状況。あがいてもどうしようもないかもしれないけれど、それでも……、とベルは身構えようとして……唐突に気が付いた。

自分がふかふかの、気持ちの良いベッドに寝かされているということに。

体を見下ろせば、いつの間にやら着替えさせられていて……。今着ている服は、なんだかふわふわしてて、とても気持ちいい上質なもので。それに、ほのかに香る花の匂いがとっても素敵だった。

――ボク……いったいどうなって？

「あら、目が覚めましたのね？」

そのベッドに腰かけて、ベルの顔を覗き込む一人の少女がいた。未だ夜明け前の、ほのかな月明かりに照らされて、その美しい髪は淡く白金色に輝きを帯びていた。

「まぁ？　どうしましたの？　そんなに泣いて……。ベルは泣き虫ですわね」

ベルの目尻についた涙を、指先で拭う、彼女こそ……。

「ミーア、お祖母さま……？」

「お姉さまですわ!!」

ミーアはちょっぴり不機嫌な声で言った。

――やっと起きたと思ったら、失敬なやつですわ！

ミーアはプリプリ怒りつつ、ベルの隣に横になった。

「あの、アンヌ母さまは……？」

「もうすぐ食堂で準備が始まる時間ですから、あなたの分も作ってもらえるようお願いに行っていますわ。起きるにはまだ早い時間ですし、わたくしたちはもう少し、ここで休みましょう」

「え？　おば……お姉さまのお隣で、ですか……？」

ベルは戸惑ったような声を上げて、体をぎゅっと縮こまらせる。

「そんな恐れ多いこと……」

「あなたの分のベッドは急には用意できないでしょう？　アンヌのベッドを使わせてもらってもよろしいんですけど……」

ミーアの視線を追ったベルは、きょとん、と首を傾げた。

「あれ？　でも、ミーアお姉さま、確か、さっきはあっちの方に寝てませんでしたか？」

「……気のせいですわ」

ミーアは微妙に目を逸《そ》らしつつ、

「それはそうと、あなたには聞きたいことがあるんですの」

そう言うと、ミーアは、毛布を頭の上までずり上げた。

小さい二人の少女は、これですっぽり、その中に潜り込んでしまう。

そうして、声が外に漏れないようにしてから、ミーアは改めてベルに問う。

「ベル、いったいあなたになにが起きたのか、聞かせてくださらないかしら？　こう言ってはなんですけど、あなた、帝室に連なる者とはとても思えないような見た目をしてましたわよ？」

ボロボロの粗末な服、伸び放題で手入れのされていない髪、やせ細った体……。

帝室の一員どころか、貴族の娘にすら見えない、悲惨な状態だった。

「ティアムーン帝国は、帝室は……、わたくしと子どもたちは、どうなりましたの？」

ミーアの問いかけに、ベルは一瞬、黙り込み、やがて小さく口を開く。

「ティアムーン帝国は……もうありません」

第十三話　ミーア姫、やらかす……

ベルの言葉に、ミーアは衝撃を受けた。

彼女の有様からある程度は予想していたとはいえ、衝撃は簡単にはなくせない。

「そんな、いったいどうして？　やはり飢饉《ききん》を乗り切れなかったんですの？」

「飢饉……？　たぶんですけど、それは大丈夫だったはずです。ボクが生まれるずっと前というか、ボクのお母さまが生まれるよりも前のことなのでよくは知りませんけど……。ミーアお姉さまの功績を称えるご本に書いてありました。蓄えで十分に乗り切れたし、周辺の困窮《こんきゅう》している国にも救いの手を伸ばした、と書かれていました」

「そう、ですわね。言われてみれば確かに、あの飢饉が起きるのは今から数年後のこと、ベルには関係ないか……」

ほう、っとミーアが胸を撫でおろしたのもつかの間……、

「あっ、それと、その時にミーアお姉さまの栄誉を称えるために、金の像が立ちます」

「ぇ……？　きっ、金の像……ですの？」

「はい、天を衝《つ》くがごとくものすごく大きな像だったたって、エリス母さまも言ってました」

「てっ、天を衝くがごとく……」

ミーアは、巨大な自らの像が立っているのを想像した。

腕組みして、得意げに笑みを浮かべる自身の姿。そんな金ぴかの像が帝都の広場に聳《そび》え立つ姿を思い浮かべて……、ついでにそれが革命軍に引き倒されるシーンまでしっかり想像できてしまった。

——しかも、金の像とか、引き倒された後、ボコボコに解体されて売り飛ばされるに決まってますわ。別に自分がやられてるわけじゃないのに、あれ、結構、ショックなんですのよね……。

前の時間軸において、自身の肖像画がどのように扱われたのか、忘れてはいないミーアである。ルードヴィッヒとともに困窮する民衆のもとを訪問した帰り道、広場で肖像画が山積みにされて焼かれているのを見て、こう、無性に悲しい気持ちになったものである。

「それは、絶対にやめさせなければなりませんわね……。ルードヴィッヒにくれぐれも言っておかなければ……」

「へ？　なぜですか？　とても素晴らしい出来栄えだったと聞いてますけど……」

「覚えておくといいですわ、ベル。帝室は、税金を自らのお金だと思っては絶対にいけませんわ」

ミーアはキリッとした顔で言った。

「税金を自らの……、血だと思いなさい！」

「血……ですか？」

「そうですわ！　それこそが生き残るためのコツですわ！」

ギロチン被害の第一人者であるミーアの言葉に、ベルは神妙な顔で頷いた。

「それで、話を戻しますけど、結局、帝国になにがあったのですの？」

「ボクも直接知っているわけではありません。すべて、ルードヴィッヒ先生から聞いたことですが……」

そう前置きして、ベルは話し始めた。

「ボクの曽祖父、ミーアお姉さまのお父さまが亡くなった後、ミーアお姉さまは帝位を継ぎませんでした。そのために帝位を継ぐのは、四大公爵家の一つということになったのですが……」

ミーアの一応の友人、エメラルダ・エトワ・グリーンムーンの実家であるグリーンムーン家と莫大な資産を抱えるブルームーン家、軍部に強いコネクションを持つレッドムーン家にイエロームーン家を加えたティアムーン帝国四大公爵家は現皇帝の血族である。すなわち、正当な皇位継承権を持っているのだ。

各家の権勢には若干の差異はあるものの、いずれも皇帝に次ぐ大貴族として知られている。当然のごとくそれぞれの家が貴族社会に派閥を持ち、権力闘争を繰り返していた。

「まさかとは思いますけれど、継承権争いが悪化して内戦……などとは言いませんわよね？」

「さすがはミーアお姉さま。よくおわかりになりましたね。二家同士が互いに手を結び、対立。帝国内の各貴族は、ごく一部を除き、どちらかの陣営に入り、帝国は二つに割れてしまいました」

ベルは、小さくため息を吐いた。

「ルードヴィッヒ先生が嘆いておられました。ミーアさまに、もしも女帝になっていただけていたら、ここまで酷いことにはならなかったって……」

それから、慌てた様子で付け足す。

「あっ、もちろん、きっとなにか考えがあったんだろうって、言っておられましたけど……」

それを聞いて、ミーアの背中を、だらだらと汗が流れ落ちた。

──あ、ああ、や、やってしまいましたわ。これ、きっとアレですわ。たぶん、わたくし、なぁーんにも考えてませんでしたわ……。

ミーアには未来の自分の思考が手に取るようにわかった。なにしろ自分のことだし。

──あ、あの歴史書を読んだせいですわ。あれに八人も子どもができて、国は安泰だって書かれていたものだから……。

ミーアは確信する。絶対に、未来の自分は面倒くさがって、女帝にならなかったのだ。積極的に拒否したのか、それとも消極的に〝なる努力〟をしなかったのかはわからない。

けれどいずれにせよ、特に理由もなく、深い考えもなく、その椅子を他者に譲ってしまったに違いない。

「それでも、内乱が起きて帝国が割れそうになった時、ルードヴィッヒ先生たちは、ミーアお姉さまを女帝の地位につけようとしたそうです。だけど……」

「だけど……？」

「その矢先に、お姉さまは毒殺されてしまったんです」

「ど……毒殺!?」

それを聞き、ミーアは一瞬、考える。

――ま、まぁ、でも、ギロチンよりはマシなのかしら……？

ミーアの脳裏を過ぎるのは、おとぎ話だった。

愛し合う姫と騎士とが報われぬ恋の末、ともに毒をあおって命を落とす物語。

――首を落とされるよりは、だいぶマシ……。

「お見事なお最後だったそうです。ミーアお姉さまは、三十日の間、猛毒と気高く戦った末……」

ミーアは脳内で、三十日間、毒で苦しんで、と翻訳した。

「その身を深紅の鮮血に沈めながらも、わが人生に一点の曇りなし、と高らかに朗らかに叫ばれた、って」

ミーアは脳内で、全身から血を流しつつ苦しみながら死んだ、と翻訳した。

「ミーア皇女伝に書いてありました」

――ひぃいいっ！　全然マシじゃございませんわ！　エリスの脚色がだいぶ入ってますけど、これ、実際にはものすごーく悲惨な死に方ですわ！

リアルに想像してしまい、ミーアは震え上がった。

――しかも、そのお話、なんだかすごく盛られてる気がいたしますわ。

毒で弱っているのに、高らかに朗らかに格好いいことを叫ぶ自分の姿がまったく想像できないミーアである。

キラキラした目で見つめてくるベルを見て、ミーアは、遅まきながら不安になる。

――この子、わたくしのことどんな風に教えられているのかしら……？

聞いてみたいけれど、怖いから聞かずに棚上げするミーアである。

「それで、ミーアお姉さまのお子さま方、ボクから見ると叔父上や叔母上に当たる方たちなのですが、身の危険を感じ、離散の憂き目に遭いました。ボクたちは最初、ルドルフォン辺土伯のところに身を寄せていたのですが、お母さまが亡くなる直前にアンヌ母さまのもとに預けられたんです」

ベルは、一度言葉を切ってから、少しだけかすれた声で続ける。

「でも、アンヌ母さまはボクをかばうために……。そして、その後、育ててくださったエリス母さまも……」

――ああ……アンヌ……、それにエリス。あなたたちは、わたくしが死んだ後も、忠義を尽くしてくださいましたのね……。でも、エリス、いくらなんでも脚色しすぎ……。

ミーアは小さくため息を吐きながら、改めて疑問を口にする。

「ですが、仮にわたくしが死んだとしても、そう簡単に帝国が滅びたりはしませんでしょう？ そうですわ、シオン。あのでしゃばりはどうしましたの？ あいつが他国のこととはいえ、貴族の愚かな行いで、民が苦しむのを見過ごしにするなんて思えませんわ。それに、ラフィーナさま……、あの方が、そのような帝国の窮状を見過ごしにされたんですの？」

「ラフィーナさま、というのは、司教帝ラフィーナ・オルカ・ヴェールガのことでしょうか？」

「ええ、そう、ですわ……？ ん？ 司教帝？」

聞き慣れない言葉に、ミーアは首を傾げた。

第十四話　司教帝ラフィーナ

　そうして、話し込んでいるうちに朝がやってきた。

　すっかり寝不足気味のミーアはあくびを噛み殺しながら、食堂にて朝食をとった。

　部屋に残してきたベルには、アンヌが朝食を持っていっているはずだった。

　一緒にテーブルについた取り巻きとの会話もほどほどに、搾《しぼ》りたての甘い牛乳を飲みながら、ミーアはぼんやりと、ベルから聞いた話を思い出す。

　――司教帝ラフィーナさま……。にわかには信じがたいお話でしたわね。

　ヴェールガ公国は、軍事力を持たない小国だ。

　そして、大陸に広く普及した中央正教会の総本山であり、宗教的権威に裏打ちされた国である。

　ヴェールガには、国を統べる王がいない。唯一の神を王として崇め、その王に任命された最高位たる公爵が、国を統べる王と、宗教的指導者である司祭の役割を担っているのだ。

　それゆえに、軍は持たないし、王をも名乗らない。

　それは絶対的な権力を持つ自己を律するための謙虚さであり、配慮であったはずなのだが……。

　――にもかかわらず、ラフィーナさまは皇帝を名乗られ、そして、自ら剣を取られた。

　ベッドの中でベルは言った。

「司教帝ラフィーナは邪教結社「混沌の蛇」との戦いを訴え、近隣国に義勇兵を募《つの》りました。そうして集まった兵をヴェールガの軍、聖瓶軍《アクエリアンフォース》として組織しました」

「まぁ、ラフィーナさまが、そんなことを？」

確かに、彼女は混沌の蛇との戦いを宣言し、ミーアたちに協力を要請した。

けれど、自ら軍を持ち、それを率いて戦いに参加するとは、ミーアは思っていなかった。

「それだけではありません。ヴェールガ公国を神聖ヴェールガ帝国に移行、周囲の国々に恭順を求めることになります」

「そっ、それでは、侵略ではございませんの？　いったいなぜ、そのようなことに？」

「徹底した管理体制による破壊活動の防止。司教帝の手足となって動く聖瓶軍を用いて、潜んだ邪教徒の掃滅《そうめつ》をしようとしたのだ……って、ルードヴィッヒ先生は言ってました」

ベルの微妙なルードヴィッヒ物真似に、ミーアは苦笑いした。

「……それにしても、邪教徒の掃滅なんて……、なんとも物騒ですわ。ティアムーンは混乱の中にあったとしても、サンクランド王国のシオンは黙っていたんですの？」

「残念ですが、サンクランドも内乱状態でした。司教帝につくことを主張する貴族派と、そのやり方に反対する天秤王シオンの派閥に分かれて……」

善政を敷いたシオンでさえ、国を割られてしまう。それほどに、『聖女』の言葉は重い。

「ティアムーンにも、その流れは来ます。四大公爵家のうち、二つは司教帝の側につき、もう片方は天秤王につきます。そして、天秤王についたほうが負けます。結果、帝国は聖瓶軍の管理下に置かれます」

「話を聞いていると、ラフィーナさまがすべての問題の発端になっているように聞こえますわね」

ミーアはてっきり、混沌の蛇がすべての元凶だと思っていた。けれど……、

──これは矛盾ですわ。ラフィーナさまは混沌の蛇を排除するために管理体制を強くしている。そのせいで、逆に世界が良くない方向に行っておりますわ。これでは、ラフィーナさまが元凶だということになってしまいますわ。

そもそもミーアには、いまいちラフィーナがそんなことをするようには思えなかった。

「いったい、どうして、ラフィーナさまはそのようなことを？」

「それは…………」

「それは？」

「…………すみません。よくわかりません。ルードヴィッヒ先生になにか聞いたような気はするんですけど。その時、ウトウトしてしまってました」

──まぁ、あのルードヴィッヒの話の途中で寝るなんて、大した度胸ですわね。ネチネチ嫌味を言われたでしょうに。

素直に感心してしまうミーアであったのだが……。

「えへへ、ルードヴィッヒ先生、とても優しくしていただいたんですけど、そのせいで眠たくなってしまって……」

ベルの言葉に愕然《がくぜん》となる。

「やっ、やや、優しいって、あのルードヴィッヒが、ですの？」

声が、震える。

「はい。とてもよくしていただきました。ボクが寝てるのが悪いのに、自分の教え方が悪かった、と

言って謝ってくれたり、寝ないで最後まで聞いてただけなのに、よく頑張ったね、って頭を撫でてくれたりしました。ボクの大好きなおじいちゃんです」

――ちょ、な、ルードヴィッヒ、な、なんなんですの!? この扱いの差は！ さっ、差別ですわ！ わたくし、大変、不当な扱いを受けましたわ！

そもそもミーアがウトウトして怒られたのは十六、七歳の頃で、ベルは十歳前後なので、その時点で大きな違いがあるのだが、当然、そんなことは考えないミーアである。

そんなこんなで、夜は更けていったのだった。

――結局、あの後も、有益な話は聞けませんでしたわね。まぁ、なにか思い出すこともあるでしょうけれど、それにしても、気になりますわ、ラフィーナさまのこと。

そうして、朝食を終えたミーアは、ちょうど食堂から出ようとしていたラフィーナの姿を見つける。

「ラフィーナさま、おはようございます」

「あら、ミーアさん。ご機嫌よう。どうかした？ なんだか眠そうだけど」

優しい笑みを浮かべるラフィーナに、ミーアは曖昧な笑みを返してから、

「ええ、少し寝不足で。それより、折り入ってお話があるのですけれど、お昼にうかがってもよろしいかしら？」

「まぁ、奇遇ね。私もミーアさんにお話があったのよ。ちょうどよかったわ」

ニコニコ笑うラフィーナに、ミーアはきょとんと首を傾げるのだった。

第十五話　ラフィーナの誘い

一日の授業を終えたミーアは、早速ラフィーナの部屋を訪れた。

ヴェールガの最高権力者の娘であるラフィーナであるが、普段暮らしているのはミーアたちと同じ女子寮だ。

距離的には実家から通っても問題ないのだが、各国の次世代を担う者たちとの交流を重視して、そのようにしているのだという。

「さ、行きますわよ」

ミーアは自らの後ろに控える少女に声をかけた。

少女……、ミーアの孫娘であるベルは、緊張に強張った顔でミーアを見つめた。

「あの、おば……、お姉さま……、本当に大丈夫でしょうか？」

「そうですわね、あなたがわたくしのこと、うっかりお祖母さま、なんて呼ばなければ大丈夫なのではないかしら？」

「むー、お姉さま、意地悪です……」

ぷーっと頬を膨らませるベルの肩を押して、ミーアはドアをノックした。

「失礼いたします、ラフィーナさま」

「ああ、いらっしゃい、ミーアさん。あら？　その子は……？」

笑顔でミーアを出迎えたラフィーナは、ベルの方に目を向けて、小さく首を傾げた。

「ええ、実は話というのは他ならぬこの子のことですの。同席をお許しいただけますかしら？」

「ええ、それは構わないのだけど……」

わずかばかり困惑した顔をしつつも、ラフィーナは言った。

「困ったわ。お茶菓子、ミーアさんの分しか用意してなかったの」

「まぁ！　それは大問題ですわ！」

半ば本気でミーアは心配した。


部屋に入り、椅子に座って落ち着いたところで、ベルの分の紅茶とお茶菓子が揃う。

ラフィーナは自らの前に置かれたティーカップを持ち上げ、その香りを楽しむように深く息を吸ってから、ミーアの方に目を向けた。

「それで、お話とはなにかしら？」

「ええ……その」

ミーアは、わざとらしく言い淀んで見せてから、紅茶を一口。口の中に広がるのは甘い花の香りだった。

気分を落ち着けている――そう見えるように、ミーアはほうっとため息を吐いてから、

「実はこの子は、わたくしの、その……妹ですの」

用意していた答えを口にする。

さも言いにくいことを言うかのような様子で……、あまり深く触れてくれるな、と言外に主張する

ように。

「え？　だけど、ティアムーン帝国の皇女は確か……」

首を傾げるラフィーナに、意味深に頷いて見せて、ミーアは答える。

「ええ、わたくし一人、ということになっておりますわ。公式には……」

公式も非公式もなく、実際、皇帝の子はミーア一人だけなのだが……。

——申し訳ありません、お父さま。少しだけ泥をかぶっていただきますわ。

そうして、再びのアピール！　突っ込まれればボロが出る。言いにくいことなので、そっとしておいて、と全力でアピールである。

そんなミーアの目くばせで、ラフィーナはすべてを察した様子だった。

「まぁ、国を統べる者としては当然のことね。お世継ぎがミーアさん一人では、なにかあった時に大変でしょうし……」

それから、ラフィーナはベルの方に目を向けた。

「なるほど、確かによく見るとミーアさんに似てるわね。それで、ミーアさんの妹さんの、えーっと……」

「あ、ご挨拶《あいさつ》が遅れました。ミーアベル・ルーナ・ティアムーンです。よろしくお願いします、ラフィーナ司教て……いたっ！」

ベルの足を隣で踏んづけてから、ミーアは、おほほ、と笑みを浮かべた。

「それで、ラフィーナさまにお願いがございますの。この子を、この学園に通わせていただけないでしょうか？」

ミーアは少しばかり緊張しながら言った。

セントノエル学園に通うこと、それは、ある種の特権だ。

ティアムーン帝国の中にも、金や地位がありながら、通うことのできなかった者たちが数多存在している。反対に、ティオーナのような田舎貴族や一般の民衆であっても、ラフィーナのお眼鏡にかなえば通うことができる。

大抵のことは、わがままで通せてしまうミーアだが、今回ばかりは権力に頼るわけにはいかないのだ。

「妹さんをこの学園に、ね……」

ラフィーナは一瞬、ベルの方に視線をやってから、

「お友達の頼みは、無下にはできないわね」

「ありがとうございます、ラフィーナさま」

ホッと安堵しつつ、頭を下げるミーアに、ラフィーナは楽しそうな笑みを浮かべた。

「ふふ、それにしても、ミーアさん、今日はやけに演技が下手ね」

「……へ？」

「別に私は、ミーアさんが言いたくないことまで聞こうなんて思わないわよ？　素直にそう言ってくだされればいいのに。妹さんのこと、よっぽど大切に思ってるのね。だから、そんなに必死になるのね」

そうして、ラフィーナは、ベルの方に目を向けた。

「これから、よろしくね、ミーアベルさん」

「あっ、えっと、ベルって呼んでください。ラフィーナさま」

どうやらベルも、だいぶ緊張が解けてきたらしい。

そんな二人のやり取りをしり目に、ミーアは目の前の焼き菓子に手を伸ばす。

もう、自分の仕事は終わった、と思っていた彼女であったのだが……、

「ところで、ミーアさん、私からも折り入って相談したいことがあったの。いいかしら？」

ラフィーナに話しかけられて、顔を上げる。

「まぁ、ラフィーナさまがわたくしに相談なんて……、いったいなにかしら……？　もしや、例の？」

このタイミングで持ちかけられる相談事など、混沌の蛇関係以外に思いつかなかったのだが、ラフィーナが口にしたのは意外なことだった。

「いいえ、そうではないのよ。実はね、もうすぐ生徒会の選挙があるのだけど……」

一度、言葉を切ってから、ラフィーナはミーアの目を見つめた。

「それでね、よかったら、ミーアさんにも、生徒会に入ってもらいたいのよ」

第十六話　分岐点

「まぁ、わたくしが生徒会に？」

ミーアは、思わず驚きの声を上げていた。

セントノエル学園生徒会――それは、単純な学生の自治組織ではない。

なぜなら、この学園に通う者は選ばれた者たちだから。

次世代の権力者たちが集うこの学園において、生徒会に入ることは大変な名誉であり、それ以上に、

実質的な発言力を得ることでもある。

前の時間軸のミーアも当然のごとく、この生徒会の役職を狙っていた。

けれど、会長こそ自由投票によって決まるものの、それ以下、副会長二名と会長補佐、書記二名と会計に関しては、生徒会長に選出された者が務めるようになっている。

ラフィーナに蛇蝎《だかつ》のごとく嫌われていた、というか、そもそも存在の認識すらされていなかったミーアは、当然のことながら役職に選ばれることはなかった。選択肢に入ることすらなかった。

かといって、ラフィーナを蹴落として生徒会長になろう、などと大それたことを考えるはずもなく。

結局、ミーアは、ラフィーナに票を入れつつ、自分にお声がかからないかしら？　などとソワソワしつつ、この選挙期間を過ごしていたのだ。

まぁ、ただの一度も声がかかることはなかったのだが……。

そんなミーアだから、このお誘いは素直に嬉しかった……かというと、実はそうではない。正直、どちらかというと、面倒くさいと思ってしまったのだ。

そうなのだ、ミーアは、あの頃のミーアとは違うのだ。

無上の権威を誉《ほま》れとし、純粋無垢に喜びを覚える、うぶな小娘ではない。

二十歳を過ぎた、色々知っている大人の女なのだ。

ミーアは知っているのだ。権威や名誉には、必ず強大な責任がついて回るということを。

もしもラフィーナから推薦を受けておきながら、サボったり手を抜いたりしたらどうなるか？　当然、ラフィーナの不興を買うことになるだろう。

ただでさえ、混沌の蛇やベルのことで、いろいろ頭を使わなければならないのだ。

そんな面倒事を引き受けるのは、ミーアとしては遠慮したいところだった。

なんとか穏便《おんびん》に断れないかしら？　と頭をひねったミーアはとりあえず無難な言い訳を使ってみる。

「ですが、ラフィーナさま、わたくしはティアムーンの皇女ですのよ？」

セントノエル学園生徒会には、不文律が存在している。

それは、ティアムーンとサンクランド、および、その陣営に属する国の貴族を役職に就けないこと。

生徒会の持つ絶大な権威を求めて、かつて、数多の裏工作がなされてきた。大国の者たちを中心に、熾烈《しれつ》で、けれど極めて不毛な派閥工作が行われ、やがては学園生活にまで支障をきたすようになった。

そのような過去の反省から、生徒会には、両大国とその息のかかった者たちは招いてはいけない、というルールが生まれた。

ラフィーナの誘いは、そのルールを逸脱するものであった。のだけれど……、

「あら、別に明文化されたルールではないわ。それに、学園に通う誰しもに開かれた生徒会というのは理想ではないかしら？　ミーアさんなら、一緒に理想を追求できるのではないかと思っているのだけど……」

ラフィーナは澄んだ瞳で、ミーアを見つめた。

「あなたは、家柄や血筋に惑わされずに、人を見ることができる方でしょう？」

その言葉でミーアの脳裏に、いくつかの記憶が過ぎる。

――そういえば、わたくしがアンヌやクロエ、それにティオーナさんと仲良くしているのを見て、なんだか嬉しそうにされてましたわね。ラフィーナさま……。うう、信頼が重たいですわ。

その時だった。

「生徒会…………？」

小さなつぶやきが耳に届いた。その声は、弱弱しく、かすかに震えていた。

声の方に視線を転じれば、ケーキに手を伸ばしかけていたベルが、真っ青な顔をして、ラフィーナの方を見つめていた。

――いったい、どうしたというんですの？　ベル……、この話になにか……？

その時、唐突に、ミーアは思い出す。

……ベルが何者であったのかを。

彼女はミーアの孫娘だ。しかし、それ以前に彼女は……、彼女は。

――導、ベルは、わたくしの行動指針。

ミーアの願いに応えて送られてきた存在、仮にそれがミーアの思い過ごしであったとしても、未来を知るベルが青ざめた顔をしているのは、ただ事ではない。

――これは、慎重に考える必要がありますわね……。

チリチリとした、なにかアブない兆候をとらえ、ミーアの小心者の心臓が高鳴る。

――なにやら、この答えを間違うと大変なことになりそうな、そんな気がいたしますわ。

直感の告げるまま、ミーアは口を開いた。

「とても……ええ、とても光栄なことですわ。ですが、わたくしにその重責が担えるかどうか、少し心配ですわ。考えさせていただいても？」

ミーアの答えを聞いて、ラフィーナは微笑みを浮かべた。

「もちろんよ。答えはそこまで急いでいないから」

紅茶に口をつけてから、ラフィーナは涼しい笑みを浮かべた。

「それにしても、権力や名誉に飛びつかないのは、さすがね。ミーアさん」

「いえいえ、ラフィーナさまにご迷惑をお掛けしたら大変ですから」

ミーアもまた、ティーカップを持ち上げる。

今まで気付かなかったが、喉がカラカラに乾いていた。

第十七話　枕を涙で濡らす夜

しばらくの間、ベルはミーアたちと同室になることになった。

ベッドなどを入れると少しばかり手狭な感は否めないが、無理を通した以上贅沢は言えない。

それにミーアとしても、ベルから話を聞くためにはこの方が都合が良かった。

「それで、どういたしましたの、ベル？」

ラフィーナの部屋にいる時から様子がおかしかったベルに声をかける。

ベッドに隣り合って座る二人。うつむき青ざめたベルをミーアは優しく見守った。

そのまなざしには孫を見守るお祖母ちゃんの温もりがあった。ミーアに祖母性が芽生えた瞬間である。

そんなミーアの方を見て、ベルはおずおずと口を開いた。

「思い出しました……、お姉さま」

「なにをですの？」

「ルードヴィッヒ先生が言ってたんです。そもそも世界が混乱へと転がり始める、その分水嶺が、この生徒会選挙だったって。もしもミーアお姉さまがこの選挙に出ていたらって、ルードヴィッヒ先生、すごく口惜しそうに言ってました」

それを聞いて、ミーアは疲れたため息を吐いた。

——ああ、よくわかりませんが、わたくし、やっぱりサボれないみたいですわ。やれやれ、仕方ありませんわね……。

などと諦めに身を委ねられていた時は、実はまだ幸せだった。

……ミーアは誤解していたのだ。

ベルの言葉の持つ意味、その本当の恐ろしさに気付くことができなかったのだ。

だからこそ、落ち着き払った様子でミーアは頷いた。

「わかりましたわ。本当ならば生徒会のお話は断りたかったのですけれど、あのルードヴィッヒが言ったなら仕方ありませんわ。ラフィーナさまのお話、正式に引き受け……、ん？ なんですの？」

ミーアは気付いた。ベルが小さく首を振っていることに。

「そうじゃありません、ミーアお姉さま」

「どういうことですの？」

「ルードヴィッヒ先生は言ってました……。ミーアお姉さまが選挙に出て、ラフィーナ司教帝を負かしたなら、きっとその後の歴史の流れは変わっていただろうって」

「…………はぇ？」

ミーアはきょとんと首を傾げた。

「な、なにを言っておりますの？　ベル、だってさっき……うん？」

冷静になって、ミーアは先ほどのベルの言葉を反芻《はんすう》する。結果……、

──た、確かに言ってましたわ。ベル。わたくしが選挙に出ればって……！　で、でも、それって
……。

その言葉の持つ意味を改めて確認して、ミーアは震え上がった。

なぜなら、それは弓引く行為だからだ。

誰に？　もちろん、最恐の聖女であるラフィーナ・オルカ・ヴェールガにである！

前の時間軸、まったく相手にされなかったトラウマがミーアの心に甦る。

うぐぅ、と呻きつつ胸を押さえたミーアは、直後、ベルに笑みを向けた。

「お、おほほ、まったく、なにを言い出すかと思えば？　ベル、それがなにを意味するかわかってい
るんですの？」

そんなミーアに対して、ベルの答えは極めて非情なものだった。

ベルは、きょとんとした顔で言ったのだ。

「ボクはよくわかりません。でも、ルードヴィッヒ先生はそう言ってました」

それがベルの言葉であればミーアは否定することができただろう。けれど、ルードヴィッヒがそう
言っていたと聞いてしまえば、ミーアとしても考えざるを得ないわけで。

「あっ、で、でも、ほら、言ってましたわよね？　ウトウトしてたって。それなら、聞き間違えとい
う可能性も……」

「そうなんでしょうか？」

「きっとそうですわ」

「わかりました。尊敬するミーアお姉さまがそう言うのであれば、きっとボクの誤解だったんだと思います」

「もう、ベルはおっちょこちょいですわね、おほほほ」

そうして、二人で笑いあって……。

――って、ベルを説得しても、なんの解決にもなっておりませんわ！

内心で絶叫するミーアである。

さらにベルの反応を見たミーアは察してしまった。

ベルが言っていることは恐らく真実で、決して勘違いなどではないということ。

だとすれば、ルードヴィッヒは本当にそう言っていたということで……、ミーアが生徒会選挙に出てラフィーナを打ち負かしていれば、運命が好転すると予想していたということで……。

――で、ですが、あのクソメガネ、ルードヴィッヒが予想を間違う可能性だって、ないことはないはずですわ。そうですわ、きっと耄碌《もうろく》したルードヴィッヒが間違えたに違いありませんわ。

自分を落ち着けるように大きく息を吸って、吐いて……。

ふいに……ミーアの瞳から、つつぅっと涙が零れ落ち頬を伝った。

――あ、ああ、もう、もうダメなんですのね？　わたくし、諦めて死地に赴かねばならないのですわね？

ミーアの直感が理解してしまったのだ。ルードヴィッヒが誤るはずがないと。

あのルードヴィッヒがそう言っているならば、ミーアが生徒会選挙で勝てなかったらきっといろいろと大変なことになってしまうのだと。

行くも地獄、戻るも地獄の泥沼に踏み込んでしまったことを理解して、自らの人生を儚んで……ミーアは、ついつい涙をこぼしてしまったのだ。

——ああ、わたくし、死にましたわ。これは、もう助かりませんわ……うう、ううう。

よろよろとベッドに向かったミーアは、涙に潤んだ目を枕に押し付けて……そのまま寝てしまった。


ちなみに、突然泣き出したミーアを見たベルは大いに慌てたのだが……。

——ああ、ルードヴィッヒ先生がボクの面倒を見てくれたって聞いて、その忠誠に感動されたんですね。それにきっと、ルードヴィッヒ先生の最期を思って泣かれているんだ……。

などと一人で納得した。

——お祖母さまは、臣下の気持ちをしっかりと受け止めて、そのことに感動できる。繊細で、とってもお心の優しい方なんだ！

などと……、一人で勝手にミーアへの尊敬を厚くしたのだった。


こうしてミーアは、導の少女にくっきりと道を指し示されてしまったわけなのだが……。

にもかかわらず、立候補の届けを出したのは、それから八日後のことだった。

八日の間、あきらめ悪く無駄な抵抗を続けていたミーアなのであった。


その届け出が受理された日、セントノエル学園に激震が走った。

第十八話　ミーア……ナニかを踏む

八日の間、ミーアは全力の悪あがきをした。

ベルから話を聞いた翌日、ミーアは体調が優れないと言って授業を休んだ。

その日一日、絶望の涙に暮れていた。一日目。

翌日、心配したアベルやシオン、その他クラスメイトたちがお見舞いにやってきて、チヤホヤしてくれて、ちょっとだけ元気が出てきた。二日目。

「諦めるのはまだ早いですわ。ルードヴィッヒが言っていることを冷静に分析する必要がありますわ！」

そう一念発起して、改めて自分が助かる道を模索し始めた。三日目。

その翌日、甘いものが食べたくなったから、食堂に顔を出せるよう授業にも復帰。久しぶりのお勉強で知恵熱を出す。四日目。

これで半分である。

さらにその翌日、すなわちダラダラ過ごした五日目の夜、万年冬眠を決め込んでいるミーアの灰色の脳細胞が、ついに一つの推理を組み立てた。すなわち！

――生徒会選挙でわたくしがラフィーナさまを負かせば後の歴史が変わる。ということは、要するにラフィーナさまが生徒会長にならなければいいのですわ！　つまり、わたくしが候補者として立つ必要はないわけですわ。どなたかラフィーナさまの他に有力な候補者さえ立てられれば！

まるで霧が晴れるかのように目の前に開いた道。ミーアは勇んでその道に足を踏み入れた。

そうして、六日目。

ミーアは動き出す。自分が危機を逃れるためならば努力は惜しまないミーアである。

彼女が候補者として思いついたのは、シオン王子だった。

人気と人望が極めて高いシオン王子であれば、ラフィーナに太刀打ちできるのではないか？　と思ったのは、ミーアにしてはまともな判断だった。

数日かけてウォーミングアップしたミーアの脳細胞は、十分に温まっていたのだ！

そうして放課後、ミーアはさっそくシオンのクラスに向かった。

鼻歌交じりに、上機嫌な顔で。

──ふふん、わたくしがラフィーナさまに睨まれないだけでなく、シオンのやつに面倒事を押し付けることができるなんて我ながら素晴らしいアイデアですわ！

ちなみにセントノエルは各学年、二クラスずつの構成だ。シオンとアベルはミーアとは違うクラスに属している。ティオーナとクロエは同じクラスである。

──どうせならアベルと同じクラスが良かったですわ。シオンのやつは、まぁ、別にどうでもいいですけど……。まぁ、でも？　せっかくですし？　あいつがどうしてもって言うなら、みんな同じクラスでも一向に構いませんけれど……。一人だけだと、いくらあいつでも寂しがるかもしれませんし？

ちょっぴりツンデレなミーアである。

「ちょっと、よろしいかしら？」

教室に入り、扉近くで話に花を咲かせている女生徒の一団に話しかける。

「はい、あっ、ミーア姫殿下？」

突然の大物の登場に、ぴょこんと飛び上がる女生徒。ミーアはそんな彼女に愛想笑いを浮かべる。

「ご機嫌よう。シオンはいらっしゃいまして？」

「え？　あ、はい。シオン殿下は、剣術の鍛練に行かれました」

「まぁ、精が出ますわね。ということは、鍛練場の方かしら？」

「どうなんでしょうか。あ、ですが、アベル殿下もご一緒でしたよ？」

ちょっぴり慌てた様子で、隣の女生徒がアベルの情報も追加する。こっそり、ひそめた声で。

それを見てミーアは「はて？」と首を傾げつつ、

「あら、アベルもなんですの？　ということは……もしかすると、あの場所ということもありえるかしら……」

ミーアの言葉を聞いて、女生徒たちは一様にビックリした顔をした。

「ん？　どうかされましたの？」

「あ、いえ、なんでもありません」

「そう……？　まぁ、いいですわ。ありがとう、助かりましたわ」

スカートをちょこんと持ち上げて、ミーアは教室を後にした。

ミーアが去った後、女生徒たちは顔を見合わせた。

「ねぇ、ちょっと……、今の聞いた？」

「聞いた聞いた！　ミーア姫殿下、シオン殿下のこと呼び捨てだったね！」

「もしかして、ミーア姫殿下とシオン殿下って……」

「えー？　でも、剣術大会ではアベル殿下を応援してたよ？　それにアベル殿下のことも呼び捨てだったし」

「どっちが本命なのかな？」

きゃーきゃーー、黄色い悲鳴が上がる教室にて、一躍噂の中心人物に成り上がってしまったミーアであった。


そんなこととは露知らず、ミーアは鍛練場を訪れ、予想通りそこにいないのを確認すると今度は厩《きゅう》舎《しゃ》の方に向かった。

もしかすると、騎乗での剣術訓練を行っているかもしれないと思ったのだが……。

「やっぱり、いないですわね」

「おお、誰かと思えば、ティアムーンのお嬢ちゃんじゃねぇか」

と、そこで唐突に声をかけられる。

視線を転じたミーアは、その先に大柄な先輩の姿を見つけた。

馬用のブラシを片手にミーアを見下ろしていたのは……。

「あら、これは馬龍《マーロン》先輩、ご機嫌よう。お久しぶりですわね」

「おう、久しぶりだな、嬢ちゃん。休みの間、きちんと馬に乗ってたか？」

そう言って、馬術部の部長、林馬龍《リンマーロン》は豪快な笑みを浮かべた。

「ええ、もちろんですわ。もう、馬龍先輩より上手くなったのではないかしら？」

澄まし顔で答えるミーアに、馬龍は再び笑い声を上げた。

「ははは、言うなぁ。よし、じゃあ今度、勝負するか？」

「ええ、よろしくってよ、負けませんわ」

勝気な笑みを浮かべてから、ミーアは小さく首を傾げた。

「ところで馬龍先輩、こちらにシオンとアベルは来ませんでした？」

「いや、見てないな。俺は授業が終わってから、ずっと馬たちの世話をしてたが……」

「ということは、やっぱりあそこかしら」

ミーアは、ふむと頷いて、

「ありがとうございました、馬龍先輩。わたくし、そろそろ行きますわね」

「ああ、と、そうだ。お嬢ちゃん、足元気を付けたほうがいいぞ。さっきその辺りで、こいつが……」

「えっ……？」

踏み出したミーアの足、その下で、ふいに、ぺしょりと不吉な音が鳴った。

ちょっと湿ったような、水っぽいような、実になんとも、こう、嫌な音が……。

――い、今のは……まさか？

ミーアは、とてもとても気が進まなかったが、それでも嫌々ながらも、足元に目を落として……。

「あ、ああ………」

悲しげな声を上げた。


――う、うう、わたくしの、靴が……。うう。

ミーアは、宮殿の奥の奥で、純粋培養で育てられた高貴なる姫君ではない。前の時間軸、不潔な地下牢での生活という地獄を味わっているし、貧民街に足を踏み入れることにも特に抵抗はない。

だからまぁ、ナニを踏んだと言っても別に大して騒いだりはしないのだ。

別にケガをしたわけでもないし、靴が使えなくなるわけでもない。そんなに気にする必要はないのだ。

ただまぁ……だからと言ってショックでなかったかというと、そんなこともなくって。少なくとも、そのテンションはダダ下がりにはなっていた。

とぼとぼ、うつむきつつ、ミーアは学園の裏手の細道に向かった。

まるで森の中を行く獣道のようなその細道の先には、以前、アベルが剣の素振りをしていた砂浜があるのだ。

やがて、道の先で大きく視界が開ける。

「ああ、相変わらず美しいところですわね」

耳に届くのはかすかな波の音。寄せては返す波に、さらさらと形を変えるのは、白く美しい砂粒だ。春の日の、柔らかな日差しに照らされ、その一粒一粒がキラキラと美しくきらめいて見えた。

まばゆいばかりに美しい砂浜、その波打ち際で、剣を構えた二人の王子が向かい合っているのが見えた。

「やはり、こちらでしたのね……」

つぶやきつつ、ミーアは、ぷくーっと頬を膨らませた。

――それにしても、案外アベルも乙女心がわからないんですのね。この場所、二人だけの秘密の場

所にしたかったのに。

そのまま砂浜に出ようとして、ミーアは立ち止まった。

自らの靴をまじまじと見つめ、それから白く美しい砂浜を見つめる。

白い砂浜に点々と茶色の足跡がつくのを想像して……。

「それは……ちょっと嫌ですわね」

おずおずと靴を脱いだ。

「まぁ、砂浜だから、おかしいことはございませんわね」

そのまま裸足になったミーアは、ちょこちょこと小走りで王子たちの方に向かおうとする。

「おや？　ミーア姫殿下」

そんなミーアに気付いて声をかけてきたのはキースウッドだった。

砂浜に転がった巨大な岩に寄り掛かるようにして二人の王子を見守っていた彼は、ミーアの方を見て目を丸くした。

「あら、こんにちは。キースウッドさん。ご機嫌いかがかしら？」

ミーアはスカートの裾を、ちょこんと持ち上げて、キースウッドに挨拶した。

第十九話　白き砂浜の天然小悪魔！　ミーア姫!!

砂を巻き上げながら、アベルが踏み込む。

「はぁっ！」

裂帛《れっぱく》の気合を込めた一撃を、シオンは正面から受け止める。

響き渡る剣戟の音を聞きながら、キースウッドはため息を吐いた。

――アベル王子はまた実力をつけたな……。

以前まではシオンの方が圧倒的に上回っていたものの、今ではアベルの腕前もかなり迫ってきている。上段からの斬り下ろしという必殺の一撃を手に入れたことで、それ以外の剣技も全体的にレベルアップした印象だ。けれど……、

「まぁ、そんなことで満足はしないかな、どちらも」

レムノ王国での事件。その際に見た帝国最強の騎士ディオン・アライア。

剛鉄槍の槍を涼しい顔で斬り飛ばし、笑みすら浮かべていたあの男。

その凄《すさ》まじい剣を見てから、シオンはさらに剣術の鍛練に力を入れるようになっていた。

どうやらそれはアベルも同じらしく、最近二人は共に剣術の研鑽《けんさん》に勤めている。

互いに高みを目指すために。

「まぁ、それはいいんだけどね。なにもこんな暑い日に暑い場所でやらなくっても……ん？」

その時、キースウッドの目が一人の少女の姿をとらえた。

さくさく、と小さな裸足で砂浜を踏みしめる少女。

――これはこれは、相変わらずの美しさだな。

キースウッドは一瞬見とれつつも、かろうじてミーアに声をかけた。

「おや？　ミーア姫殿下」

「あら、こんにちは。キースウッドさん、ご機嫌いかがかしら？」

そう言って、ちょこんとスカートの裾を持ち上げる。

輝くような笑みを浮かべるミーアに、キースウッドは思わず考え込んでしまった。

――ミーア姫殿下……、これは、わざとやってるのか？

それほどまでに、今のミーアは可愛らしかったのだ。

その理由は、この砂浜という場所にあまりにも似合いすぎるその格好だった。

白く美しい砂浜に、ジャストフィットした裸足。

それは、そのまま波打ち際まで走っていって無邪気に水かけに興じるような、どこか無防備で、それゆえに保護欲を刺激されるような、そんな魅力をミーアに増し加えていた。

――普通、姫君というのは肌の露出を嫌うもの。先日のダンスパーティーの時は効果的な演出だったが、靴を脱いで裸足で外を歩くなんて、下手をすればはしたないと思われてしまいそうなものだ。

けれどこの砂浜という場所が、そんなミーアを極めて魅力的なものにしている。

「ん？　どうかしましたの？」

きょとんと首を傾げ、上目遣いに見つめてくるミーアにキースウッドは苦笑いを浮かべた。

――俺が年下に興味がないから良いようなものの、これは聡明なシオン殿下でもクラッとやられてしまいそうだな。

などと思いつつ、キースウッドは口を開いた。

「ところでどうしたんですか？　こんなところに」

「ええ、少しシオンにお話ししたいことがありまして……」

「お話ですか？」

「ええ。でも、ちょっぴり許せませんわね。わたくしが来ているのに気付きもしないなんて」

ミーアは、未だに鍛練を続けるシオンとアベルの方に目を向けて、

「あ、そうですわ。いきなり声をかけて、驚かせてやるというのはどうかしら？」

ちょっぴり悪戯っぽい笑みを浮かべた。

――これ……意識してやってるなら小悪魔だけど、もし意識してないんだったら天然の小悪魔だな。将来が恐ろしい限りだ。

こうして、キースウッドの中のミーア評は『小悪魔』から『天然小悪魔』に格上げされたのだった。

ちなみに、なぜミーアが裸足で砂浜に来たのか……。その残念極まる事情をキースウッドが知ることはなかった。


ミーアは、そーっと砂浜の上を歩く。

二人の王子は鍛練に夢中で、ミーアの方に気付くことはない。

ある程度まで近づいたところで、ミーアは少し大きめの声で言った。

「精が出ますわね、お二人とも」

「え？　あ、ミーア？　いつの間に？」

先に気付いたのはアベルだった。ミーアの方を見て笑みを浮かべたものの、すぐに頬を赤らめて、視線を逸らした。

――あら？　どうかしたのかしら？

首を傾げつつ、ミーアは汗拭き布《タオル》を手渡した。

『運動をした後の殿方には、良い匂いを付けた汗拭き用の布を渡すこと！』

アンヌの教えを忠実に守っているミーアである。

「あ、ああ、すまない。ありがとう」

アベルはちらちら落ち着きなく視線を泳がせつつも、ミーアから受け取った布で顔を拭う。それを横目に、シオンはキースウッドの方に向かおうとした。ちょっぴりその背が寂しげだ。

そんなシオンにミーアはニッコリ笑みを浮かべて、汗拭き布を差し出す。

「シオンも、汗を拭かないと風邪をひきますわよ」

珍しくシオンにも優しいミーアである。

それもそのはず、なにしろミーアはシオンにお願いに来たのである。

必要とあらば愛想笑いはもちろん、頭を下げることも辞さないミーアである。

「ああ、すまない」

シオンはちょっと意外そうな顔をしてから、汗拭きを受け取った。

「ところで、どうかしたのかい？　こんなところに。まさか、ボクたちの剣術の鍛練の見学というわけでもないんだろう？」

「ふふ、そうですわね。それも楽しそうですけれど、実はシオンにお願いがあってきましたの」

「俺にお願い？」

「シオン、あなた、生徒会長選挙に立候補するつもりはございません？」

「はぁっ⁉」

シオンは、彼にしては珍しく素っ頓狂《すっとんきょう》な声を上げた。

第二十話　ミーア姫、退路を断たれる

「ミーア……、なにを言っているのかわかっているのか？　君は」

シオンは大変焦った顔でミーアを見つめた。

それは、そばで話を聞いていたキースウッドも同じことだった。

彼はその真意を窺《うかが》うようにミーアを見つめていた。

「ラフィーナさまと生徒会長の座を巡って争えということか？」

「ええ。ですが、そう驚くこともございませんでしょう？　別にヴェールガ公爵家の者が生徒会長を務めるとは決まっていないのですし。みなに名乗り出る権利が与えられてしかるべきですわ」

ミーアのその言葉に、キースウッドは息を呑んだ。

——なるほど……、つまりミーア姫殿下は、会長選挙が有名無実化しているこの現状に問題を感じているということなのか？

その指摘の意味に気付いた時、久しぶりに彼の脳裏に衝撃が走った。

制度というものは、必ず存在する理由がある。

そして、セントノエルで生徒会長選挙などというものをやっている理由は、極めて単純かつ重要なものだった。

若者の集まる学校という場所では、とかく問題が起こりがちだ。けれど多くの貴族や王族が通うこの学校では問題の処理を誤れば国同士の軋轢《あつれき》にまで発展しかねないのだ。

その調停役こそが生徒会長の重要な役割だ。

では、その役割を果たすために必要なものはなにか？

それは、生徒たちからの支持である。

権力を身に帯びた者たちに言うことを聞かせるために、生徒会長は絶対的な支持を得ていなければならない。

そして、それを明らかにするものこそ生徒会長選挙なのである。

けれど、今やその制度は形骸化している。

ラフィーナ・オルカ・ヴェールガが生徒会長をするのは当然のこと。そのように、キースウッドの聡明なる主、シオンですら思い込んでいたのだ。

――生徒会長選挙を経て、自らが選んだ会長であると一人一人が表明したという、その事実を鮮明にする必要がある。今はその時期であると、ミーア姫は考えたのか。

キースウッドは先日のことを思い出した。

秘密結社『混沌の蛇』への共闘を訴えるラフィーナ。このような非常事態にあって、ラフィーナは自らが絶対的な支持を集める存在であることを、証明しなければならない。

自分たちが選んだ人なのだから、支持した人なのだから、その『選択の責任』は当然負わなければならない。

彼女の言葉に耳を傾けざるを得ない、そのような状況を作り出そうとミーアが考えたのだとしたら……。

——もしそうならば、しっかりとした対抗馬を立てる必要がある。選挙として成立させるために。

だからシオン殿下に声をかけたということか。

どうしようもない対抗馬であれば意味がない。

ラフィーナ以外の選択肢をきちんと提供し、その上で選んだという形を作る必要があるのだ。

そうしてこそ自己の選択に責任が生じ、信任を受けた者の言葉に重みが生まれるのだ。

——正式な手順を経て選ばれるのであれば、ラフィーナさまを蹴落としたとしても仕方がないとまで考えているのだろうが……。だが、それならばなぜご自分で立候補しないんだ？

そんなキースウッドの疑問はすぐに氷解することになる。

「大丈夫ですわ、シオン。あなたならばきっとその重責をこなすことができますわ」

ミーアはにっこり優しい笑みを浮かべて言った。まるで、シオンを励ますように。

シオンを立候補させるためにミーアはきちんと作戦を考えていた
それは恋愛軍師、男心を知り尽くした（とミーアが信じる）忠臣アンヌの助言に基づいた作戦である。

以前、ティオーナの弟にも用いた作戦。

——男性は自分の仕事が認められると嬉しいもの。その役割に足る力があると、おだてて差し上げれば乗ってくるに決まってますわ！

それは「あなたならできる！」という主張を過剰に修飾した賛辞をシオンにぶつけること、すなわち！

「大丈夫ですわ、シオン。あなたならばきっとその重責をこなすことができますわ」

……ヨイショである。

無論、ただのヨイショではない。

仮にもラフィーナに弓引く行為。生半可なヨイショではシオンの心は動かないだろう。

……ゆえに、今日のミーア、すでに羞恥心《しゅうちしん》を捨てている。

リミッターを解除した、口に出すのもはばかられる全力全開のヨイショを展開すべく、聞いてるだけで体がかゆくなってきそうな美辞麗句《びじれいく》の数々を頭の中に用意してきている。

――褒め殺して、断れなくして差し上げますわ！

そうして、ミーアが怒涛《どとう》のヨイショを繰り広げようとした、まさにその時、

「すまないが、ミーア。その話を受けることはできない」

シオンは真面目腐った顔で言った。

「え、いや、ちょっ……」

「ミーア、君の狙いはわかっている」

――ばっ、バレてる⁉　わたくしが厄介事を押し付けようとしてること、バレてますのっ⁉

瞬時に、ミーアの背筋に冷や汗が浮かび上がる。けれど……、

「レムノ王国でのことの挽回をさせようというつもりだろう？」

「はぇ……？」

この人、なに言ってるのかしら？　と首を傾げるミーアをよそに、シオンは首を振った。

「生徒会選挙をしっかりと成立させることの意義をわからせた上で、ラフィーナさまの対抗候補という大役を俺に務めさせることで、それをもってあの日の失敗を取り戻す機会とする、か。その気遣い

には素直に感謝する。けれど、俺にも意地というものがあるんだ」

シオンは静かにミーアの横を通り過ぎる。

「名誉挽回の機会ぐらいは自分で用意するさ。それまで君に用意されては、さすがに立つ瀬がなさすぎる」

――え？　え？　なんのこと？　なんのことですのっ⁉

意味がわからず、ぽっかーんとするミーアの目の前を、シオンは颯爽と去っていった。

助けを求めるように、アベルの方を見ると、苦笑しつつ首を振って見せた。

「仕方ないさ。彼は誇り高いサンクランドの王子だからね。でも、ミーアの思いやりの気持ちはしっかり伝わったと思うよ」

――いえ、そういうことではなくって……。

なにがどうなっているのかまったくわからず、おろおろと混乱するミーア。

その時点でミーアは気付くべきだった。

天才軍師の軍略が崩れたこと、すでに、戦線の立て直しは困難を通り越して不可能であり、だからこそ、ここは速やかに撤退する必要があることを……。

けれど残念ながら、ミーアは撤退のしどころを誤った。

ゆえに、その退路はすぐに閉ざされる。

「それはそうとミーア。もしも君が立候補するというのなら、ボクは全力で君を応援しよう」

「……はぇ？」

「ラフィーナさまに対抗して立候補をするなら、きっと全校生徒から奇異の目で見られることだろうが、少なくともボクは最後まで君の味方だ」

「あ、アベル……」

ミーアの両手を掴み、真剣な顔で見つめてくるアベル。その鋭い瞳にミーアは、頭がポーっとしてしまうのだった。

そうして、

「……ああ、アベル、格好いいですわ」

などとキュンキュンしつつ部屋に戻ったミーアは、その日の夜……。

「う、うう……どうしてこんなことに……」

冷静になって、自分が引くに引けないところに到達してしまったことをようやく理解したのだった。

そうしてさらに二日間、枕を涙で濡らしてから、ついにミーアは決意した。

かくてミーアの会長選挙立候補の報が学園内を駆け巡った。

陰謀うごめく生徒会選挙が始まる。

第二十一話　目力姫《ハイパワーアイ・プリンセス》再び

生徒会長に立候補した翌日の朝。

寮の食堂に入ったミーアは、前日とは違う空気を敏感に嗅ぎ取っていた。

「ご機嫌よう、みなさん」

テーブルで食事をしていた者たちに声をかける。

同じクラスで何度も顔を合わせている女子生徒だ。けれど彼女は一瞬気まずそうに目を逸らして、小さく「おはようございます」と囁《ささや》くように言うのみだった。

それからそそくさと自分の食事を片付けて離れていってしまう。

――ああ、なんだか、前の時間軸を思い出しますわ。革命直前の扱いはこんな感じでしたっけ。

誰もがミーアと関わり合いになりたくないという雰囲気を醸し出しているような、微妙な雰囲気が食堂に漂っていた。

さすがに露骨に嫌がらせを受けるようなことはない。

すれ違いざまに足を引っかけられたり、頭から水をかけられたり、そんな嫌がらせをされるほどには、帝国の権威は落ちていないのだ。

それに恐らく帝国貴族の子弟たちは、票自体は入れてくれるだろうとミーアは思っている。

――でも、表立って支持を表明はしてくれないでしょうね。

誰も好き好んで大陸最高の権威に楯突きたいとは思わない。ミーア自身だって思わない。

心の底から思わない!!

――わたくし、なぜこんなことになっておりますの!?

実に諦めの悪いミーアであった。

さらに悪いことは重なるもの。シオンとアベルに会いに行っていたということも不要な憶測を生む原因になっていた。ラフィーナに勝つためにミーアが多数派工作を行っていたという、不穏な噂を陰で囁く者までいる始末。

自分で思っている以上にアンタッチャブルな存在になってしまったミーアである。

ラフィーナと鉢合わせしないように、そそくさと朝食を終え、一度部屋に戻ってから授業の準備をする。

ちなみにアンヌにはベルの教室についていってもらっている。正直、今ほどアンヌにそばにいてもらいたいと思ったことはないのだが、やむを得ないところであった。

──本当ならば誰か信用のおける方をそばにつけて、アンヌにはわたくしのそばにいてもらいたいところなのですけど……そんなアテはございませんし……。

深い深いため息を吐いて、ミーアは教室に向かった。

廊下を歩いている間も、すれ違う者たちの視線が微妙に気になってしまうミーアである。

いつもであればミーアの周りには取り巻きの娘たちがたむろしてくるのだが、今日は誰も近づいても来ない。

教室に入ってもその状況は変わらなかった。

クロエはさすがにこんなことはしないで普通に接してくれると思いたいミーアであったが……。残念ながらまだ教室に来ていなかった。

──そういえば、割と朝はのんびりしてましたわね、クロエ。

ラフィーナと顔を合わさないように、早めに朝食を食べに行ったのが失敗だっただろうか。

一人寂しく席に着き、やることがないから授業の準備など始めるミーア。実にらしくない。

――まぁ、こんなものですわよね。仕方ないですわ。わたくしだって同じことをするでしょうし。授業が始まるまで隣のアベルのところに行ってようかしら……。

などと思いはするが、そこでふと思う。

――いえ、そうではありませんわ。むしろここは目立たないことこそ肝要。

ラフィーナに反抗すると、表立って名乗りを上げることの方が損が大きい。であれば、勝つにしても静かに、地味に勝つ。気付いたら「あれ？　勝ってる？」みたいなのが理想。

――どうせ選挙なんて興味がない連中がほとんどでしょうし、帝国貴族と友好国の貴族を動員して……。あとは、シオンですわね。サンクランド勢にも裏から手を回してもらえれば、案外、半分以上は票を集められるのではないかしら？

となれば、大事なのは帝国貴族の票をきちんと確実に固めておくことだ。

――確か今は、帝国四大公爵家の者たちもこの学園に通っているはずですわ。まずは彼らの支持を取り付けて……あら？　こう考えると今の状況ってそこまで悲観するものではないんじゃ……？

そんな感じでミーアの意識が低きへ低きへと流れていこうとした、まさにその時だった。

「ミーアさま！」

ミーアに歩み寄ってきた者がいた！

朝日にきらめくのは金色の髪、それを凛々しくポニーテールにして……。その瞳には強い意志の輝きを宿して、真っすぐにミーアを見つめてくる少女。それは、

「あら、ティオーナさん、どうなさいましたの？」

ミーアは驚愕しつつも、なんとか答える。今のミーアに最初に声をかけてくるのはクロエしかいな

いと思っていたからだ。

呆気にとられるミーアに、ティオーナは、どこか決意のこもった声で言った。

「お話はシオン王子とアベル王子から聞きました」

「え、えーと……？」

「ミーアさま、私はミーアさまを応援します」

「へ……？」

思わずぽっかーんと口を開けるミーア。そんなミーアに構わず、ティオーナは続ける。

「今度の生徒会選挙、ミーアさまのお手伝いをさせてください」

「ちょっ、まっ！」

ミーアは大いに慌てた。

まさについさっき、あまり目立たずに選挙をやり過ごしたいわ、などと思っていたところだったのだ。

にもかかわらず、教室で、こんな目立つ形で声を上げたら……。

教室内をキョロキョロと見回すと、みんなの視線がザクザク刺さってきた。

——ここ、これは、まずいですわ！　ものすっごーく！　目立ってますわ！

「あ、あなた、ご自分が何を言っているか、わかってますの？」

ミーアはティオーナを懐柔《かいじゅう》するために口を開く。

ラフィーナに逆らうと怖いですよー、だから、票だけくれれば表立って応援とかしなくってもいいですよーっと、言外に臭わせる。

さらにアイコンタクト。ティオーナの瞳をじぃいっと見る。

目力姫《ハイパーアイプリンセス》の面目躍如である。

そんなミーアを見つめ返して、ティオーナは大きく頷く。

――ああ、わかってくれましたのね？

心の中で安堵の息を吐くミーア。だったのだが……、ティオーナは言うのだ。

「はい、ちゃんとわかってます。その上で言ってます」

――こっ、こいつ、全然わかっておりませんわ！

ミーアの絶叫が、ミーアの心の中でだけ響いた。

第二十二話　笛吹ミーアを先頭に

臆する様子のまったくないティオーナ。

折れることのない頑なで真っすぐな意思を感じ取り、ミーアはふいに前時間軸のことを思い出した。

――そういえば、この人って、革命軍の聖女でしたわね……。

いろいろあって弱体化していたとはいえ、帝国という強大な権威を相手に喧嘩しようなどと考える輩《やから》である。

――しかも、お父さまのルドルフォン辺土伯は痛いことをされるのが好きな、ちょっと変わった方……。

ミーアの脳裏に、ムチャぶりをした時のティオーナの父親の嬉しそうな顔が思い浮かぶ。

あんなことを言われて喜ぶなんて、変態に違いない、と確信するミーア。

とんだ濡れ衣である！

——弟さんのセロ君は可愛らしい感じの男の子でしたけど、ルドルフォンの方々は基本的に変わった方々ですし、ラフィーナさまに楯突くことなんか、なんとも思っていないのかもしれませんわね。

ミーアは早々に説得を諦める。

実際のところ、大々的にやらないにしても選挙活動は必要なわけで。そのための手伝いが何人か必要なこともまた事実なのである。

改めてティオーナを見て、それからミーアはため息まじりに、

「そこまで言うのであれば、よろ……」

……しくお願いしますわね、と続けようとした。けれど、その前にティオーナの後ろから歩み寄ってくる者の姿が、ミーアの視界に入った。

「ミーア姫殿下……」

「あら、あなたたちは……」

男子二人に女子二人という面々に、ミーアは見覚えがあった。

——確かダンスパーティーの時にティオーナさんを監禁した犯人……いえ、犯人は従者の方ということにしたんだったかしら？

首を傾げるミーア、その目の前で男子生徒が膝をつく。

「ミーア姫殿下、ランジェス男爵家のウロスです。あの時の御恩をお返しいたしたく参上しました。我々も姫殿下を支持いたします」

それに続いて、他の三人も同じように恭《うやうや》しく、ミーアの前で膝をつく。

――え？　え？　これは、どうなってますの!?

「退学させられるところだった私たちを、姫殿下はかばってくださいました」

「あの日以来、勉学に励み、様々な奉仕活動に身を粉にしてきました。それもすべて今日、この時のため……。私たちが勝ち得た信頼を、ミーア姫殿下のために用いることができるのであれば、これ以上の喜びはありません」

それから四人はティオーナにそれぞれ頭を下げる。

「あの時はごめんなさい。ティオーナさん」

「我々を許してもらえるだろうか？」

その謝罪を受け、ティオーナは優しい笑みを浮かべる。

「過《あやま》ちは誰にでもあるものですから。もう、気にしてません。それにミーアさまのもとに馳せ参じ、共に戦う仲間じゃないですか」

すべてを受け入れ、呑み込んで、なお笑みを浮かべられるその精神性《メンタリティ》。

ミーアは、ティオーナの中に確かに聖女の慈愛を見た気がした。

自愛の聖女たるミーアとは大違いである。

「ああ……、ありがとう。君の寛容《かんよう》さに応えるためにも、誠心誠意、ミーア姫殿下を応援させてもらうよ」

ミーアを中心にして、素晴らしい友情のワンシーンが展開されていく。

ミーアとしてはいい迷惑である。

さらに、こうなるとミーアの取り巻きたちも黙っていられない。

そもそもが普段からミーアを慕い、共にあることを望んだ者たちである。

しかも、ミーア自身はまったく気付いていなかったのだが、その取り巻きたちも微妙に前の時間軸とは違っていた。

最低条件として『アンヌが専属メイドをやっていることになにも言わないこと』というのが定められている。それを許容できる者というのは、実はさほど多くない。

その条件をクリアできる時点で頭がそれなりに柔軟で、それ以上にミーアと一緒にいたいという相応の気持ちを持っている。

打算はもちろんある。けれど、それ以上にミーアのことが個人的に気に入っている者たちが残った形。いわばミーアの篩《ふるい》にかけられた、ミーアエリートというような集団なのだ。

ゆえに……ティオーナや、普段ミーアの周りにいない者たちに遅れをとるわけにはいかない。

「ミーアさま、もちろん、私たちも応援します」

後から後から周りに集ってくる者たちに、意気上がる彼らを前に、ミーアは泣きそうになっていた。

――ああ、やめて、そんな目立つようなこと、しないで……。わたくしは、もっと静かにしてたいんですのっ！　このままじゃ、ラフィーナさまに睨まれてしまいますわ！

「ミーアさま……」

ベルのところをいったん抜け出したアンヌは、急ぎ足でミーアの教室に向かっていた。

やはりミーアが心配になってしまったのだ。

教室の入り口まで来たところで、アンヌはクロエの姿を見つけた。

なぜか、ドアのところからこっそり室内を覗いているクロエ。

「クロエさま……？」

「あっ、アンヌさん。しっ！」

唇に指を当てて、しーっと言ってから、クロエは手招きした。

首を傾げつつ、歩み寄ったアンヌだったが……。

「今、いい場面ですから」

そう言ってクロエが指さした先を見て、思わず微笑みを浮かべた。

「ミーアさま……」

ミーアの周りには、大勢の生徒が集まり、口々にミーアへの応援を叫んでいる。

それを聞いて、うつむき、泣きそうな顔をしているミーアが見えて……。

「やっぱり、ミーアさま、不安だったんですね。みんなに応援してもらえるか」

クロエの言葉に頷いて応えて、アンヌはもう一度、ミーアの方を見た。

「ミーアさま、良かったですね……」

決して多くはない。けれど、ミーアの予想していたよりは多くの者たちがミーアのもとに集った。

かくて少数派閥、ミーア派は絶対権力者ラフィーナに弓引くことになったのである。

ティオーナを自らの陣営に加えたことでミーアは、打算的な希望を打ち砕かれ……、されど、それゆえに窮地を免《まぬが》れることにもなるのだが……。

今のミーアにはそのようなこと、知る由《よし》もなかった。

第二十三話　ミーア姫、宣誓する

生徒会選挙は全日程二十日間で行われる一大行事だ。

いつもであればば立候補者はラフィーナしかいないため、その日程は五日ほどに短縮されるのが常となっているが、今回はミーアという無謀なる挑戦者がいるため、通常の手順を踏んで進められることになった。

その開幕を飾るのが、大聖堂で行われる開会宣言ミサだった。

いわゆる立候補者の紹介である。

学園の大聖堂に全校生徒を集めて行われる一大式典はきわめて厳格で、格調高く、それ以上に立候補者が大変目立つものだった。

なにしろ、この日は服装自体が違う。

生徒会選挙という神聖なものを執り行うために、候補者は聖衣と呼ばれる清らかな服を着る必要があるのだ。

まず頭には純白の生地で作った薄いベールを被る。髪にはアクセサリーはもちろん、簡単な髪留めもつけてはならない。

次に服。こちらも真っ白な生地で作られた上下一体《ワンピース》の服を着ることになっている。腰には同じく白いベルトを巻き、唯一、その表面に刺繍されたイルカの模様が飾りらしい飾りだった。

着飾ることを一切許されず、地味な服装で、しかも座る位置は司式をする司祭の真ん前。全校生徒と向かい合う格好だ。

皇女として生を受け、多くの者の視線を受けるのに慣れているミーアであっても、あるいは、自らの美貌に自信（……やや過剰な）を持つミーアであっても、これはなかなかのプレッシャーである。

しかし、それ以上にプレッシャーなのは、ミーアの隣にいるもう一人の候補者、というか大本命の候補者の存在だった。

「なんだか、久しぶりね、ミーアさん」

ラフィーナがやわらかな笑みを浮かべて座っていた。

「そ、そうですわね。お、おほほ、すっかりご無沙汰してしまいまして……」

ラフィーナの視線を受けて、ミーアはぎこちない笑みを浮かべた。

あの日、ベルのことをお願いに行って以来、ラフィーナとは顔を合わせていなかった。

気まずい……というのはもちろんあったけど、それ以上に怖いし。

呼び出されれば仕方ないと思っていたし、無視するつもりもなかったのだが、そうでないならば、できるだけ会わずに済ませたいというのが本音だった。

けれど、この日ばかりは、ミーアとしても避けようがない。

これから一時間近くラフィーナと隣り合って座っていなければならないと思うと、ミーアの背筋には冷たぁい汗がびっしりと浮かび上がるのだ。

「残念ね、ミーアさん。あなたには、私の下で生徒会の仕事をしてもらいたいと思っていたのよ。次の生徒会長はあなたにしてもらいたくって。そのために、いろいろ生徒会のことを学んでほしかったんだけど……」

「ラフィーナさま……」

少しだけ悲しげにうつむくラフィーナに、ミーアはなんだか申し訳ない気持ちになってしまうが……。次の瞬間、ラフィーナは笑みを浮かべた。

「でもね、楽しみでもあるのよ。だって、私の下で生徒会には入りたくないということは、ミーアさんにもやりたいことがあるということだものね」

「……へ？」

「私が考えるのより良い生徒会を運営できるというのなら、それは大歓迎よ。みなさんのためになることだし。そうなのよね？　ミーアさん」

ミーアは、そこで気付いた。

笑みを浮かべるラフィーナの、その瞳は……まったく笑っていないということにっ！

——ひっ、ひぃいいいっ！　ら、ラフィーナさま、めちゃくちゃ怒ってますわ……！

ミーアは心の底から震え上がるのだった。

「ミーアさんがどんな選挙公約を出すのか、とっても楽しみよ」

ラフィーナの言葉を聞いて、すぅっと血の気が引くミーアだった。

やがて式が始まった。

神聖典が読み上げられ、聖堂のロウソクに火が灯される。それから起立して聖歌をみなで歌い、祈りの文章が読み上げられ……。

それをすべて、全校生徒の視線を受けてやらなければならないわけで。

――これ……、ラフィーナさまの隣に座ってなくっても結構しんどいですわ……。

なにしろ今のミーアは、ラフィーナに対して勝ち目のない喧嘩を吹っかけている身の程知らず……、恥ずかしくてイタいヤツと思われている可能性が大変に高い。

そう考えるとなんだか居たたまれない気分になってしまって……。

――ああ、なんだか、みなさんわたくしの方を見ている気がしますわ。きっと腹の中では身の程知らずってあざ笑ってますのね……。うう、ひどい辱《はずかし》めですわ。

実際のところ、身の程知らずと思っている者はもちろんいたのだが、同時にミーアの格好に見とれている者というのも少なからずいたのだ。

全身白の衣装は見方によっては花嫁衣裳のようでもある。年頃の女子の着る花嫁衣装というのは、それだけで神秘的かつ美しい、なんとも言えない魅力を放つものなのだ。

しかも、夏休み以降、馬シャン効果で健康的な輝きを放つ髪と、アンヌの手入れによって保たれている肌艶、それが薄いベールによってぼんやりと見えることによって、人々の想像力を掻き立てる効果を発揮していた。

人間の妄想力は偉大なのだ。

ちなみに純粋な美しさでいえばラフィーナの方がまったく上である。勝負にもならない。

けれど、式典などで聖衣を着る機会の多いラフィーナとは違い、ミーアはほぼ初お披露目の服装である。いわゆるレア度がまったく違うのだ！　ＳＳＲなのだ！

自然、生徒たちの目は見慣れない方、ベールによって薄っすら隠された、美少女風のミーアの方に集まっていった。

やがて……、式典はいよいよ佳境に入り、候補者の宣誓の時になる。

「それでは、立候補者は双方、神の前に誓いを立ててください」

凛とした声を上げ、さながら歌うようにラフィーナの宣誓がなされる。

それに続いて、ミーアが席を立ち、顔を上げる。

自分に集まる視線、視線、視線。

それを見て、一瞬、頭がクラっとする。

気分を落ち着けるため、大きく息を吸って、吐いてから、ミーアは声を上げた。

「わたくし、ミーア・ルーナ・ティアムーンは、セントノエル学園生徒会長に立候補いたします。そして、正々堂々とこの選挙を戦いにゅく……」

……噛んだ。

「……こっ、ことを誓います。うう……」

なんとか最後まで続ける。

ちなみに、中央正教会の神さまは寛容なので、宣言の途中で噛んだり止まったりしてもお咎めはないが……、大勢の前で噛んで胸を張れるほどの胆力も、ミーアにはない。

——うう、もう、帰りたい。帝都のお部屋でゆっくり寝て過ごしたいですわ。

すっかり涙目なミーアだったが、幸いなことに、ベールに覆い隠されて、それを見る者はいなかった。

第二十四話　帝国四大公爵家のお茶会

「ふ、ふふふ、来た。来たよ。ついにこのオレにもチャンスが！」

セントノエル学園の一角で、そのお茶会は密かに開かれていた。

広い室内にデーンと置かれた大きな机。その上にはあふれるばかりのお茶菓子が乗せられている。

その量に比して、その場に集う人数は少ない。

たったの二人である。

けれど、彼らの正体を知るものがいれば瞠目《どうもく》したことだろう。ことに、ティアムーン帝国の貴族であれば絶対に無視することなどできなかっただろう。

なぜならば、彼らこそ大国ティアムーン帝国の中央貴族を束ねし者たち。帝国四大公爵、通称、星持ち公爵家の血筋の者たちだからである。

「あら？　今日はルヴィさんは来ませんのね。せっかく、我ら四大公爵家の親睦を深めようというのに、勝手な方。それに、シュトリナの小娘。新参者のくせに休むなんて随分と生意気ね」

グリーンムーン公爵家の令嬢、エメラルダ・エトワ・グリーンムーンは、緩やかにウェーブを描く豊かな髪を、ふぁっさ！　っとなびかせた。

はぁ、と大きくため息を吐き、優雅に紅茶を一すすり。

「って、おいおいおい！　なにを落ち着いているんだい？　エメラルダくん。君、オレの話を聞いていたのかい？」

そんなエメラルダに食ってかかるのは、青い髪の少年だった。切り揃えた髪は、時間をかけて整えたらしく、激しく動いても崩れる様子はなかった。

年の頃は十代の半ばを過ぎた頃。エメラルダと同年代であろうか。そんな少年に、エメラルダは心底から迷惑そうな顔をした。

「ちょっと、サフィアスさん、あまり大きな声を出さないでくださる？」

少年こと、ブルームーン公爵家長男、サフィアス・エトワ・ブルームーンはため息交じりに首を振った。

「やれやれ、君、やれやれだよ、まったく。わからないのか？　このチャンス。セントノエルの生徒会に入れるかもしれない名誉なんて、なかなかあるもんじゃないんだよ？　バカみたいな不文律のせいで、我々、帝国貴族はセントノエルの生徒会には入れないんだ。だが、ミーア姫殿下が生徒会長にさえなってくれれば、そんな不文律、無視してオレたちを役員に任命してくれるに違いないさ」

と、そこまで興奮した口調で言ってから、サフィアスは小さくため息を吐いた。

「それにしても、ラフィーナさまに喧嘩を売って立候補するだけあって、なっちゃいないな。我が国の姫殿下は。こう言ってはなんだが、あまり頭がおよろしくはないようだ」

そのストレートな物言いに、エメラルダが澄まし顔でツッコミを入れる。

「ちょっと、不敬よ、サフィアス。いくらあなたが四大公爵家の人間であっても、皇女殿下をけなすようなことを口にするべきではないのではなくって？」

「そうか？　君だって、姫殿下は民衆になれなれしくし過ぎだと言って悪口を言っていたのではないか？」

「私のは正当な批判、あなたのは誹謗中傷。一緒にしないでいただけるかしら？　私のお茶会を欠席して民草であるメイドの実家に遊びに行くなんて言語道断。貴い血筋に相応しい振る舞いを考えていただくのが当然よ」

澄まし顔で紅茶をすするエメラルダに、サフィアスはやれやれと首を振った。

「まぁ、君の言うこともわからないではないがね。だが、オレの話にも少しは耳を傾けてくれよ。このままではミーア姫殿下は確実に負けるよ」

「あら、やっぱり不敬。我が国の姫殿下が、小国の公爵令嬢なんかに負けるとお思い？」

「ヴェールガを小国呼ばわりとは、君だってずいぶん不敬だと思うけどねぇ」

呆れた様子で首を振り、サフィアスは言った。

「いいかい？　エメラルダくん。ミーア姫殿下ははっきり言ってやり方が下手すぎるよ。教室で騒ぎを起こしたりとか。もっと静かに、目立たぬように裏工作をすべきなんだ。派手に敵対なんかすべきじゃない。気付いたら勝ってたぐらいでちょうどいいというのに駆け引きが下手すぎるんだよ」

姑息《こそく》な笑みを浮かべ、自らの考えを開示するサフィアス。奇しくも彼の姑息な考えは、ミーアの思考と奇跡的な一致をみたのである！

実になんとも、小物臭の漂う少年である。

「まぁ仕方ない。ここはこのオレが直々に姫殿下に教授してこよう。その代わりといってはなんだが、生徒会長の座に就いた暁には、このオレを副会長に推薦してくださるように掛け合ってみるとしよう」

それから、サフィアスはエメラルダの方に目を向けて言った。

「ちなみに、君はどうするつもりかな？　エメラルダくん。グリーンムーン家の意向はどうなっているのか、聞けるものなら聞いておきたいけど……」

エメラルダはわざとらしく、きょとんと首を傾げてから、

「興味ないですわ。生徒会なんて。まぁ、ミーア姫殿下がどうしてもとおっしゃるなら、やってあげないこともないけれど」

あっけらかんと言った。それから、クスクスと笑い声を上げた。

「しかし、父さまもだけど、ずいぶんと役職にこだわりますのね、殿方というものは。私にはとても理解できないけど」

それから、目の前のケーキを切り分けながら、

「まぁ、せいぜい頑張りなさい。別に手助けはしないけど、邪魔もしないから」

「そうかい。それじゃお言葉に甘えようかな」

こうして、策謀家を気取る二人は、意味深な笑みを浮かべて笑いあう。

……………ちなみに、確認する必要もないと思うが、四大公爵家の人間にはミーアと同じ帝室の血が流れている。ミーアと同じ血が流れているのである。

まぁ、だからどうした、ということもないのだが……。

第二十五話　ミーア姫、未来の自分にイチャモンをつける！

開会ミサの翌日の放課後、ミーアは悲壮な覚悟のこもった顔で図書室にやってきた。

「裏工作をするにしても、しっかりと体裁を整えないとラフィーナさまに見限られてしまいますわ！」

ミーアは自身の考えの甘さを痛感していた。

裏工作はもちろんするし、しなきゃ勝てないだろうとは思っているが、それだけではミーアがズルをしたことが一目瞭然である。

ズルいことなんか全然しなくても勝てると、少なくともラフィーナを納得させられるような、そんな状況を作り出す必要が出てきてしまったのだ。

——でもラフィーナさまを納得させる……って、難しすぎますわ……。

早くも憂鬱になりかけているミーアである。

ちなみに、ミーアの周りには現在一人の生徒もいなかった。

ミーア派の面々には、これからどのような選挙戦を展開するのかを考えてもらっている。いわゆる実務的なことだが、とても重要なことだ。

選挙というのは帝国にはないから、ミーアはよく知らなかったけれど、クロエによると、選挙を行っている国では様々な候補者アピールが行われているらしい。

自らの肖像画を配って名前を売ったり、吟遊詩人を雇って自らの功績を人々の間に広めたりと、やり方は様々だ。

肖像画はさすがに間に合わないにしても、羊皮紙に名前を書いて校内に張り出すぐらいのことはやってもよいかもしれない。

クロエにも陣営に入ってもらい、いろいろなアイデアを提案してもらって、現在、企画会議の真っ最中なのだ。

——クロエだけだと少しだけ心配ですけれど、ティオーナさんがいるから大丈夫かしら……。

クロエだけでは、他の貴族の子女を抑えられないだろうが、ティオーナも一緒にいる。教室でのあの出来事、緊迫した空気の中で一番に支持を表明したティオーナは、ミーア派の面々から一目置かれる存在になっていた。

能力的な面はさておくとして、少なくともラフィーナに怒られるような汚い真似はしないはずだ、と、ミーアも一定の信頼を寄せている。

それに、みなが声を上げない時に勇気を奮って自身を支持してくれた以上、無下に扱うわけにもいかない。ということで、一応のまとめ役はティオーナに任せてあるのだ。

「クロエとも仲が良いみたいですし、上手く動いてくれればいいのですけれど……。やることが多すぎて目が回りそうですわ」

小さくため息を吐いてから、ミーアは頬杖をついた。

「ともかく、選挙公約ですわ。わたくしが生徒会長になったら、どんなことをするのか……、きちんと伝えていかなければいけないようですし……」

クロエのアドバイスを頭の中で反芻しつつ、ミーアは、自分が生徒会長になってやりたいことを植物紙《パピルス》に書き出していった。

①食堂のおやつを増やす。

②紅茶に入れるジャムの充実。

③冬のキノコ鍋（ミーアお手製の）パーティー。

④入浴施設の拡張（蒸し風呂など興味あり）。

……などなど、書き出されたのは純度の高いミーアの欲望だった。

……紙の無駄遣いだった。

「ミーアお姉さま」

さらさらと自らの選挙公約候補を書き連ねている時、ふいに後ろから声をかけられた。

「ん？　あらベル、それにアンヌ！　来てくれましたのね」

図書室にやってきた援軍二人を見て、ミーアは輝くような笑みを浮かべた。

ベルはともかく、自らの腹心アンヌには期待するところ大である。

「こちらにいらっしゃるとお聞きして、駆け付けました。私もなにかお手伝いいたします」

「助かりますわ、アンヌ。ぜひ知恵を貸してもらいたいですわ」

そうして、ミーアは早速、書き上げた紙を二人に見せた。

「これは……？」

「わたくしが生徒会長になったら、やりたいことですわ」

堂々と胸を張るミーア。

「ミーアお姉さま………これ」

ベルは紙をじっくり見つめ……、それからミーアの顔を見て、

「とってもステキです！」

目をキラキラさせた。

「さすがはミーアお姉さまです！　このクリームのパイ包みとか、とても素晴らしいと思います！

甘いものを増やすの、ボク、大賛成です！」

大絶賛である！　食堂の追加メニュー候補を見てじゅるり、とよだれを拭ったりしている。さすが

はミーアご自慢の孫娘である！

「そうですね。枠にはめずに自由にアイデアを出していくことが大切だと、エリスもよく言ってました」

アンヌもさすがはミーアさま、と感心の表情を見せる。

二人の反応を受けてミーアも気を良くしてしまう。

「ふむ！　乗ってきましたわ！　それじゃあ、枠にとらわれずにドンドン書き出していきますわよ！」

そうしてミーアが、破滅の崖っぷちへと向かい、ズンズン歩き出そうとしたところで……。

「やぁ、ミーア。精が出るね」

図書室に、新たなる人物が現れた。

「まぁ！　アベル！　もしかして、手伝いに来てくださいましたの？」

「ああ、君が図書室でいろいろ考え事をしてると聞いてね。もしかすると役に立つんじゃないかと思って、いろいろ調べてきたんだ。ラフィーナさまが会長になって以来、どんなことをしてきたのか、とか」

そう言ってから、アベルはしかつめらしい顔をして言った。

「レムノ王国に伝わる古い格言があってね。いわく、戦《いくさ》に勝利するには敵を知らなければならないってね」

「なるほど、確かにそうですわね。ラフィーナさまがどのような選挙公約を打ち出すのか、予想しておくことは意味がありますわね」

それからミーアはニコニコとアベルに微笑みかける。

「さすがはアベルですわ。頼りになりますわ」

実際のところミーアとしては、こうして自分に味方するために来てくれただけで、とっても嬉しくなってしまったわけだが……。

そんなミーアを見て、アベルは照れくさそうに目を逸らした。それから、ふと首を傾げる。

「おや、君は……」

その視線の先にいたのは、目をまん丸くしてアベルを見つめるベルの姿だった。

「君が噂の……ミーアの縁戚にあたるお嬢さんかな？」

「はい、よろしくお願いします。アベルおじ……王子。ミーアベルといいます。ベルって呼んでください」

「ああ、こちらこそよろしく頼む、ベル。アベル・レムノ。レムノ王国の王子だ」

アベルは優しい笑みを浮かべてベルの方を見て、それから、くすくすと小さく笑った。

「あら？　どうかいたしましたの？」

「いや、よく考えるとミーアベルってミーアの名前とボクの名前を合わせたものみたいだなって、思ってね」

そう言われて、ミーアも気付く。

ミーアベル＝ミーア＋アベル。

なるほど、確かにベルの名前は、そのように考えることもできて……。

「まぁ、アベルったら。いやですわ、おほほ」

ミーアは、ちょっぴり頬を赤らめて笑った。

——まったく、いくらわたくしたちのことが大好きだからって単純すぎますわ。こんな名前の付け方するなんて……我が子ながら、ベルの親はなにをしてますの？　子どもの名前はもっと真面目に……。

「はい、お祖母さまにつけていただいた、大切な名前です」

――なっ、なっ、なっ、なんてことしてますのっ！　未来のわたくしぃっ！

ミーアは、内心で悲鳴を上げた。

第二十六話　アベルお祖父ちゃんは泣いていい……

「そっ、それで、アベル、あなたが調べてきてくださったものは……」

ミーアはなんとか気を取り直して言った。

「ああ、そうだったね。わかりやすいかと思って書き上げてきたんだ」

そう言うと、アベルは二枚の紙を取り出して机の上に置いた。

「こっちがラフィーナさまが生徒会長になって以来、やってきた仕事をまとめたものだ。それと、もう一枚は……」

と、アベルは照れくさそうな顔をして付け足した。

「一応……、なにかの役に立つかと思って、ボクが考えてみた選挙公約だ。君の役に立てるなんて自信はまったくないんだけど……」

「まぁ！　そんなことございませんわ。とっても嬉しいですわ！」

ミーアは大切そうに、アベルの持ってきた紙を手に取った。

「まず、ラフィーナさまの方から読んでみてくれ。ボクのはついでで構わないよ。本当に、見せるのが恥ずかしいぐらいで……おや？」

アベルは先に机に置かれていたミーアの選挙公約に目を留めた。それを手に取り、しばらく眺めて……。

それからミーアの方を見て……すぐに納得した様子でベルの方に視線を向ける。

「ベル、君もミーアの手伝いをしているのかな？」

「はいっ！　偉大なるミーアおばあさまを手伝えるなんて、とっても光栄なことですから、張り切っています！」

元気よく答えたベル。その頭をアベルが優しく撫でる。

――なっ！　アベルに優しくしてもらうなんて、ズルいですわ！

孫娘にジェラシーを燃やす、偉大なるミーアお姉さまである。微妙に大人げない……。

――そもそも、なぜわたくしの選挙公約を見て、ベルの話をするんですのっ⁉　あれは、わたくしのっ！

などとプリプリ怒っていたミーアだったが、アベルが持ってきた資料を見て青くなった。

「これは……、古くなっていた学校施設の大胆な改修、不要な行事を廃して、新たな行事を計画……？」

自分の考えていたものとは、次元の違うナニカが、そこにはあった。

生徒からの要望に耳を傾けつつ、きちんと先を見据え、十年後、二十年後まで残るような意義のある仕事。的確な現状認識と、それに対する解決手段を、しかもミーアでも理解できるぐらいに簡潔にまとめる、その手腕……。

——こっ、これと同じようなものを、わたくしが作らなければならないんですのっ⁉

ミーアの考案しようとしていた「学食スイーツ増産計画」など、児戯にも等しい。

——なるほど、それで、わたくしではなく、ベルが考えたものだと思ったんですわね。っていうか、ラフィーナさまの選挙公約、微妙にルードヴィッヒとかに近い臭いがいたしますわ……。

ミーアはラフィーナの政治手腕をまったくもって知らなかったが……もしもルードヴィッヒと同等の行政能力を有しているのであれば、それは、勝ち目のない戦と言わざるを得ないものだった。

——どっ、どうすればいいのか、見当もつきませんわ……。

早くも涙目になりかけていたミーア。だったのだが、そこに新たな人物がやってきた。

「ああ、ミーア、ここにいたのか」

「あら……シオン？」

新たに図書室に入ってきたのは、シオンだった。

走ってきたのか、その額にはうっすらと汗が浮いていた。

そのままミーアたちのところに歩み寄ってきた彼は、ベルの方を見て不思議そうな顔をした。

「ん？　君は……。ああ、そうか。ラフィーナさまから聞いていたな。確かミーアの縁戚の……」

「はい！　ミーアベルです。ベルって呼んでください」

「これはご丁寧に。俺はシオン・ソール・サンクランドだ」

その自己紹介を聞き、ベルは驚愕の表情を浮かべた。

「てっ……天秤王シオン……、ふわぁっ！　ほ、本物……？」

「天秤王……？」

小さく首を傾げるシオンだったが、ふと、机の上に置かれた紙を見て、

「これは、ラフィーナさまの施政記録か？」

「ああ、さすがにまったく隙がないよ」

肩をすくめるアベル。シオンは資料にざっと目を通して、

「なるほど。さすがはラフィーナさまだ……おや？　そっちの紙は……？」

「あっ、それは……っ！」

止める間もなく、シオンはミーアの選挙公約を手に取った。

それに一通り目を通してからシオンは慌てるミーア……ではなく、その隣できょとんと首を傾げたベルの方に目を向けた。

「君もミーアのことを手伝っているのかい？」

「はいっ！　ボクも尊敬するミーアおば、お姉さまを全力でお手伝いしたいって思ってます」

「そうか。いい子だね」

そうして、シオンは優しい笑みを浮かべてベルの頭を撫でた。

「えへへ……」

先ほどと同じような展開だったが……、心なしかベルの食いつきは先ほどより良かった。なんだか、ものすごく幸せそうな顔をするベル。有名人でイケメンな天秤王に頭を撫でられてすっかりご満悦のようだった。

アベルお祖父ちゃんは泣いていい……。

――この子……意外とミーハーですわね。まぁ、あれをわたくしが書いたってバレなくって良かったですけど……。

微妙に複雑な気持ちになるミーアである。そんなミーアの方に顔を向け、シオンは言った。

「で、ミーア、肝心の君の選挙公約はどうなってるんだ？」

うるせぇ、お前が持ってるのがそうだよ！　などとは当然言えるわけもなく、ミーアは一瞬、黙り込む。刹那の思考、そして閃《ひらめ》く！

「あら、シオン。そんなに心配してくれるなんて、もしかしてわたくしの手伝いをしてくれるんですの？」

ミーア、シオンをも巻き込みにかかる。

ラフィーナの怒りを買うにしても、「この選挙公約はシオンも一緒に考えましたー！」と主張すれば、少しは軽くなるかもしれないではないか！

それに、ルードヴィッヒほどではないにしても、シオンの頭脳は利用しがいがありそうでもある。使えるものはなんでも使う。なりふり構っていられなくなったミーアである。

対してシオンは……。

「いや、残念だが、今回は中立の立場をとらせてもらうよ」

それを華麗にもスルー。

憎らしいぐらいに涼しい笑みを浮かべる。

――ちっ、逃げられましたわ。やっぱり。そう上手くはいきませんわよね……。

ぐぬっと呻くミーアをしり目に、シオンは肩をすくめて見せた。

「手伝いたいのはやまやまなんだが、立場があるだろう。サンクランドとティアムーンが手を結び、ヴェールガに逆らうなんて、シャレになってないだろう」

「それでは、なにをしに来たんですの？」

手伝う気がないんなら帰れ！　と言外に主張するような、トゲトゲしい口調でミーアは言った。

「ああ、忘れるところだった」

シオンは一転して真剣な顔をする。それからベルの方をチラっと見てから、

「蛇の関係のことなんだが、彼女は大丈夫だろうか？」

蛇……秘密結社、混沌の蛇。

人知れず、社会に溶け込み、よからぬことを企む不届き者たち……。

どこにその関係者がいるか、誰が信用できるか判断がつかない以上、あまり多くの耳に入れるべき話ではないが……。

ミーアは小さく頷く。

「ベルは、信用できる子ですわ」

むしろ、ミーアとしては、ベルにはできるだけ情報を与えておきたいところである。

――帝国が大変なことになるって、絶対に混沌の蛇も関係しているんでしょうし……。

「そうか。それならば話そう。これはまだ確実なことではないから、そのつもりで聞いてもらいたいんだが……。ティアムーンに混沌の蛇の関係者がいるらしい」

「ああ、やっぱり、そうですのね」

それは十分に納得のいくことだった。

混沌の蛇の構成員は社会に溶け込み、どこにいるのかわからない。

だから当然、ティアムーンにもいると、ミーアは思っていたが……。

「帝国の中央貴族、それもどうやら四大公爵家のいずれかの家が関与しているらしいんだ」

「よっ、四大公爵家が、ですのっ⁉」

さすがに、その言葉は予想外だった。

第二十七話　疑心暗鬼

「どういうことですの？　シオン、四大公爵家のどれかが混沌の蛇の関係者だなんて……」

慌てた様子でミーアは尋ねた。

帝国四大公爵家、またの名を星持ち公爵家。それは最も皇帝に近しい貴族。

皇帝と血のつながりがあり、皇位継承権も持っている者たち。

だから信用できるというものではないのだが、少なくとも一般的な貴族よりは信用できなくてはいけない者たちのはずだった。

「その話は確かなことなんですの？」

問いかけに、シオンは思案げに黙り込む。

「まぁ、普通に考えれば、確度としてはそこまで高くはないだろうな。もともとは帝国に派遣していた風鴉《かざがらす》から上がってきた情報なんだが、いかんせん古い。長らく放置されていた情報だ。あまり重視されなかったから、埋もれていたと考えるべきだろう」

「普通に考えれば……か。引っかかる言い方だね、シオン王子。裏を返せば普通でない見方もできるということかな？」

そう尋ねるアベルに、シオンは一つ頷いて、

「物事にはいろいろな側面があるからな。当然、普通じゃない見方だってできるさ」

それから、にやりと悪戯っぽい笑みを浮かべる。

「そして、俺としてはそちらの見方の方がしっくりくるんだ。つまり情報が埋もれていた理由が、もしも重視されていなかったからではなく、逆であったなら……」

「ああ、なるほど。風鴉にも混沌の蛇が潜り込んでいたわけだしね。ジェムか、それ以外の者が意図的に情報を隠していたとしたら……逆に怪しいと。そういうことか」

「それは……確かに怪しいですわね。ぜひ、もっと詳しいお話が聞きたいですわ」

もしも、それが本当だったら大変だ。なにしろ帝国四大公爵家である！

彼らこそ、国を支えるために貴族をまとめ上げ、帝室に最後まで忠誠を誓う者たちで……などと思いかけたミーアだったが、ふと思い出す。

——あら？　でも、前の時間軸ではわたくし、エメラルダさんに裏切られたんだったかしら……？

ミーアの親友を名乗っていたエメラルダは、革命が起きて早々に帝国を見捨てて国外に脱出した。それも一族郎党そろって、である。

グリーンムーン家は帆船を保有しており、海外とも交流がある。そのコネを用いて、見事、危険地帯を脱出したというわけだ。

最後に会った時、エメラルダはいつもと変わらない優雅な笑みで言っていたのだ。

「ミーアさま、今度、当家でお茶会を開きましょう。たくさんお客さんを呼んで盛大に。そして、誇り高き帝国貴族としてこの帝国のために力を尽くすことを共に誓い合うの。とっても素敵でしょう?」

ミーアはその言葉にとても慰められたし、勇気をもらいもした。

連日、ルードヴィッヒと出かけていっては帝国内の窮状を見て、落ち込みがちになっていたミーアだったから、親友であるエメラルダのことがとても心強かったのだ。

そうして、お茶会の約束の日。

ミーアが目の当たりにしたのは、もぬけの殻になったグリーンムーン邸だった。

以降、幾度も裏切られることになるミーアだったが、この時が初めてだったので、たいそうショックを受けた。

「うう、せっかく、久しぶりにケーキが食べられると思っておりましたのに……」

頑張った自分にご褒美! と思い、ケーキを楽しみにしていたので、その衝撃はひとしおだった。

――ふむ、思い返してみると四大公爵家の連中って、どこも似たり寄ったりでしたっけ……。

飢饉による民の困窮をやわらげるべく協力を要請しに行ったら断られたり、帝都を守るために兵の派兵を要請したら断られたり……。

その家柄の格的に、生半可な者を派遣するわけにもいかず。割とミーアがお使いに出されることが多かったわけだが……、その都度、相手の冷たい態度に、心をザクザク切り刻まれたものである。

さらに、イエロームーン家に至っては裏で革命軍とつながってたんじゃないか、なんて噂される始末だったのだ。

――今さらあの中に裏切り者がいるなんて言われても、そんなにショックではございませんし……

そうですわ！　むしろ、四分の一の確率で敵の尻尾を捕まえられるかもしれないのだから、幸運と考えるべきなのかもしれませんわ！　その首を手柄にラフィーナさまに詫びを入れにいけば、少しばかり選挙公約がダメでも許していただけるかもしれませんわ……。

ちょっとだけポジティブになったミーアは、シオンの方を見た。しかし、シオンは小さく首を振って、

「残念ながら……、時間が経ちすぎているからな。詳細を調べるのはなかなか難しいだろう」

「まぁ、そうですわよね……」

「それに、情報を送ってきた者は連絡を絶っているんだ」

「それって……」

ミーアは思わず言葉を失う。

「自然に考えれば、口封じのために殺されたと考えるのが妥当だろう」

シオンは重々しい口調で言って、それから腕組みする。

「いずれにせよはっきりしたことは言えない。そもそも、関係しているというのが、どのレベルでかもわからないわけだし。最初にも言った通り、この情報がどの程度、信ぴょう性のあるものかもわからない。だけど、用心するに越したことはないはずだ」

その言葉を、ミーアはどこか遠くで聞いていた。

なぜなら、シオンの持ってきた情報をベルからもらった情報と組み合わせると、別のものが見えてきてしまうことに気付いてしまったからだ。つまり……。

――帝国の覇権をめぐって四大公爵家が対立。二対二で内戦になるって言っておりましたけれど……、それって、本当にただの権力闘争だったのかしら？

自然、そんな疑念を抱いてしまう。いずれかの公爵家に隠れ潜んだ混沌の蛇の策動によるものであったとすれば……普通に覇権争いと言われるより納得できてしまうわけで。

――四大公爵家の者たちには、警戒が必要なようですわね……。

四大公爵家の一角、ブルームーン公爵家長男のサフィアス・エトワ・ブルームーンが訪ねてきたのは、翌日のことだった。

第二十八話　青月の貴公子の誘い（デストラップ）

図書室にてミーアは、アベルが持ってきてくれたものを参考に、なんとか選挙公約を完成させた。

もちろん、アベルに手伝ってもらったが、ついでにシオンも巻き込んだ。

「俺は中立だから、ミーアの味方はできないんだが……」

などとぶつぶつ言いつつも、なんだかんだで手伝ってくれたシオン。

あら、以前に比べて少しだけ甘くなったかしら？　などと思いつつ、微笑ましい気持ちでいたミーアだったのだが……、作業を終えるころにはフラフラになっていた。

すべての作業を終えて知恵熱で頭から湯気を吹くミーアに、シオンはちょっぴり、すまなそうな顔をした。

「すまない、ミーア」

「……はぇ？　なんのことですの？」

ぽけーっと答えるミーアに、シオンは言った。

「いや、四大公爵家のことがショックで、普段通りの思考ができなかったんだろう。今日は叡智の冴えがまったくもって見えなかった。情報を持ってくるにしても、もう少し時を選ぶべきだったな」

気づかわしげに言っているが、要はミーアの全力の頭脳活動を一蹴しているわけである。

――なっ！　わ、わたくし、かなり頑張りましたのに……。

思わずムッとするミーアではあったが、言い返す気力もなく。

また、シオンの協力が大きかったこともあって、ここはグッと我慢である。大人なミーアなのである。

そのまま部屋に戻ったミーアはベッドに倒れこみ、泥のように眠り込んでしまった。


そうして翌日、選挙対策本部として借りている教室にて、ミーアが、ミーア派の面々とともに選挙戦略を練っていた時のこと。

サフィアス・エトワ・ブルームーンが面会を求めてやってきたのだ。

「やぁ、ミーア姫殿下。ご機嫌麗しゅう」

「あら、ご機嫌よう、サフィアス殿。お父上はご壮健かしら？」

「それはもう。皇帝陛下のご寵愛をいただきまして、ますます励んでおります。いやぁ、それにしても、本日も実にお美しい。このサフィアス、いつも姫殿下の魅力に心を奪われてしまうのですよ」

「まぁ、お上手ですわね……おほほ」

などという歯の浮くようなやり取りをしつつ、ミーアは思っていた。

――来ましたわね……。ついに！

サフィアスが面会に来たと聞いた時……、ミーアはピンと来ていた。

昨日、シオンに聞いたことが脳裏に甦る。

――混沌の蛇……、わたくしを策謀によって飲み込みに来たのでしたら、そうはいきませんわ！

逆に尻尾を掴んで、ラフィーナさまのところに引っ立ててやりますわ！

ふんすっ！　と鼻息を荒くするミーアである。

「それで、早速なのですが、姫殿下、お人払いをお願いできます？」

サフィアスは教室内の者たちに、視線を送る。

それだけで、幾人かはいそいそと教室の外に出始める。

帝国四大公爵の権威は、そこらの小国の王族を軽く凌駕《りょうが》するのだ。

「ミーア……」

気づかわしげな視線を送ってきたのはアベルだった。

「大丈夫ですわ、アベル。みんなのことをお願いいたしますわね」

そう言って、それからそのすぐ隣にいたティオーナにも一応は頷いて見せておく。

剣の腕が立つ二人には、ぜひそばにいてもらいたかったが仕方ない。

満足げに教室を出ていく者たちを見守っていたサフィアスだったが、ふと、ミーアの背後に目を向けて首を傾げた。

「あっれー、聞こえなかった？　そこのメイド、君もだよ」

その視線を受けて、一瞬、びくんと背を震わせるアンヌ。だったが、そんな彼女をかばうように、ミーアが一歩前に出る。

「この者はわたくしの専属メイド。わたくしの手足であり、わたくしの一部。あなたはこのわたくしの手足をもごうと言うのかしら？」

そう言って、ミーアはサフィアスを睨んだ。

「いえいえ、そんなつもりはありません。姫殿下がそうおっしゃるなら、わたくしめとしては、なにも申すことはありません」

恭しく頭を下げるサフィアスを見て、ミーアは、ふんっと鼻息を吐いた。

――混沌の蛇の構成員と二人きりになるなど、危なくって仕方ありませんわ！

「ミーアさま……」

そんなミーアを感動に瞳をウルウルさせながら、アンヌが見つめていた。


「それで、ご用件はなにかしら？」

改めて問うミーアに、サフィアスは愛想の良い笑みを浮かべた。

「我がブルームーン家は姫殿下の会長選挙を全面的に支持し、応援させていただきます」

「まぁ、それはとても良いお話ですわね。今日は、わざわざそれを言いに来てくださったの？」

「いえ、それだけではありません。姫殿下に勝つための策を準備してきました」

「……ほう？」

ミーア、少しだけ前のめりになる。

なにしろ現在、ラフィーナに勝利するプランはないのだ。

「そんな方法があるんですの？」

「ええ、簡単なことです。ラフィーナさまの欠点を徹底的に突けばいいのです」

「欠点……ですの？」

それは、いわゆるネガティブキャンペーンと呼ばれる手法だ。

自身の政策の出来の良さではなく、相手のあらを探して攻撃の材料とする。

確かに有効な手段ではあるかもしれないが……。

「ですが、凡百の貴族ならばいざ知らず、ラフィーナさまに、そのような欠点がございますかしら？」

「なぁに、なければ作れば良いのです」

「は？」

「ラフィーナ・オルカ・ヴェールガは高潔な聖女。ゆえに、ちょっとした汚点をつけてやれば、それだけで大きな痛手となる。簡単な裏工作です。造作もないことだ。ぜひ、このオレにお任せいただきたい」

サフィアスは狡猾な笑みを浮かべて言った。

それを聞いてミーアは……、

——なっ、なるほど、盲点でしたわ……！

素直に感心していた！

ラフィーナの政策の隙のなさを知っているミーアにとって、欠点がなければ欠点を作ってやれというのは、まさに画期的。革新的！　目から鱗《うろこ》の体験であった。

——でも、思い返してみると、わたくしも帝国革命の時にものすごくやられたんでしたわね……。

ちまたに流布したわたくしの批判の八割は流言飛語の類《たぐい》でしたし。

……大嘘である。少なくとも六割強は、真実の批判であった。

しかしながら……確かにそのすべてが真実ではなかった。そして……、

――あの類のものは、わたくし自身が偽りだと申し開きしても、信じてもらえないことが多かったですわね……。

サフィアスの策謀は、ミーアの目には実に理にかなって見えた。ゆえに、ミーアの心は一瞬揺らぎかける。でも……。ミーアの中のなにかが……警告を発していた。それは……。

――あれ、やられるとすごく腹が立つんですのよね。

そう、端的に言って……身に覚えのないことで罵詈雑言《ばりぞうごん》を浴びせられるのは、かなりイライラすることなのである。相手の強い恨みを買ってしまうのだ。

――温厚で寛大なわたくしですらムカついたのですから、ラフィーナさまの逆鱗《げきりん》に触れてしまうことは間違いありませんわ。もしそうなると……。

ミーアは想像してみた。

ラフィーナが、冷たい怒りの表情で自分を見つめている場面を………想像……して……。

その後につながる断頭台に至る道が、ミーアの目にはっきりと映った！

――ひぃいいっ！　ヤバイですわっ！　これ、なんの脈絡もなくギロチンにかけられるパターンですわ！

そう……かつてのミーアであればともかく、今のミーアは数多の経験を経て知っている。

自分で蒔《ま》いた種は自分で刈り取らねばならないということを。

そして、恐らくサフィアスの蒔こうとしている種は、一時的には綺麗な花を咲かせたとしても、実

った果実は苦く、毒を持ったものであるということを。

「ヴェールガのような小国の公爵令嬢ごとき、我ら偉大なる帝国貴族の手にかかれば一ひねりですよ。はっは」

などと偉そうにふんぞり返って笑っているサフィアスを見て、ふいにミーアはピンと来た。

――ははぁん、なるほど。わかりましたわ。つまり混沌の蛇は、わたくしとラフィーナさまとを分断するつもりなのですわね……？　そうはいくものですかっ！

第二十九話　正々堂々と……

「それで選挙に勝った暁には、わたくしめを生徒会役員に」

未だ得意げに自己アピールを続けるサフィアスに、ミーアは、ふふんと鼻を鳴らして言ってやった。

「……あなたの企みなど、お見通しですわ」

お前の秘密などすべて知っているぞ、と言わんばかりに、意味深にタメを作って言ってやったのだ！

その言葉に、きょとんと首を傾げるサフィアス。だったが、すぐに気を取り直したように、

「ふふ、姫殿下、警戒しすぎですよ。ラフィーナ・オルカ・ヴェールガは、それほどの人物ではありませんよ」

軽薄な笑みを浮かべて言った。

その言葉は、完全にミーアの予想と合致していた。

——ああ、やっぱり、そう誤魔化しますわよね。わたくしを上げて、ラフィーナさまを下げる。ラフィーナさまを恐れるに足らない人物ということにしておいて、敵対しても大したことないと主張する。だからこそ、わたくしとラフィーナさまの間を分断するような、そんな無意味な陰謀など立てるはずがない。誤解だと……そう言いたいのですわね？

頭の悪い王族であれば「聖女ラフィーナより、あなたさまの方が優れています！」などと言われれば、調子に乗ってしまうところだが……。

——あいにくとわたくしは、そこまでバカではございませんわ！

ミーアは相手の策謀を読み切った満足感に浸りながら、渾身のドヤ顔で告げる。

「サフィアス殿。あなたの狡猾な企みに乗ることはできませんわね」

ミーアは偉そうに胸を張ってサフィアスを睨む。

——わたくしとラフィーナさまを敵対させようなどという狡猾な企み、断じて乗ってなるものですかっ！

「こっ、後悔しても知りませんよ？　このオレの策に乗らなかったこと！」

悔しげに言って、部屋を出ていくサフィアス。

その背中をスッキリした顔で見送ったミーアであったが、しばらくした後、はたと気付く。

——しかし、裏工作はまずいですけど、四大公爵家の者たちには、票の取りまとめはお願いしなければならないんでしたわ……。とりあえず、明日にでもフォローに行かなければならないかしら……。

そんなことを思っていたミーアであったが……。事態は、そんなミーアの思惑を置き去りに、転がり始めていた。

「くそっ、せっかくオレが勝たせてやるって言ってんのに。小心者のアホ姫が……」

怒り冷めやらぬ様子で、サフィアスは廊下の壁を蹴り……上げようとしてやめた。足が痛そうだし……。

『あなたの企みなど、すべてお見通しですわ』

先ほどのミーアの言葉が頭に響く。

「このオレの完璧な企みが、ラフィーナさまにバレているだと？　警戒のしすぎもいいところじゃないか。あの臆病者め……。しかも、狡猾な企みだと？　結構なことじゃないか。相手に勝つのに必要な策を講じるまでのこと。そこに善悪などないではないか」

うじうじと文句を言いつつ、その場を去るサフィアス。が、しばらく歩いたところで、

「あの、サフィアスさま」

呼び止められる。反射的に振り向いた彼は、その視線の先に、一人の少女の姿を認めた。

「うん？　ああ……、貧乏田舎貴族の娘か。許しもなくこのオレに話しかけるなんて、ミーア姫殿下の寵愛を受けて調子に乗ったかな？」

ティオーナ・ルドルフォン。ルドルフォン辺土伯令嬢。

中央貴族の頂点に立つ、ブルームーン家の長男たる自分に話しかけてきた田舎貴族の令嬢に、サフィアスは苛立ちをぶつけるように鋭い視線を叩きつける。

ティオーナは一瞬怯んだように一歩下がりかけるが……。ギュッと拳を握りしめ、その場に踏みとどまる。

それから上目遣いに、キッとサフィアスを睨みつけ、

「ミーア姫殿下の邪魔をしないでください」

震える声で言った。

「姫殿下は……、あなたたちとは違います。卑怯なことは、お嫌いなはずです」

一瞬、きょとんとしたサフィアスだったが、年下の、しかも身分の低い小娘に批判されたとわかって、苦笑を浮かべた。

「なぁんだ、盗み聞きしてたのか。さすがは卑賤《ひせん》の家の出だ」

「はい。私は田舎者の辺土伯の娘です。でもミーア姫殿下は、身分の違いにとらわれない方ですから」

その返事を聞き、サフィアスの頬がひくっとひきつる。

「貧乏貴族の娘が、言うじゃないか。生意気にも。これは少しばかりお仕置きが必要かな……」

脅しつけるように一歩ティオーナに歩み寄ろうとするサフィアス。けれど、その足が唐突に止まる。

「そこまでにしていただこうか」

いつの間にやってきたのか、ティオーナの後ろにアベルが立っていた。

「あまり淑女を脅すようなことはしないほうがよろしいと思うが……」

「アベル・レムノか。二級国の第二王子風情が、帝国四大貴族のこのオレに、逆らう？」

見下すような態度のまま、サフィアスはジロリとアベルを睨み付けた。

「まぁ、外交的にはまずいだろうけどね。なにしろ、帝国とレムノ王国とでは国力が違うから……」

対するアベルは苦笑いを浮かべて肩をすくめた。

「ただ、ここで黙って見ていると、君たちのところの姫殿下に怒られてしまいそうなのでね。ボクの

目の前でレディーへの狼藉《ろうぜき》は控えてもらえるかな？」

帝国の権威を持って脅しても一歩も引かないどころか、静かな笑みの中に、敵意を向けてくるアベル。

それを見たサフィアスは……若干ビビった。

サフィアス・エトワ・ブルームーン。

ミーアとも血縁関係にある彼には、ミーアと同じ美徳があった。

彼は……痛いのが嫌いなのだ。

いや、より正確に言うならば彼は、血を見るのが嫌いだ。

嫌いというか、見ると卒倒する。

転んで擦りむいたレベルで、気持ちが悪くなる自信がある。

そんな彼だから、召使を折檻《せっかん》するにしてもせいぜいが平手で打つぐらい。それだって、自分の手が痛くなるから、滅多にやらない。部下に任せればいいと思うかもしれないが、力加減を誤って流血沙汰になって、自分が気絶することになりそうだし。

そんなわけだから、彼は暴力が、とてもとても苦手な少年なのだ。

ゆえに、剣術大会も当然出場を見合わせているし、鍛錬など積んだこともない。権力を抜きにして、単純な剣の腕でいえばティオーナにも劣るほどなのだ。

しかも、アベルは、ティアムーンには劣るとはいえ一応は他国の王族で、皇女ミーアのお気に入りだ。ちょっとした口喧嘩程度ならばともかく、大事になれば自分の方が立場は不利……。

素早く、脳内で計算を組み立てたサフィアスは、

「ふ、ふん。いい気になるなよ？　我がブルームーン家に与する帝国貴族は多いんだぞ？　他の四大

公爵家にも声をかけておくぞ。協力を得られるなんて、思わないことだな！」

「そんなもの……なくても、ミーア姫殿下なら大丈夫です。正々堂々、ラフィーナさまを破って見せますから！」

ティオーナは、堂々と胸を張り、サフィアスに言う。

「姫殿下なら、絶対に大丈夫ですから」


そんな一連のやり取りをミーアが聞いたのは、翌日のことだった。

帝国票を取りまとめてもらえるよう、フォローを入れようと思っていたミーアだったのに……。

——ぐ、ぐぬぬ、わ、わたくしに、いったいなんの恨みがございますのっ⁉　やっぱり、こいつ天敵ですわっ！

などと思ったものの……。一緒にアベル王子もついていて、しかも、彼もティオーナの味方をしたとあっては、もう、なにも言えない。

「う、うう、それは、ご苦労でしたわね、ティオーナさん。わ、わたくしが、言いたかったことを、代わりに言ってくださったんですのね」

「お褒めにあずかり、光栄です」

——褒めてませんわ！　ぜんっぜん褒めてませんわっ！

かくてミーアは、帝国貴族票という確実な票を失うことになったのであるが……。

このティオーナの勇気が、最終的にどのような結末を連れてくるのか、ミーアはまだ知らない。

第三十話　サフィアスさん、呼び出しを受ける……

「くそ、くそくそくそっ！　あいつら、ナメやがって、くそがっ！」

部屋に戻ったサフィアスは、ベッドの上に置いてあった枕を殴った。ぽすぽすと気の抜けた音が室内に響く。

しばらく暴れて、虚しくなったサフィアスは、はぁーっと深いため息を吐いた。

「オレは……、生徒会の役員にならなければならないんだ。こんなところで、つまずくわけにはいかないというのに……」

極めて深刻な、追いつめられたような顔でつぶやく。

それから、サフィアスは机に目をやった。

机の上には、一通の書きかけの手紙が置かれていた。

それは……、

愛しのマイハニーへ
元気にしているかな？
オレの方は変わらず健康に過ごしている。ただ、君に会えないので、気持ちが落ち込むことが多いけれど。

そんな文面で始まる、甘い……甘ーい！　ラブレターだった！

そう、なにを隠そうこのサフィアス、幼い頃より定められた許嫁がいるのだ。

それはさほど珍しいことでもなかった。互いの家同士を結び付ける婚姻は、貴族社会という政争の場では重要な要素だ。

時に家柄、時に財力、時に武力。様々な打算のもと、婚姻関係は結ばれていく。

その中には、望まぬ結婚というものも数多く存在しているのだが……、サフィアスの場合は……意外なことに相思相愛だった。

それはもう、手紙でイチャイチャ、どこかに出かけてイチャイチャ、お互いの家に行ってもイチャイチャ、イチャイチャ……。

同じ空間に置いておくと胸やけするから、と互いの親族ががげんなりするほどのバカップルっぷりを誇っているのだ。

お相手は、四大公爵家には劣るものの伝統と格式のある侯爵家であり、血筋的には申し分なく、見た目も可憐《かれん》でお淑《しと》やか。

しかも、サフィアスのことを尊敬できる立派な青年と思う程度には、その恋愛レンズは歪んでいた。

結果、生まれたのは理想的大貴族のカップルだった。

ちなみに、その恋愛脳的メンタリティは、ミーアに非常に似ているのだが、もちろん当人たちは認めようとはしない。

まぁ、それ自体は問題ないのだが、問題だったのはサフィアスが「生徒会役員になる」などと、大口を叩いた手紙を許嫁に送ってしまったことだった。

「今さら、あれは間違いだったとでも言えというのか？　そんな恥ずかしいことができるわけがない！」

頭を抱え、うおーっと叫ぶ。

恋に悩める男の、悲しい叫びである。

ちなみに……彼と同室の従者の少年、名をダリオというのだが……、サフィアスの婚約者の弟である。姉のコネによって、サフィアスの従者としてセントノエルに来て、大陸最高峰の教育を受けている。

本人的には、それは大満足なのだが……、時折、こうして、姉へのラブレターで悩みまくる将来の義兄の姿を見せられるという、結構な地獄を味わっていた。

「なぁ、ダリオ。どうすればいいだろう？　オレは許してもらえるだろうか？」

「あー、たぶん大丈夫じゃないっすかね……。姉さん、結構、適当なところあるし」

微妙にやる気のない返事を返すダリオ。

家に帰れば帰ったで、姉からサフィアスとののろけ話を聞かされるので、彼としては、この程度の失敗で姉の好意が薄れることはないと思うのだが……。

「いや、だが、やはりメンツが……。ぐぐ、くそ、おのれ、ミーア姫殿下。オレの言うとおりにしておけば、上手く恩さえ売れれば、うぐぐ……」

そんな、ダリオにとってなんともいたたまれない時間は、けれど、長くは続かなかった。

部屋のドアを、礼儀正しくノックする音が響いたのだ。

「おっと、ちょっとすみません。サフィアスさま」

「さま、などと他人行儀に呼ばなくともいいぞ？　オレたちは近いうちに兄弟になるわけだし……。

気軽にお兄ちゃんなどと呼んでくれても……」

「はい、わかりました。サフィアスさま」

ダリオはこれ幸いにとドアの方に向かい……、そこに立っていた男に首を傾げた。

「失礼いたします。サフィアス・エトワ・ブルームーンさま。ラフィーナさまがお呼びです」

その言葉に、サフィアスは、

「……はぇ？」

ただただ、首を傾げた。

それは地獄からの使者……もとい、学園の支配者、ラフィーナ・オルカ・ヴェールガの使者だった。


「らっ、ラフィーナさま……。あの、わたくしめに、なにか……？」

サフィアスが連れてこられたのは、生徒会室だった。

憧れの生徒会室に足を踏み入れたサフィアスだったが……、満足感に浸るような余裕はなかった。

なぜなら、すぐ目の前、椅子に深々と腰かけたラフィーナが、嫣然《えんぜん》たる笑みを浮かべて、ティーカップに口をつけていたからだ。

通常、呼び出しておいて自分だけ紅茶を楽しんでいる、などということは許されない無礼だ。もしも、それが成立してしまうとしたら、それは、呼び出された側に相応の非がある場合のみであって……。

そして、サフィアスには、それに心当たりがあった。

いや、まさか、バレるはずがない……。そうは思っても、なんとも落ち着かない気持ちになってしまう。

そんなサフィアスの心情を知ってか知らずか、ラフィーナは静かに、紅茶の色を確かめるようにティーカップを見つめていたが……。

「あ……あの？」

「ふふ、ごめんなさいね……。ただ、少し考えていたの」

「へ？　え、えーっと、なにをでしょうか？」

「こんな時、私のお友達ならどうするかなって」

「えーっと？　それは……あっ！」

そこで、サフィアスは気付いた。

ラフィーナの後ろに立っている少女……。顔を真っ青にした彼女こそが、ラフィーナの悪口を喧伝するために、買収したはずの人物であるということに。

「なんだか、いろいろと裏でやろうとしていたみたいだけど……もう少し隠れてやらないと、身を滅ぼすことになるわね」

凛と美しい声で言って、ラフィーナはようやくサフィアスに目を向けた。

清らかな、山の朝露のような澄み切った視線を向けられ、サフィアスは震え上がった。

『すべてお見通し……』

ミーアに言われた言葉が脳裏を過ぎる。

――まっ、まさか、本当に？

驚愕に固まるサフィアスに、ラフィーナは、いっそ優しいといえるような口調で、

「でも、どうするべきかしら……。私はね、サフィアスさん、悪人は裁かれるべきだと思うの。もちろん、人は過ちを犯すもの、そこに慈悲は与えられるべきなのかもしれないけれど、あなたは、公爵家の長男でしょう？」

けれど、凍えるほどに冷たい、氷の視線で、サフィアスを突き刺した。

そう、ゾッとするほど澄み渡り、純粋で……、けれども温かみのない視線で……。

「国は違えど、私と同じ身分。当然、その身分に相応しく、きちんと自分の行いには責任を取らなければならない……。そのぐらいのことは、あなただってわかっているでしょう？」

サフィアスの背中にダラダラと冷汗が流れる。

たかが小国の公爵令嬢と侮っていた少女は、裁きの剣を突き付けてくる、聖い神の執行官だった。

罪は許さず、必ず裁く。断固たる意志がラフィーナにはあった。

けれど、その口調がふっと緩む。

「ミーアさんは、あなたのことを許すんでしょうね。ここは学校、教育の場所。一度の過ちで退学になどしたら可哀そうって、きっとあなたのことを憐れむはずだわ」

罰には二つの役割がある。

加害者を痛めつけることで被害者の心を慰めることと、過ちを犯した者に対するお仕置き……すなわち教育するということ。

「うーん、今回の被害者は、私ということになるのかしら？」

頰に手を当て、きょとんと首を傾げるラフィーナ。

「でも、被害者になり損なってしまったのね……。ティオーナさんの時と同じ。被害者の心を慰める必要がないのであれば、過ちを犯した者に悔い改めを迫ればいい」

サフィアスの知らないことを言って、それから、くすくすとラフィーナは笑った。

「ねぇ、サフィアスさん、ミーアさん、なにか言っていたかしら？」

「正々堂々とラフィーナさまと戦うと……、言っておりました」

従者の言葉は、主の言葉。それが貴族の常識だ。

そして、サフィアスにとって、ティオーナごとき貧乏貴族は、従者も同じ。

ゆえに、ティオーナが勝手に言った言葉は、ミーアの言葉として、ラフィーナに伝えられる。

「ああ……そうね。そう言うでしょうね、ミーアさんなら。そういう人だものね、私のお友達は……」

ラフィーナは、そこで悲しそうなため息を吐いた。

「ああ、それなのに、どうして私の誘いを受けてくれなかったのかしら……」

第三十一話　聖女（真）の憂鬱

「ああ……失敗。少し話しすぎてしまったわ」

サフィアスが去った後、ラフィーナは苦笑いを浮かべた。

カップに残っていた紅茶の残りを口にする。舌に広がる仄かな苦みに顔をしかめつつ、ラフィーナはつぶやく。

「きっと自分で思ってる以上に、ショックだったのね。ミーアさんに断られて……」

ラフィーナ・オルカ・ヴェールガ。

ヴェールガの聖女――人々から崇め奉られる少女には、もともと友達がいなかった。

それを不幸だと思ったことはなかった。父はたくさんの愛情を注いでくれたし、国民も彼女を慈しみ、慕ってくれた。むしろ恵まれた境遇と言えるだろう。

みながみな、彼女を特別扱いする。

特別……、それはそうだろうとラフィーナは思う。

彼女は自分が「特別」な存在であることを否定しない。

ヴェールガの聖女は一人しかいない。唯一の存在で特別で、だから、特別扱いされてしかるべきだとも思う。

けれど……、とラフィーナは同時に思う。

それは、ほかの人だって同じだ、と。

みながみな、そのように造られた。

神から個別に設計されて、それぞれが違う、特別な形を帯びている唯一の存在。

それぞれに神の寵愛を受けている。

だからこそ、それぞれが尊重されるべき存在なのだ、と。

そう神は教えている。ヴェールガの聖典には、そう教えが書かれている。

ゆえに、自分だけが特別扱いされることが、ラフィーナには不満だった。

自分もほかの子も変わらない。普通に友達になってくれたっていいのに、と、そう思っていた。

そんなある時、彼女の前に、さる大貴族の令嬢が現れた。

「ラフィーナさま、私とお友達になってくださらない？」

その言葉に、ラフィーナは喜んだ。

ようやく、自分を特別扱いしない、普通の友達になってくれる相手に出会えたのだ、と。

心から、喜んでいたのに……。

ある日、ラフィーナは見てしまった。

その友達が、自分の従者を棒で殴っているところを。

「なぜ、そんなことができるの？」

ラフィーナは混乱した。

だって、彼女のお友達は、聖女だとか貴族だとか……そういう身分にとらわれない人。そういう『偽りの特別』に左右されない人のはずで……。だから友達になってくれたはずなのに……。

それなのに、どうしてそんな酷いことができるのだろう？

考えた末に、ラフィーナは気が付いた。

少女がラフィーナを特別扱いしなかった理由。

なんのことはない、少女はラフィーナだけでなく、自分自身をも特別な存在と思っているだけだったのだ。神に選ばれ寵愛を受ける、特別な存在であると……、思い上がっていただけなのだ。

なんて横暴な考え方……。

ラフィーナはこの地に住まう者たち、神を信じて敬い、その寵愛を受けた信徒の共同体を、一つの家族のようなものだと考えている。そして、貴族や平民、奴隷などは、すべて役割の違いに過ぎないと。

長男として生まれた者には、家督を継ぐ権利と義務とが課される。同じように次男には次男の、長女には長女の、父には父の、母には母の、それぞれ役割と権利、義務がある。

そして、その役割は別に比べられるものではない。どちらが優れていて、どちらが劣っているか、などと言えるものではない。ただ果たすべき役割が違う、それだけの違いだ。

だから貴族だからと言って、平民を虐げ、奴隷を足蹴にする者を、ラフィーナは心底軽蔑する。

自身に与えられた特権に相応しく、自らを律し、義務を果たそうとしない者を、ラフィーナは許すことができないのだ。

そんなラフィーナに、友達はできなかった。

近づいてくる貴族は、ラフィーナの聖女としての名に惹かれて近づいてくる下種な者ばかり。友達になるに値しない。

かといって平民は、ラフィーナを敬うことはあっても、決して友となろうとはしなかった。

これはヴェールガの聖女として生を受けた自身が負うべき試練なのだろうか？　と半ばラフィーナが諦めかけた時、彼女は現れたのだ。

「ミーア・ルーナ・ティアムーン」

帝国で彼女がなしてきたことを知った時、ラフィーナは少しだけ驚いた。

統治者たる皇帝の娘として、相応しい働きをする姫。与えられた立場に相応しく、民に恩恵を与え、貧民にすら思いやりを注ぐことができる慈愛の人。

自分と同じ「聖女」の名で、ミーアを呼ぶ者もいると聞いて、ラフィーナは心が躍《おど》るのを感じた。

「もしかしたら、この方ならば、私を友としてくれるんじゃないかしら……」

ラフィーナは、ミーアが入学してくるのを心待ちにしていた。

そうして、共同浴場で、ラフィーナははじめてミーアを見つけた。

自身の従者たる平民のメイドに気遣いを見せ、あまつさえ腹心だと言ってのけたミーア。人間を立場や血筋などという表面的なことではなく、もっと深い部分で見ることができる彼女のありようは、ラフィーナに少なからぬ衝撃と感動を与えたのだ。

彼女は、自分が求めていた人だ、とラフィーナは思った。

けれど……違った。

「私の思っている以上の人だったわね、ミーアさんは」

ダンスパーティーの事件の際、ミーアの見せた寛容さ、過ちを犯した者にさえ、可能であればやり直しの機会を与えること。それを実現するために、あらゆる手を打つこと。

その姿勢は、ラフィーナにはない、未知のもので……でも。

「人は過ちを犯すもの。過ちだと知らずに罪を犯すこともある。ゆえに、やり直しの機会をできるだけ与えてあげる……。ミーアさんは、私などよりもよほど優しい人だわ」

ラフィーナは、それを心地よく感じている自分に気付いて、少しだけ驚く。

罰を曖昧にすることは、腐敗の温床になる。

犯人への罰が軽ければ、被害を受けた者の心の痛みが和らぐこともない。

だからミーアのように、あの犯人たちを許そうとする者を、ラフィーナは軽蔑する。

罰は罰。権力を持つ者は悪を裁き、不正を正すべきなのだ。

けれど、ミーアは知恵により、悪が成される前に、あるいは被害が大きくなる前に動き、犯人に《やり直しの機会を与えられる状況》を作り出す。

考えたこともなかった優しい在り方に、ラフィーナは憧れさえ抱いていた。

だけど、

「残念だけど、ミーアさん、あなたでは私に勝てないわ」

ラフィーナは小さくつぶやく。

彼女には、これから先の正確な予想がすでに見えていた。

ミーアは確実に負ける。

もしもサフィアスの策謀に乗るぐらい、悪に徹することができたら、まだ勝ち目はあった。

けれど、ミーアはそれを拒んだのだ。

「正々堂々と、そして、優しい信念をもって……。そんなミーアさんの美徳が彼女自身を縛る鎖になる。だから、私には絶対に勝てない……」

ラフィーナは、ミーアの正義を愛する心を信じている。ゆえに、自らの勝利をも確信している。

皮肉な話だ。ミーアが正しさに居続ける限り、彼女には決して勝ち目はないのだ。

なぜなら……、それは……。

「あーあ、応援してほしかったなぁ……」

思考を断ち切るように、ラフィーナはつぶやく。それはまるで年相応の少女のように幼く、少しだけ寂しげなものだった。

「お友達なら、わかってくれると思ったのに……」

目の前の机にグデーっと力なく横たわって、ラフィーナは唇を尖らせる。

もちろん、ラフィーナはミーアが立候補した理由も察している。

選挙という制度を公正に機能させるために、ラフィーナの対抗馬として立つこと。それ自体はラフィーナ自身の潔白を証しするためにも必要なことだった。そしてそれは、ラフィーナを絶対視しないお友達にしかできないことであって……。でも。

「あーあ……」

それがわかっていてもなお、ラフィーナは寂しげにため息を吐く。

「私、頑張ってるんだけどなぁ」

混沌の蛇への対策とヴェールガの聖女としての役割、それに生徒会長の仕事もあって、さすがのラフィーナも、疲労の色を隠しきれなかった。

「頑張ってるんだけど……なぁ」

つぶやいて、ラフィーナはそっと瞳を閉じて、睡魔に身を委ねるのだった。

第三十二話　聖女（なんちゃって）の憂鬱

選挙期間も半ばに差し掛かろうとしている頃のこと。

「ミーアさま、ここまでの選挙戦ですが……劣勢です」

ミーアが選挙対策室として借りている空き教室。

そこに、クロエの重々しい声が響いた。

——ああ、まぁ、ですわよねぇ……。

それを聞いても、ミーアに驚きはない。というか、むしろ納得してしまう。

なにしろ、自分でもラフィーナに勝てるビジョンがまったく思い浮かばないのだ。

選挙公約はアベルとシオンの協力によって、それなりのものを作ったつもりだ。それこそ、ラフィーナにだって引けを取らないぐらいに堅実なものが作れたのだが……。

それだけだ。ラフィーナを大きく凌駕するものは作れていない。それでは、明らかに不足なのだ。

——計算外のことが起こりすぎましたわ……。

そうなのだ、ミーアにも一応の戦略はあったのだ。一応は……。

きちんとした選挙公約を用意し、生徒会長になってもおかしくない状況を表向きでは整える。そして、裏ではティアムーン帝国派、サンクランド王国派、それぞれの票を取りまとめて、ギリギリでラフィーナに勝つ。

けれど、その戦略はすでに瓦解《がかい》した。

ティオーナが大見栄を切ったせいで、サフィアスのみならず、他の四大公爵家の者たちの協力を得ることも難しくなってしまったのだ。

これには、さすがのミーアも参った。

いくら『混沌の蛇』と関係があるかもしれないとは言っても、帝国の貴族たちをまとめるためには、やはり彼らの協力が不可欠だったわけで。

そして、帝国票が難しいとなれば当然のことながら、サンクランド票の取りまとめだって難しい。

自国の貴族たちの支持すら集められない者を、どうして支持できるだろう？

もとより中立の立場をとるとシオンも明言しているわけで……、ミーアとしては手の出しようもない。

結果……事前の調査では、支持の大半はラフィーナへと流れてしまっている。

「現在、支持者的にはラフィーナさま九、ミーアさま一といった割合です」

――まぁ！　わたくしに、一割も支持者がいるんですのっ⁉

むしろ、その事実に驚きのミーアである。

――よほど、泥船に乗るのがお好きな方がいらっしゃるのね、おほほ！

もはや、自虐に走り出す始末である。

乾いた笑みを浮かべるミーアに、クロエは言った。

「なんとか、挽回するために手を打たなければなりません」

「そうは言いましても……」

ミーアは肌身で、敗戦の気配を感じ取っていた。

部屋に集う面々の顔を見て、ふと思い出す。

――ああ、この顔……、帝国革命末期の近衛兵団の兵たちの顔に似てますわ。

全滅覚悟で革命軍に突貫する兵士たち。彼らの顔に浮かんでいた清々しいほど隠す気のない、諦め顔。

それそっくりの表情をして、ミーアの方を見つめる者たちがいた。

――これ、もしかして、負ける前提で考えて行動したほうがいいんじゃないかしら？

諦めムードにあてられて、ミーアも半ば投げやりである。

まだ勝利を信じていそうなのはアベルとティオーナ、それに……。

「なにか、具体的なアイデアはありませんか？」

今、司会をしてくれているクロエだけだった。ちなみにクロエには各教室を回って、情勢分析などを行ってもらっている。

そんなクロエの問いかけに、静かに手を挙げる者が一人……。

ティオーナ・ルドルフォンが元気よく手を挙げていた。

「イメージカラーを決めるというのはどうでしょうか？」

みんなの疑問の視線を受けて、ティオーナが続ける。

「ミーアさまを応援する者は、同じ色のものを身に着けるんです。お揃いで。服も全部同じ色にするのは難しいかもしれないんですけど……」

「なるほど、わかりやすいイメージ戦略ですね。同じ色のスカーフを揃えて腕に巻きつけるとか、効果はあると思います。見た目は大事ですから」

クロエは頷き、以前にもどこかの国の選挙で、そのような戦略がとられたことを説明してくれる。

「戦場でも有効な手だ。サンクランドには、全身を漆黒で固めた精強無比の騎士団があると聞くし、味方であることをわかりやすく示すことは団結を高める意味にもなるからね。そうすると、問題は何色にするかということか」

アベルの問いかけに、ミーアの取り巻きの一人が答える。

「ラフィーナさまはイメージカラー的には白だから、同じように静かな色で、青系統はどうでしょう？」

「青……」

それを聞き、ミーアは思わず頬を引きつらせる。

その色は、こう、なんというか……。以前、レムノ王国で革命に敗れた者たちを、ミーアの脳裏に呼び起こした。

——蒼巾党だったかしら……。あれを思い出させますわね。

実に不吉だ。勝てるものも勝てないような気になってくる。

——まぁ、もともと勝てませんけど……。

自虐モードのミーアである。

その後も、黄色、緑、桃色、オレンジ、様々な色のアイデアが出てくるが……。

「染料の都合で、すぐに揃えられる色は、そこまでないと思います」

クロエの現実的な指摘によって、おのずと選択肢は狭められた。

結果、ド派手な黄色か、赤系統か、という話になった。

「赤は、夕焼け野バラ《トワイライトローズ》という花の染料で染める深い赤ですね。名前はそのまま夕焼け野バラ《トワイライトローズ》の赤と呼ばれる色です。黄色は、えっと、この色です」

そうして、クロエが差し出したのは一枚のハンカチで……、実に、こう、目が痛くなるような、派手な黄色だった。それは、ミーアであっても、

——これを身に着けるのは、ちょっとバカっぽいですわ……。

などと、若干、引くような色だった。

こんな色を身に着けていたら、軽薄で派手好きなどというよからぬイメージがついてしまいそうだ。

そんなやり取りを経て、ミーア派のイメージカラーが決まる。

「ああ、もう、なんでもいいですわ」

そう投げやりに推移を見守っていたミーアだったが、数日後に出来上がって来たものを見て後悔する。

「こっ、この色は……」

夕焼け野バラの赤、血のように濃い赤色の別名はギロチンレッド……。

ギロチンのなにの赤色かは、あえて言うまい。

けれど、その赤は、ミーアの中の不吉極まりない記憶を喚起するには十分で……。

「ああ、わたくし、やっぱり、もう、おしまいですのね……、う、うーん」

などと、その場で倒れてしまい、アンヌたちを大いに慌てさせることになるのだが……。

かくて、楽しい選挙戦は終盤を迎えていくのだった。

第三十三話　ミーア姫、追いつめられる

「ミーア姫殿下に清き一票をお願いします！」

イメージカラーを定め、心機一転、ミーア派は動き出した。

ギロチンレッドを胸に抱き、各メンバーは声を張り上げて支持を訴える。

ミーア自身も愛想よく、自らの選挙公約を訴えていった。

ラフィーナにできないことをしなければ、と考えた結果、アベルの発案で馬に乗りながら演説した時には、さすがにちょっぴり迷走してるんじゃないかしら？　などと思ったものだが……。

ちなみにその演出は、騎馬民族出身の生徒たちにはすこぶる人気で、予想外の効果があった。さす

がはアベル！　と感心しきりのミーアであった。

そんなこんなでジワジワとではあるが、ミーアの支持者は増え始めた。

けれど……それでもラフィーナにはまだまだ遠く、まったくもって届きそうになかった。

「クロエの情勢分析によると……、支持率は二割弱まできているようですけれど……」

そこで頭打ちだった。やはり、勝負にはならない。

選挙対策室にて、ミーアは、ふぅと疲れたため息を吐いた。

――かといって、引くわけにもいきませんし……。

昨夜もミーアはベルから話を聞いた。結果、わかったことは「なんかよくわかんないけど、ルードヴィッヒが確信に満ちた顔で、ミーアが生徒会長にならないと世界が滅ぶって言ってた！」ということのみ。

それのみなのである！

――これでは、対策の立てようがございませんわ……。

しかも、未だにベルもアンヌもティオーナもクロエも、ミーアの勝利を一切疑っていないのだ。

もしも、これで生徒会長になれなかったりしたら……、みんなのガッカリした顔を想像するだけで……。

――う、うう、お、お腹が痛いですわ……。

そんなミーアの前に、深刻そうな顔をしたアベルがやってきた。

「ミーア、少しいいだろうか？」

「あら、アベル、どうかしましたの？」

「すまない、ボクに気を使って選挙公約を作ったせいで、こんなことに……」

「へっ……？」

きょとんと首を傾げるミーアに、アベルは苦々しげに言った。

「君が発表した選挙公約は、ほとんどボクが原型を作ってきたものだった。この結果は、すべてボクに責任がある。君のことだ、もしかしたらボクが思いもよらないような政策を考えていて……、だけど、気を使って、ボクが持ってきたものを採用してくれたんじゃないのか？」

「まさかっ！　そんなこと、ぜんぜんございませんわ！」

もっともである。

「アベルがいらっしゃらなければ、わたくし、選挙公約を完成させることだってできませんでしたわ！」

百二十パーセント真実である。

そんな混じりっ気のない純然たる真実の言葉を、肯定するものがいた。

「そうだな。あまり、自分を卑下するものじゃない。アベル王子」

部屋に入ってきたシオンは、彼にしては珍しく苦笑いを浮かべていた。

「だが……」

「ラフィーナさまの公約を見ただろう？　文句のつけようがない完璧な政策だった。仮に、あれを上回る出来のものを打ち出せたとしても、そこまでの差はつかないだろう。もともとのラフィーナさまとミーアとの差を逆転させることは無理だっただろう」

ラフィーナとミーアの差、いわゆる現職の強みというやつである。

今までの実績があるラフィーナは、堅実な選挙公約を打ち出せばよいのだ。逆に政治手腕が未知数、実績ゼロのミーアが勝利するためには、よほど画期的な、生徒たちの心をつかむような公約を打ち出す必要があったのだ。

「いずれにせよ、真っ当な公約では、ラフィーナさまを超えることはできなかったということだな」

「あら？　真っ当でないものというのがございますの？」

シオンの物言いに首を傾げるミーア。そんなミーアに、シオンは肩をすくめて、

「白々しいな、ミーア。君は気付いていたんだろう？」

「はて？　なんのことかしら……」

「ベル嬢に聞いたよ。図書館で見た選挙公約は、君が書いたものらしいな」

「……はぇ？」

なんのことか、一瞬わからなかったが……。その脳裏に、自身の欲望に埋め尽くされた選挙公約が過ぎる。

――べっ、ベルっ！　わたくしを裏切りましたわね！　せっかく、そのことはわたくしがお墓まで持っていこうと思ってましたのにっ！

ミーアは心の中で絶叫した。

別に口止めしていたわけでもないので、裏切ったわけではないのだが……。

「それは、どういう……？」

「あっ、ち、違いますのよ。あれは、その……」

困惑した様子のアベルに、ミーアは思わず言い訳をしようとして……。

「あれは、試みとしては実に正しい考え方だったな」

シオンはあっさりと言った。

「…………はぇ？」

「わかっていたんだろう？　堅実に、あるいは公正に……そうした考え方ではラフィーナさまに太刀打ちできないと。だから、思考実験的に俗っぽい公約を考えてみた」

「なるほど。そういうことだったのか」

アベルは感心した様子で、ミーアの方を見た。

王子たち二人の、どこか尊敬するような視線を前に、ミーアは、

「ま、まぁ、そんな感じですわ……」

乗った！　乗らざるを得なかった。

ミーアは背中に冷たーい汗をかきつつも、むしろ「今ごろ気付きましたの？」という表情を作り出す。ミーアほどの者になれば、どのような状況でも臆することなくドヤ顔を作り出せるのだ。

「だからアベル王子、別に恥じる必要はないんだ。ミーアはラフィーナさまに勝つ方法を模索して、その上で、その道を放棄したんだ」

「どういうことだ？　勝ちの目があるのに、その道を放棄するとは……？」

「わからないか？　その思考を突き詰めていくとどこに到達するのか……。ラフィーナさまと異なる方向に突き詰めた公約というのは、例えば……そうだな。大貴族を優遇する公約とかだろう」

「は？　いや、シオン王子、それはなにかの冗談なのかい？」

目をぱちくりと瞬かせるアベルに、シオンは首を振った。

「残念ながら、きわめてまっとうな戦略だ。ラフィーナさまは平民にも貴族にも等しく慈悲を与える。

ばばーん

むしろ、貴族に対する評価の方が厳しいぐらいだ。そのことを快く思わない貴族は多いだろう」

「なるほど、ラフィーナさまと同じようなことをやっていては、ミーアに票を入れる意味がない。だから、もし仮に、ラフィーナさまが完璧かつ公正極まる選挙公約を打ち出してきた場合、手の出しようがないということか」

現在のセントノエル学園の状況、生徒会の動かせる予算と労力、それらの制約の中にあってできることというのは限られてくる。

例えば、セントノエル学園の改善すべき問題が二十あるとする。生徒会で動かせる労力が十であるとする。その場合、その十の力をどのように割り振っていくのかというバリエーションは、実はそう多くない。

学園の現状を正確に把握する目があり、生徒会の力を推し量る分析力があれば、自ずと違いを出せるポイントは、優先順位のつけ方に絞られる。

すなわち、なにを一番大切にして活動していくのかということだ。

ゆえに、ラフィーナが善に与する選挙公約を打ち出せば、ミーアは悪の選挙公約を、ラフィーナがすべての生徒に公正な選挙公約を打ち出せば、ミーアは一部の生徒が得をする不公正な選挙公約を打ち出すことでしか、違いが出せなくなってしまう。

制限がある以上、その収束点の形は大体決まってしまっていて、その最善のものをラフィーナに出されてしまっては、もはやミーアにはどうしようもない。

二人の会話を聞きながら、ミーアは頬を膨らませた。

——公約に使えそうなことをすべて一人でやってしまうなんて、ズルいですわ！　ラフィーナさま。

第三十四話　ミーアはやさぐれモードに進化した！

こうして情勢を覆せないまま、ついに選挙当日がやってきた。

「う、うう……、どうすれば……」

万策尽きたミーアは脳みそをフル回転して打開策を探っていた。

もう数日前からそんな状態で、慢性的な知恵熱のせいで微妙に熱っぽくてふらふらするぐらいである。

そうして、考えに考えて、考えて、考えた結果……、良いアイデアは出てこなかった。

あとは投票前の最終演説を残すのみ。

逆転の一手は……ない。

その時、ミーアは気が付いた！

――ああ、来てませんわ……！　わたくしの周りになんの風も感じられませんわ。

今まではことあるごとにミーアの体を押し上げてくれていた力を、今はまったく感じない。

――無風！　まったくの無風ですわ……。

もしかしたら、これは時間遡行転生して以来、最大のピンチなのでは……？

ミーアは遅まきながら思った。

さて、セントノエルにおいて選挙というのは神聖な儀式だ。

先日の開会ミサしかり。今日の投票についても同様である。

今日は特に、会長を選び出す神聖な投票日である。立候補者は慎み深く身を清め、純白の聖衣を身にまとう必要があった。

セントノエル学園の地下には清めの泉と呼ばれる場所がある。

白く磨き抜かれた石が敷き詰められたその空間は、静謐《せいひつ》な空気に包まれていた。

広い空間の真ん中には、さらさらと清らかな水の湧き出す泉があり、立候補者はそこで身を清めることが習わしとなっているのだ。

入り口ですべての衣服を脱ぎ、一糸まとわぬ姿となって、ミーアはその身を泉に浸す。

わずかに湯の混じった水は、震えるほどに冷たいということはなかったが、それでも十分に冷たかった。知恵熱で火照った体には心地よい。

「ふぅ……」

小さく息を吐き、ふと横を見る。と、

――それにしても、ラフィーナさま、憎らしいぐらいにお美しいですわ……。

そこには、自分と同じく水浴びするラフィーナの姿があった。

白く透き通るような肌、清らかな水にきらめく長く美しい髪は、同性のミーアから見ても、この上なく魅力的に見えてしまって……。

――ぐぬぬ、不公平ですわっ！　ズルいですわっ！

ネガティブモードに入っているミーアは、ここにきて容姿でもラフィーナに完膚なきまでに負けていることを悟ってしまう。

「あら？　どうかなさったの？　ミーアさん」

ミーアの視線に気付いたのか、ラフィーナは小さく首を傾げた。

「い、いえ、なんでもございませんわ。おほほ」

誤魔化すように笑ってから、

「ただ、ずいぶんと、お疲れのご様子ですわね、ラフィーナさま」

ミーアは珍しく皮肉を言った。

なんとミーアはネガティブモードから、やさぐれモードへと進化した！

――水も漏らさぬ完璧な施政は、さぞや疲れるでしょうね！

胸の中で強気な皮肉を口にするミーアである。やさぐれたミーアには怖いものなどないのだ！

――まったく、そんなにお美しくて頭も良いなら、さぞや楽しい人生でしょうね！

まぁ、決して口から出すことはしないが……。

腹立ちまぎれに、ごしごしと布で肌をこすっていると……、

「ねぇ……、ミーアさん」

ふいにラフィーナが話しかけてきた。泉の中に体を沈め、顔だけをミーアの方に向けて、ラフィーナは言った。

「ミーアさん、立候補を取り下げていただけないかしら？」

「ラフィーナさま……、それは、どういうことですの？」

ミーアは硬い表情のまま、ラフィーナを見つめ返す。その視線を涼やかな笑顔で受け流し、ラフィーナは続ける。

「ミーアさんのことだから、もう知っているでしょう？　投票するまでもなく、ミーアさんは私には勝てないわ」

事前の調査でわかるのは、ある程度の票の動きのみである。けれど、それでも確定してしまうほどに、両者の差は大きいものだった。

「結果が出る前に辞退してくれたら、傷は少なくて済むでしょう？」

どのような思惑があったとしても、周囲のミーアへの評価はあまり良いものではない。

身の程知らずのわがまま姫。このままでは、その評価が定着してしまう。けれど、ここで引き際を悟って立候補を辞退すれば、少なくとも時流はきちんと読める者として、多少の名誉は守られるのではないか……。

「ミーアさんはお友達だから……。戦いたくないし傷つけたくもないの。わかってもらえるかしら？」

それは、ラフィーナからお友達に対しての、せめてもの慈悲で……。

だけど……。

「申し訳ありません。ラフィーナさま、それはできませんわ」

ミーアは小さく首を振った。

「わたくしは、負けるわけにはいきませんの……」

破滅の未来を回避するため……、なんとしてでもラフィーナに勝たなければならないのだ。

方法は、まるでわからないけれど……。

ミーアの返事を聞いたラフィーナは、ちょっとだけ悲しそうな顔をして言った。

「……お友達だって、思ってたのに……」

「お友達だからこそ……ではないかしら？」

ミーアは、小さな声でつぶやく。

一瞬、きょとんとした顔をしたラフィーナをミーアは恨みがましい目で見つめる。

――〝お友達だからこそ〟少しぐらい譲ってくださってもよろしいの〝ではないかしら？〟

今のセントノエルに必要そうな政策のすべてをラフィーナは公約でカバーしてしまった。すべてだ。なに一つ、ミーアには残されていなかったから、ミーアたちが作った公約は、ラフィーナのものと大差ないものに過ぎないのだ。

当然のことながら、それでは勝てない。勝ち目すら見当たらない。

――ずるいですわっ！　一人で全部やってしまうなんて……、わたくしにも残しておいてほしかったですわ！　お友達なのに、こんなに完膚なきまでにわたくしを叩き潰すなんてっ！　ひどいですわ！

ミーアは、やさぐれモード全開で、

「ラフィーナさまは、ぜんぶ一人でしてしまうんですのね！」

いじけた口調で言った。

第三十五話　涙に潤んだ二人の瞳

「ラフィーナさまは、ぜんぶ一人でしてしまうんですのね！」

「…………え？」

ミーアに言われたその一言、それは確かにラフィーナの意表を突いた。

「ミーアさん、それはいったい……」

その問いかけに振り返ることなく、ミーアは行ってしまった。

それでラフィーナは、自分がミーアを怒らせてしまったことに気が付いた。

「ミーアさん……どうして？」

なぜミーアが怒っているのか、ラフィーナにはわからなかった。見当もつかなかった。

──本当に、そうかしら？

彼女の中、ほかならぬ自分が問いかけてくる。

ミーアの言葉が脳裏を過ぎる。先ほど、水を浴びている際に、ミーアは言ったのだ。

言いづらそうに、少しだけ心配そうな様子で……。

「ずいぶんとお疲れの様子ですわね、ラフィーナさま」

──私のことを、心配してくれていた……？

そのことに気付いた時……、ラフィーナは、ミーアがなぜ怒っているのかを理解した。

──ミーアさんは、私のことを心配して……私の負担を軽くするために……？

最近のラフィーナは、確かに少し疲れていた。

ただでさえ多忙なことに加えて、混沌の蛇の存在が彼女への負担を大きくしていた。

そんな彼女のことを、ミーアは、ずっとずっと友人として気遣ってくれていたのではなかったか？

ヴェールガ公爵令嬢としての役割を代わりに担うことはできない。

邪教の秘密結社たる混沌の蛇に対抗する者たちを統率するのも、ヴェールガの聖女たるラフィーナの仕事だ。

けれど、生徒会長は……そうではない。

ミーアは自身が唯一担えるラフィーナの仕事を共に担おうと、そう、手を差し伸べてくれていたのではなかったか？

友とはなにか？　それは重荷を分かち合い、苦楽を共にする者だ。

ミーアはまさに、ラフィーナの友たらんと行動していたのだ。

ラフィーナを絶対視せず、特別扱いしない友達だから、ミーアは立候補を表明した。

ラフィーナの隣に立つ者として……。その重荷を共に分かち合うために。

そうして、ラフィーナは気づく。

ミーアの選挙公約……。かの帝国の叡智の提示した選挙公約はラフィーナと大差ないもの。

ほとんど同じといっても過言ではない程度のものだった。

レムノ王国の革命を止め、自国で次々と改革を行ってきた……あの帝国の叡智の冴えが、その程度にとどまるものだろうか？

――まさか、わざと……？

革新的な政策を提案することなど、実は簡単なことではなかったか？

にもかかわらず、ミーアは、あえてラフィーナの施政をなぞるような政策を提示した。

なぜなら、それはラフィーナを負かすことを目的とはしていないから。

あなたの仕事を引き継ぎ、あなたの重荷を背負いましょうというミーアからのメッセージだったから。

ラフィーナが、安心してミーアに仕事を任せられるような、そういう配慮から。

――それなのに、私、ミーアさんに、なにを言ったの……？

ラフィーナは、自身の言葉を思い出して……愕然とした。

勝てないから、立候補を取り下げろと……。

ラフィーナの負担を共に担おうと、手を差し伸べてくれたミーアの……、その手を振り払うかのようにして……。

大切なお友達に……傲慢にも慈悲を与えようとした。

――もしかしたら私は、お友達だなんて言って……ミーアさんのことを信用していなかったんじゃないの……？

「あ……み、ミーアさん…………」

口からこぼれ落ちた声は思いのほか弱々しくて……小さく震えていた。

去り行く背中に手を伸ばしかけ、その手は、けれど空を切る。

いったい、どんな言葉をかけられるというのだろう？

どんな顔をして、話しかければいいのだろう？

――今さら、お友達だなんて、都合が良すぎる……。

そう思った時、もはや声は出てこなくって……。

ラフィーナが絶望の渦に飲み込まれそうになった、まさにその時！

ふいにミーアが立ち止まった。

「ラフィーナさま……、わたくし思うのですけど……」

振り返りもせずミーアは言った。

「お友達って多少の過ちや、失礼を許しあってこその存在だと思いますわ」

「…………ぇっ？」

耳に届いたその言葉が、信じられなくて……ラフィーナはかすれる声でつぶやく。

――ミーアさんは……私のことを、許してくれるというの？　でも……。

「〝お友達〟とはそういうもの……。ですわよね、ラフィーナさま」

そう言ってミーアは振り返り、はにかむような笑みを浮かべた。

――お友達……。これが、私のお友達……？

瞬間、ラフィーナは理解する。

確かに目の前の少女、ミーア・ルーナ・ティアムーンが、紛れもなく自身が求めていたお友達であるということに。

ずっとずっと、こんな風にわかりあって、心を許しあえる人を求めていたのだということに気付いて……。

「…………っ！」

ふいに、ラフィーナの視界がぐにゃりと歪む。

その美しい瞳には、じわりと大粒の涙が浮かび上がっていた。

咄嗟にラフィーナはうつむき、唇を噛み締める。

――どうして、涙が？　なんで、私、泣いてるの？

人前で泣くことなど滅多になかったラフィーナは、自分自身の堪《こら》えようのない感情に、翻弄されて戸惑ってしまった。

——嬉しいのに、どうして……？　こんな顔、ミーアさんには見せられないわ……。

なんとか、我慢しようとする。けれど……、涙は後から後から湧き出してきて、止めようがなくって、気付けば、鼻もくすん、と音を立て始めて……。

ラフィーナは、くるりと踵を返し、泉に歩み寄ると、冷たい水で顔を洗った。

ばしゃばしゃと、頭から水をかぶり、目元をごしごし、何度もこすって……。

それから、改めてミーアの方を見た。

ありがとう、も、ごめんなさい、も言葉にはできなかった。

声を出してしまったら、また、涙で震えてしまいそうだったから。

ただ、精一杯の泣き笑いを浮かべて、ミーアを見つめる。

——ああ、ミーアさんとお友達になれてよかった……。

その美しい瞳は涙のせいで、ほのかに赤く染まっていた。


「ミーアさん……」

その声を聴いた瞬間、ミーアの頭がすっと冷えた。

ぞわわっと背筋に走る悪寒……。

その身を戦慄が駆け抜ける！

いつでも落ち着き払い、穏やかだったラフィーナの声。その声が震えていた。

ミーアは今までの自身の行動を顧《かえり》みて……、悟る。

あ、これは、やらかしたぞ？　と。

やけくそになり、思いっきり皮肉をぶつけた挙句、ラフィーナの呼びかけを無視してしまった。

結果、ラフィーナは声を震わせるほどに――怒っている！

名前を呼ぶぐらいしかできないほどに、激怒！　怒り狂っている！

――ひっ、ひぃいいいいっ！　ままま、まずい！　まずいですわっ！

ミーアは完全に忘れていた。

選挙で負けようが、なんだろうが……そこで世界が終わるわけではない！

ラフィーナを怒らせていいはずがないのだ！

――ど、どどど、どうすれば？　どうすればいいんですのっ⁉　もう、さっきのわたくしのバカっ！

ミーアは懸命に考える。

なんとか、先ほどの自身の行動の言い訳をしようと、考えて、考えて……結果！

「ラフィーナさま、わたくし思うのですけど……」

怖くて、ラフィーナの顔が見られない。なので、背中越しに、ミーアは必死に訴えかける！

「お友達って、多少の過ちや、失礼を許しあってこその存在だと思いますわ！」

ミーアとラフィーナはお友達。ならば、そう！

お友達の条件に、無礼を許しあうというもの、というのを含めてしまえばいいのである。

ミーアはそこに活路を見出した。そうして勝手に定義を決め、押し付けて、その上で、ミーアは続ける。

「〝お友達〟とは、そういうもの……。ですわよね、ラフィーナさま」

お友達になろうと言い出したのは、あなたの方ですよね？　ということは、許さないわけにはいかないですよね？

……などという、先に申し入れた方の弱みにつけこんだ論法である。

実に姑息である。

その上で、ミーアは笑みを浮かべた。

ちょっとうっかりやっちゃったけど、許してね！　という誤魔化しの笑み。

そう、いわゆる〝てへぺろ！〟である。

それを見たラフィーナは、そっとうつむいた。

よく見るとその美しい肩はフルフルと震え、しかも、ぎゅっと唇を噛み締めている！

――ひ、ひぃいいいっ！　やっぱり、すごく怒ってますわ。やばいですわっ！

素直に謝るべきだったと後悔するミーアであるが、その言葉を待たずにラフィーナはくるりと踵を返した。

そのままずんずん、と泉の方に向かって歩いていくと、その水を思い切り頭からかぶった。

――そっ、それほど？　頭を水で冷やさなければならないほどに、ラフィーナさまの怒りは深いんですの？

そのまま、くるりとラフィーナは後ろを振り向いた。

それから、無理矢理に笑みを浮かべる。

怒りからか、頬はひくひく震えていて、なにより、その瞳は真っ赤に染まっていて……。

――ひぃいいいっ！　ここ、怖いですわ……。ラフィーナさま、目を真っ赤にするほど怒ってらっしゃるのですわね。けれど、お友達だから、許そうと……。そのような葛藤をされているのですわね。

これは、なんとか、許していただけたのかしら……。

その笑みを見て、一応は安堵のため息を吐くミーアであった。

――ラフィーナさまとお友達になっておいて、良かったですわ……。

ミーアの瞳は恐怖のあまり、わずかに涙ぐんでいた……。

第三十六話　朱に交わりて……

清めの泉で、すっかり精神力をすり減らしてしまったミーアは、ふらふらになりながらアンヌの前に現れた。

「ミーアさま、大丈夫ですか？」

「ええ、問題、ございませんわ」

「そうですか……？」

首を傾げつつも、てきぱきとミーアの髪を拭いて、それから聖衣を着させていくアンヌ。

すべての作業を終えて一歩下がって全身を見てから、満足げに頷いて……。

「ミーアさま、頑張ってくださいね」

元気づけるように言う。

けれど、それを聞くミーアは、どこか上の空だ。

先ほどのラフィーナの恐ろしい顔を見て、すっかり魂が抜けかけているのだ。

「あ、それとミーアさま、以前も申しましたが、ベールは軽くて落ちやすいので動く時には気を付けてくださいね」

「……はぇ？　あ、え、ええ。わかりましたわ。ありがとう、アンヌ」

そこで、ようやく、口から抜けかけていた魂が戻ってきた。

ミーアは自らの格好を見て、ふっと疲れた笑みを浮かべた。

――ああ……負け戦ではありますが、将が戦場に行かぬわけにはいきませんわね……。

生徒会長選挙。

それは、投票と厳かなる儀式によって構成される学校行事だった。

会場となる大聖堂、前方には大きな聖餐卓《せいさんたく》が配置されている。卓の上には大きな銀の盃が置かれ、そこには血のように赤い葡萄酒がなみなみと注がれている。

それは聖人の血を表すものだった。

生徒会長に選出された者は盃から葡萄酒《ぶどう》を飲み、聖人の血をその身に取り込むことで、清廉潔白、公明正大な会長になることを、神の前で誓うのだ。

すでに、大聖堂には生徒たちが集まっていた。

最後に現れた立候補者たるミーアとラフィーナの入場によって、投票の儀は始まった。

いくつかの聖歌を歌った後、立候補者の最後の演説の時となる。

先に演説をするのはミーアだ。

聖餐卓の前に進み出たミーアは、静かに生徒たちに目を向ける。っと、その時だった。

「ミーアさま、頑張れっ！」

いくつかのそんな声が、耳に入ってきた。

セントノエル学園において、生徒会長選挙は神聖なる儀式だ。

当然、立候補者への声援などもってのほか……ではあるものの、まぁ、でも、中央正教会の神さまは寛容なので、この程度のことではお咎めはない。

「これこれ、静かにしなさい」

会を取り仕切る司祭が少しばかり注意するぐらいで、退場処分などにはなったりしない。

ミーアは声援が聞こえてきた方、腕に赤い布を巻いた一団――自らの支持者たちの方にそっと目を向けた。

――てっきり、みなさん諦めて、早々に離れていくと思ってましたのに……。

完全なる負け戦。にもかかわらず彼らは団結し、誰一人脱落することなく、ミーアに付き従ってきてくれた。

一緒に選挙期間を駆け抜けた者たち、共に苦労し、声を上げ、笑い合う、そんな思い出が脳裏を過ぎり、ミーアは静かに微笑みを浮かべた。

――なんだか、ちょっと楽しかったですわ。

思えば前の時間軸では、こんな風にして学校の行事を楽しむことなどなかった。

かつての近衛に負けない忠義者たちに心からの感謝をこめて、ミーアは深々と頭を下げる。

――ありがとう。いずれあなたたちの忠義には、必ず報いさせていただきますわ……。

と、その時だった。

ふいに、ミーアの頭にかかっていたベールがするりと滑り落ちた。

「あっ……」

ベールは風に流されて、そのまま、ちゃぽん、と銀の盃の中に落ちた。

見る見る、純白のベールは血を吸ったかのように赤く染まっていく。

──ああ、もう、最後までしまりませんわね……。

ミーアは慌てて、そのベールを拾い上げようとして……、

「……え？」

ふわり、とその頭に真新しいベールがかけられる。そして、ミーアの横から伸びた手が、そのまま濡れたベールを拾い上げてしまった。

恐る恐るそちらに目を向けたミーアは、驚愕のあまり固まる。

「らっ、ラフィーナさま？」

自らのベールをミーアの頭にかけたラフィーナは、そのままミーアの濡れたベールを軽く絞り、聖衣が汚れるのも気にせず、自らの腕に巻いた。赤く染まったベールを腕に巻き付ける、それは証。

ミーア・ルーナ・ティアムーンを支持するという、その表明！

「らっ、ラフィーナさま、これは……」

傍で見ていた司祭の方をちらりと見て、それからラフィーナは一歩前に進み出た。

「私を支持してくださったみなさま、申し訳ありません。私、ラフィーナ・オルカ・ヴェールガは今ここに、生徒会長への立候補を取り下げ、我が友、ミーア・ルーナ・ティアムーンを、生徒会長に推薦いたします」

凛とした声で、ラフィーナは宣言する。

「らっ、ラフィーナさまっ！」

長いセントノエルの歴史の中で、このようなことはただの一度もなかった。

投票日の当日、最終演説を前にしての立候補取り下げ。しかも、それをしたのが現生徒会長にして、ヴェールガの公爵令嬢たる者であるなど……。

あまりに常識外の事態に、悲鳴のような声を上げる司祭。

騒然とする生徒たち。

そんな中、ラフィーナはミーアの方に顔を向けた。

そのまま悪戯っぽい笑みを浮かべると、ちらっと小さく舌を出した。

——こっ、これは、いったい……？　なにが、どうなっているんですの？

ミーアは、ただただ混乱しつつも、その場に立ち尽くすことしかできなかった。


セントノエル学園において、選挙は神聖なる儀式だ。それは、神の前にささげられる厳かなるものだ。

けれど、中央正教会の神さまは寛容をもって知られている。

その行動が悪ふざけに類するものであれば当然裁かれもするし、儀式自体が無効と判断されることもある。

しかしながら、もしもその行動が真摯《しんし》で、誠実な思いからの行動であるとするならば……、いかに儀式の慣習から外れようと許容される。

そう、開会の儀式の宣言において、セリフを噛もうとも……。

あるいは、投票の儀式において、常識外れの方法で立候補を取り下げようとも……。

かくて、セントノエル学園に新生徒会長が誕生した。

ミーア・ルーナ・ティアムーン。

帝国皇女の生徒会長就任は、決して少なくない影響を歴史に及ぼしていくのであるが、それはまだ先の話である。

第三十七話　聖女の悲劇とミーアの野望

「ふーむ……」

帝都ルナティア、新月地区の一角。朽ちかけた小屋の中に、一人の老人の唸り声が響く。

ルードヴィッヒ・ヒューイット。かつては帝国の叡智、ミーア・ルーナ・ティアムーンのもとで、その才覚をいかんなく発揮した彼も、年老いて、今やすっかり好々爺然《こうこうやぜん》とした風貌になっていた。

「ミーアベル殿下は、あまり勉学が得意ではないな……」

白く染まった口ひげを撫でながら、ルードヴィッヒは、ベッドに眠りこけるミーアベルを見る。

「よくお眠りだ……。しかし、やはりあの方の面影があるな」

頬にかかったサラサラの髪をそっと指で梳きながら、ルードヴィッヒはつぶやいた。

「ミーアベル殿下は、まだ若い。これからいかようにも育ち、伸びていけるはずだ。あの方の血を継

いでいるのだから……」

静かに瞳を閉じる。まぶたの裏に甦るのは、彼の誇るべき主君である姫殿下の姿だ。

人々が希望を抱くに足る鮮烈なる叡智の冴え。それを体現した輝きに満ちた姿だ。

「我々には、未来への希望が必要だ。ミーア姫殿下のように、導となる光が必要なのだ」

帝国を導く道しるべ……。

帝国の叡智の血を引くミーアベルは、帝国臣民を糾合するための核となるかもしれない人だった。

その際に必要な最低限の知識は身につけさせてあげたいと思っているルードヴィッヒだったが。

「これは、先が長そうだな……」

苦笑いを浮かべ、彼は古ぼけた机の前に腰掛けた。そこには何枚もの羊皮紙が無造作に重ねられている。

「ラフィーナ・オルカ・ヴェールガ、か……」

年を取り、すでに第一線からは身を引いたルードヴィッヒだったが、かつての敏腕文官の元には、情報はいくらでも入ってくる。

無駄に腐らせておくこともないかと、彼は、現在の世界情勢とそこに至った時代の流れを思索することを、最近の日課としているのだが……。

「やはり、司教帝ラフィーナが世界に及ぼした影響は軽視しえないものがあるか」

彼女と、彼女の手足である聖瓶軍は、いまや世界を席巻するほどの勢力となった。

反乱分子をあぶり出し、徹底的に監視し、弾圧することによって、仮初の平和を実現する。その暴力的なやり方には反発も根強く、大陸は大規模な戦乱の渦中にあった。

「しかし、本来の聖女ラフィーナは、その程度のことが予測できないほど愚劣でもなく、そのような圧政を敷くほどには悪辣でもなかったはずだ」

幼年期から、ミーアと学び舎を共にしていた時期にかけてのラフィーナは、優れた知性と安定した精神性を両立した善良な人物だった。

同時代の英雄、天秤王シオン・ソール・サンクランドにも引けを取らないほどに、優れた指導者だと思われていた。

「いったい、なにが彼女をここまで変えてしまったのか……」

あえて言葉にしてみたものの、ルードヴィッヒの目には、その変化の原因は明らかであった。

「聖夜祭における、大量毒殺事件……」

セントノエル学園の冬の一大イベント、聖夜祭。

そこで起きた無差別テロは聖女ラフィーナの名声を地に落とした。

同情すべき点はあった。

その当時、ラフィーナは多忙を極め、極度の疲労から病床に伏すこともしばしばだった。

祭典の警備にまで目が行き届かなくても仕方がない面はあった。

さらに、敵の策謀もまた常軌を逸していた。

ラフィーナは確かに優れた知性の持ち主ではあったけれど、残念ながら、彼女は秀才ではあっても天才ではなかった。

彼女は敵の思惑のすべてを見抜くことはできなかったのだ。

暗殺自体は警戒していた。

混沌の蛇という秘密結社を相手にしていたのだから、その配慮は当然のことで……。自分を含めた要人たちには暗殺の魔手が伸びないように、しっかりとした警備体制を整えてはいたのだ。

けれど、彼女は見誤っていた。

まさか敵が、セントノエルの生徒ではなく、使用人たちをターゲットにした無差別テロを起こすなどと、考えもしなかったのだ。

祭りの日、日ごろの働きを労うために振舞われた豪勢な煮込み料理。その中に、まさか、毒が仕込まれているなどとは、思いもよらなかったのだ。

〝ラフィーナの名声を攻撃する〟――ただそれだけのことのために、使用人《ソフトターゲット》を無差別に虐殺する、そんな非道がこの世にあることなど、ラフィーナは想像すらしなかったのだ。

通常であれば……、使用人が何人死のうが貴族たちは気にしない。

貴族以外は人にあらず、というのが貴族の価値観だからだ。

けれど、ラフィーナはヴェールガの聖女だった。

たとえ、平民であろうと貧民であろうと見捨てることは許されない、そのような立場の人だった。

ゆえに……聖女の名は失墜する。

貴族の生徒たちの警備は完璧だったのに自らの使用人たちに対しては手を抜いた……。そう非難する声があったのだ。

清廉にして潔白なガラスの聖女の名声は、傷物になってしまった。

その傷は、余裕のないラフィーナにとって致命傷となった。

幾度となく胸を襲う罪悪感は、いつしか憎悪へと形を変え、ラフィーナを強権の指導者へと変貌させる。

人々の中に隠れ潜む「混沌の蛇」を狩り出すため、彼女は苛烈な管理体制を敷いた。

黒はもとより、灰色すらも許さない。疑わしき芽はすべて摘み取る、完全無欠な管理体制。

これにより、秘密結社「混沌の蛇」はひとたまりもなく壊滅すると、そう思われていたのだが……。

ルードヴィッヒは、帝国内で捕らえられた「混沌の蛇」の男を尋問した時のことを思い出した。

「お前たちがやったことは、お前たち自身の首を絞めているのではないか？」

そう問いかけたルードヴィッヒに、男は勝ち誇った笑みを浮かべて答えた。

「蛇は死なない。なぜなら、この状況こそが我らの描いた状況なのだから」と。

その言葉を聞いた時、ルードヴィッヒは慄然《りつぜん》とした。

混沌の蛇の目的が、秩序の破壊だというのであれば、確かに、彼の言っていることは理に適《かな》っていたからだ。

司教帝ラフィーナの恐怖政治は、中央正教会の築いた秩序に対する攻撃であった。

ラフィーナが中央正教会の権威のもと強圧的な行動をすればするほど、人々の心は中央正教会から離れていく。この地の秩序を担っていたもの、価値基準となっていた「神の権威」はラフィーナ自身の手によって、今まさに破壊されている。

そして、何年かの後、ヴェールガは倒れ、周辺の国々は正義と公正の根拠を失う。

後に残るのは、混沌のみだ。

「混沌の蛇……。すべての秩序の破壊を目的とした秘密結社か……」

ルードヴィッヒは、男の言い分の正しさを認めないわけにはいかなかった。

世界は、確かに混沌の渦中にあるからだ。

「だが、もしも、ミーア姫殿下だったら……」

わかっている。それが、希望的観測に過ぎないということに。

けれど、ルードヴィッヒは思わずにはいられなかった。

「帝国の叡智の智謀の冴えをもってすれば……、いや、もし仮にあの方にできなかったのであれば、誰であっても、防ぐことはできなかっただろう。唯一可能性があったのが、ミーア姫殿下だったのだ」

もしも、セントノエルの学園行事を取り仕切る生徒会長が、ミーアであったならば……。

混沌の蛇の悪辣な企みをも看破して、世界を救うことができたのではないか……。

「帝国の叡智、輝ける月の女神たる、ミーア姫殿下であったのなら……」

「ふぁ？　ルードヴィッヒ先生……？」

「ああ、ミーアベル殿下……、お目覚めですか？」

ルードヴィッヒは、優しげな笑みをベルの方に向けた。

「いま、なにか言ってましたか？」

「いえ、なんでもありません。それよりよく眠れましたか？」


ベルは、この時のルードヴィッヒのひとり言をほとんど聞いてはいなかった。

ゆえに、ミーアは知らない。

聖夜祭の陰謀も。ラフィーナの代わりに、自身がなにをしなければならないかも……。

ルードヴィッヒの過剰な期待が、自らの双肩《そうけん》にのしかかってくることなど、まったく想像すらせずに……。

「難しい公約は置いといて……。とりあえず……、あ、そうですわ！　聖夜祭で、わたくしの手作りキノコ鍋を振る舞うのは絶対にやりたいですわね!!」

などと、不穏なことを考えるミーアなのであった。

番外編　十日遅れの誕生日会

ミーアの地下牢での生活は基本的にはとても退屈なものだった。

娯楽などは当然与えられないし見張り役は、罵詈雑言が飛んでこないだけマシという者ばかりだったから、楽しい会話など望むべくもない。

結果、ミーアは、

「五千六百一、五千六百二……」

地下牢の石に入ったヒビの数を数えるという、いささかヤバイ遊びに没頭するようになっていた。

精神的に結構キテいるといっても過言ではないだろう。

ちなみに石の数や石についたシミの数は、すでに数え済みだ。

……いろいろと末期である。

「こんにちは、ミーア姫殿下」

ふいに、地下牢には珍しい可愛い声が聞こえた。

「あら？　幻聴かしら」

などと、ボケーっと顔を上げたミーアの視界に映ったのは自分の身の回りの世話をしてくれている女性、アンヌの姿だった。

「まぁまぁ！　アンヌさん、よく来ましたわね！」


それは、年末も差し迫った冬の日の出来事だった。

平民は冬の準備に忙しく、ここ七日ほどはアンヌも姿を見せていなかった。

これはいよいよ見捨てられたか？　とミーアがさめざめと泣いていたのが今から三日前のこと。

見捨てられていなかった喜びを胸にミーアは、久しぶりの会話相手を満面の笑みで迎え入れる。

っと、その視線が、アンヌの首元に留まった。

「あら、面白いものつけてますわね」

「あ、はい。えへへ、実は今日、私の誕生日なんですよ」

アンヌは、首に巻いた襟巻を指でつまんで見せた。

網目が不揃いで、安い毛糸を使っているため決して上等とは言えない代物。けれどアンヌは、とても幸せそうな笑みを浮かべている。

「……良いご家族なんですのね」

小さくつぶやき、ミーアはすでに処刑された父親のことを思い出した。

過保護に自分を甘やかしてくれた父。皇帝としてはどうだったかはわからないけれど、娘であるミーアにはいつでも優しい人だった。

なんだかちょっとだけ、しんみりしそうになったから、ミーアは小さく首を振って、話を変えることにした。

「そう、誕生日。そういえば、わたくしもこの前でしたわね」

「え……？」

アンヌはびっくりした様子で、瞳を瞬かせた。

「み、ミーアさま、お誕生日だったんですか？」

「……もう七日も前ですわ」

ミーアは、ちょっとだけ呆れた顔でアンヌの方を見た。

「というか、あなた、帝都に住みながら、わたくしの誕生祭とか行ったことがありませんの？」

皇女ミーアの誕生祭といえば、毎年冬に五日もかけて行われる盛大なお祭りだ。皇帝の大号令のもと、帝国がまだ豊かだった頃には多くの露店が立ち並び、国の内外から大勢の人が観光に訪れていたものだったが……。

「すみません。冬の時期は家の手伝いとかいろいろ忙しかったから……」

アンヌは言い訳をするような口調で言った。

「そういえば、妹たちにせがまれて行ったような記憶がありますけど、なんのお祭りだかまでは……」

「まぁ、それも今は昔の話ですわね」

あの頃の賑やかさを思い出し、ミーアは少しだけ寂しげな笑みを浮かべた。

「やっている当時は煩わしいと思ってましたけれど、なくなってしまうと、ちょっとだけ寂しいですわね」

「……そうですね」

アンヌは、何事か考えている様子だったが、結局は短く同意しただけだった。

それから、アンヌの家族の話を聞いたり、街の様子を聞いたりして、その日はお開きとなったのだが……。

次にアンヌが訪れたのは三日後のことだった。

こそこそと見張りの方をうかがいつつも、アンヌは素早くミーアの地下牢に入った。

「どうかしましたの？　アンヌさん」

「しっ。ミーア姫殿下、いつも通りにしてください」

ささやき声でそう言うと、アンヌは見張りに背を向けるようにして、ミーアの方を見た。

「今日は御髪《おぐし》を整えますね。どうぞ、後ろを向いてください」

そう言って、そそくさと、ミーアの向きを変えてしまう。

「ちょっ……、どうしましたの？　アンヌさん、そんな強引に……え？」

アンヌはミーアの髪を整えるふりをして、さっと、ミーアの手に〝あるもの〟を手渡した。

「これは……クッキー？」

「はい、たまたま手に入れることができました」

「まぁ！」

ミーアは小さく声を上げた。

大陸全土を大飢饉が襲って以来、帝国の食糧事情は極端に悪化している。皇女であるミーアでも甘い物を口にすることは極めて稀《まれ》なことであった。

ましてや地下牢に堕とされた後はなおのことである。

「お早く。見つかったら食べられてしまいます」

「あっ、そうでしたわね。では……」

ミーアは、久しぶりの焼き菓子を大切そうに両手で持った。

それから、わずかばかり震える口に、それを入れる。舌の上に乗せた瞬間、それはカサカサの乾いた土のような感触を返した。

けれど、噛み砕いた途端、それは甘味へと姿を変える。どこか安っぽい、けれど、まぎれもなくそれは甘味。香ばしい焼いた麦の香りと、わずかにまぶされた香料の花のような香り……。

「ああ………」

思わず息を吐く。この地下牢に来て以来、それは一番のご馳走《ちそう》だった。

「お誕生日、おめでとうございます」

ふいに、アンヌが声をかけてきた。

「これは、そのために……？」

「はい。十日も遅くなってしまい、申し訳ありません」

「……手に入れるの、大変だったのではなくって？」

このお菓子を手に入れるのが、どれだけ大変だったことか、ミーアにだって察しが付く。

それを家族でもない自分に渡してしまってよかったのか……。ミーアはとても気になった。

「はい。特別です。ミーアさま、お誕生日だったから」

「だからって……」

「だって、やっぱり寂しいじゃないですか？　お誕生日をお祝いしないのって。この世界に生まれてきたことを誰だって祝ってもらう権利があるって私は思うんです」

鼻息荒く言ってから、アンヌはちらっと舌を出して、

「えへへ、ちょっと偉そうに言ってしまいましたね。無礼をお許しください、ミーア姫殿下」

かしこまった口調で、頭を下げるアンヌにミーアは思わず吹き出すのだった。

その十日遅れの誕生日のことを、ミーアは、ずっと忘れなかった。

断頭台の上でも……その先の時間でも。


かくて、時は流転して……。


「ああ、疲れ、ましたわ」

国をあげての誕生祭、それに続く四大公爵家でのパーティー。

九日にも及ぶ外出で、ずっと愛想笑いを続けていたためミーアの顔はすっかり筋肉痛になっていた。

「なくなってしまうと寂しいと思っておりましたけれど、やっぱり煩わしいですわ」

ミーアは夏に冬が恋しくなり冬に夏が恋しくなってしまうタイプである。秋と春は、食べ物が美味しいので、恋しくなったりはしない。

幸せな性格なのである。

ドレスを脱ぎ捨てて、ベッドに横たわるミーア。ぐでーっと脱力して、そのまま寝てしまいそうに

なるが……。

「そんな格好で寝てはお風邪をひいてしまいますよ。せめて、部屋着に着替えましょう」

アンヌは苦笑しつつ、ミーアのそばに歩み寄る。

ミーアは、彼女が持っているお盆に目を向けた。

「あら、それは？」

「料理長からです。お疲れだろうから、って。牛の乳《ミルク》を温かくしたものみたいですよ」

「……美味しいんですの？」

「わかりませんけど、ハチミツで甘みもつけてあるとか」

「いただきますわ！」

ミーアは、甘味がついていれば大抵のものは美味しく感じる。

幸せな味覚なのである。

ベッドのふちに腰かけ、アンヌから陶器の器を受け取る。白くホカホカのミルクからは、あまーい匂いが漂ってきて……ミーアは、ほわぁっと満足そうなため息を吐いた。

「ところで、ミーアさま、今日これからのことなんですけど……」

「ああ、そういえば、アンヌのお誕生日でしたわね」

今、気付きました、とばかりにパンと手を叩くミーア。実にくさい演技である。

それからミーアは、隠しておいたプレゼントをアンヌに差し出した。

「え？　あの……それは？」

「プレゼントですわ」

中身は、高級なお菓子である。

「あっ、ありがとうございます」

お礼を言うアンヌ……だったが、ミーアは彼女が、なにか言いたげな顔をしていることに気が付いた。

「どうかなさいましたの？　ああ、ご家族でお誕生日会をするから今日は帰りたいとか、そういうことかしら？」

「いいえ、違うんです。えっと」

アンヌは、もじもじ、ソワソワしてから、

「すごく失礼なことだとはわかっているのですが、ミーアさまにも来ていただけないかと……」

「はぇ？」

口をぽかーんと開けるミーア。

「あ、あの、妹たちが、その……ミーアさまにも一緒にお祝いするんだって張り切ってしまって……」

アンヌは、ちらっとミーアの顔を見て、それから誤魔化すように微笑んで、

「あ、はは、でも、お疲れのようですし……ダメですよね。申し訳ありません。変なことを言ってしまって……」

「あなたは、いつも十日遅れで誕生日をお祝いしてくださるんですのね」

ミーアは、ぎゅっとアンヌの手を握りしめた。

「へ？　あの、み、ミーアさま？」

「もちろん、行かせていただきますわ、アンヌ。ええ、喜んで」

そうして顔を上げたミーアは輝くような笑みを浮かべていた。

その数日後。

ミーアはアンヌにセントノエル学園に一緒に行ってほしいと切り出すことになる。

その先に、どんな冒険が待っているのか、今はまだ知らないミーアであった。

第三十八話　ミーア姫、できる女になる……

「うーん……むむむ……ぬぬぬ」

生徒会室にミーアの呻き声が響き渡っていた。

新生徒会長ミーアの最初の仕事は、生徒会の陣容を決めることだった。

基本的に行政能力が皆無なミーアにとって、しっかりと側近を固めることは極めて重要なことだった。

凡百の者であれば短絡的に、自分に都合の良いイエスマンを配するところだが……、その点、ミーアは一味違う。

そう、彼女は理解している。

「下手な人間を選んだら……わたくしの首が飛びますわ」

それも物理的に……である。

なにしろ、あのラフィーナから生徒会長の座を譲られてしまったのだ。

選挙で勝ったならばまだよかった。投票したやつが悪いと言うこともできるのだから。

けれどラフィーナは、ミーアを信用して会長の立場を譲ったのだ。

その信用を裏切ったりしたら、どんなことになるか……。

「ただでさえ、清めの泉でやらかしたのを許していただいているのですし……、もしここで、わたくしが変なことをしようものならば……、ひぃいっ！」

ミーアは、真っ赤に染まったラフィーナの瞳を思い出して、震え上がる。

正直なところ、なぜ、ラフィーナが会長の座を譲ってくれたのかはわからない……わからないが、ここで自分がさらにやらかすと、どういうことになるのかはわかる。よくわかる。ありありと、実感を伴って、そのヴィジョンを見ることだってできる！

「ら、ラフィーナさまの信用に全力でお答えしなければ……大変なことにっ！」

ゆえに、ミーアは選ばなければならないのだ。ルードヴィッヒ並みに頭の切れる生徒会役員たちを！

その者たちが上げてきた進言に、一言二言つけて許可を出してさえいれば、物事が回っていくことこそがミーアの理想。

そう、ミーアは周りにイエスマンを置きたいのではない。自らがイエスマンになりたいのだ！

「まずは、副会長はラフィーナさまにやっていただくとして……」

取り返しがつかない状況になって怒りを買うより、早い段階で指摘してもらうほうがまし。さらに失敗しても「ラフィーナさまの責任でもある！」と言える！　なぁんて姑息な考えがあったりする。

「もう一人の副会長は……、シオンですわね」

同じ考えから、ミーアはシオンを巻き込む。

ティアムーンだけでなく、サンクランドまでしくじったとなれば誰も文句は言うまい。

「というか、あいつだけ楽をするとか、ありえませんわ！」

積極的に周囲を巻き込んでいくスタイルである。

さらに、

「会長補佐としてアベルには近くにいていただくとして……」

ちゃっかり、自分の欲望も反映させておく。肉食系乙女なミーアである。

「あとは、書記にティオーナさん……かしらね。うーん、選挙活動ではお世話になりましたし、クロエにも会計をやっていただくとして……」

この辺りは、選挙活動中のお礼という意味合いである。

「なんだか、これでは混沌の蛇と戦ういつものメンバーという感じですわね……ふむ」

っと、そこでミーアは思いつく。

「そうですわ……サフィアスさんにも、書記補佐として入っていただくのがよろしいですわね」

ミーアはにんまりと意地の悪い笑みを浮かべた。

「こいつが混沌の蛇の関係者だということは、はっきりしてますし……。だとすれば、下手に自由にさせておくより、生徒会の中に組み込んでしまって監視下に置いたほうが得策ですわ。周りを反混沌の蛇の者たちに囲まれていては、さぞや居心地が悪いことでしょうし……」

これは、良いことを思いついた、とミーアは鼻歌交じりに、朗らかに言った。

ちなみに、サフィアスが混沌の蛇の関係者だということは、別にはっきりとはしていないのだが……。

「たっぷりと、こき使ってやりますわ！　悪いことなど企めないぐらいに」

ミーアは上機嫌に言うのだった。

ミーアから副会長になってほしいという依頼を受けたラフィーナは二つ返事で了承した。

引継ぎの観点から見れば、それは妥当な人事だと思えた。

「それに、人心の安定を図ってかしら……？」

本来、ヴェールガ公爵家の人間が、生徒会長から外れただけでも大変なことなのだ。その上、生徒会にも入らなければ、さすがに影響が大きすぎるだろう。

ラフィーナの負担軽減という観点から見れば好ましいことではないが、それでも副会長であれば、生徒会長の時と比べると、はるかに気楽でいられた。

「ミーアさんのおかげで気持ちが楽になったのだから、このぐらいのお手伝いはなんともないのだけど……」

小さく首を傾げながら、ラフィーナはミーアの生徒会人事を頭の中で反芻する。

「思い切ったことをしたものね、ミーアさん」

基本的に、生徒会にはティアムーンやサンクランドの影響の薄い生徒を選ぶのが慣習だった。けれど、ミーアの人選は、その慣習をあっさりと無視したものだった。

「シオン王子を選ぶとは思わなかったわ。それに、アベル王子も……」

後で聞いた話ではあるが、ミーアの選挙公約作りには二人の王子の協力があったのだという。

「選挙公約を手伝ってくれた二人に、そのまま生徒会の運営にも携わってもらう。とても自然な流れね……。そして、同じく選挙活動で貢献したティオーナさんとクロエさんを生徒会に入れる……。表向きは納得感がある人選……だけど」

ラフィーナは、スゥっと瞳を細める。

「これは……、ティアムーンとサンクランド、レムノ……そして、ヴェールガが手を結んで混沌の蛇と戦う、その表明のように見えるわね……」

混沌の蛇と戦う者たちを、セントノエル学園の生徒会に集めること。この学園生活を通じても歩調を合わせていく……。

ラフィーナは、そんなミーアの思惑を見て取っていた。

「それに、そう。あのサフィアス・エトワ・ブルームーンを生徒会に、ね……」

ラフィーナは瞑目して、先日のサフィアスの顔を思い浮かべる。

おどおど、びくびくと、実に頼りない、狡猾な小物といった印象だったが……。

「あまり好ましい人材とも思えないけど……。でも、こういう風に機会を与えられたら、必死で働かざるを得ない……。そういうことなのかしら……」

先日の失敗を咎めることなく、むしろ起用する。

その意気に感じて、サフィアスが奮起すれば儲けもの。

「ミーアさんの立場であれば、いずれにしても四大公爵家の誰かを入れないわけにはいかない。であれば、むしろ、彼が御しやすい……」

ちなみに、混沌の蛇が帝国四大公爵家のいずれかに接触していたという情報は、ラフィーナのもとにも届いているのだが……、さすがにサフィアスがそうだとは思っていないラフィーナである。

「あとはそうね……ティアムーン国内の貴族と、それ以外の生徒たちへのメッセージかしら……」

恐らく、ミーアは線引きしたのだ。

帝国貴族に対する優遇を、どの程度するのかということの。

えこひいきをまったくしないというのは、それはそれで怪しい。

ラフィーナのような立場の者ならばともかく、帝国皇女が生徒会長になりながら、自国の貴族を役員に起用しないというのは、いかにも不自然。

ティオーナは、選挙活動中からミーアを応援していた、ある種の子飼いの者と見なされるだろうから、それ以外に、誰かを起用する必要があった。

「四大公爵全員を入れても、本来はおかしくない。けれど、それでは周囲からの反感を買う。一人を起用するというのは、なるほど、絶妙ね……」

全方位に張り巡らされたミーアの配慮に、ラフィーナはただただため息を吐く。

「ミーアさんは、政治もできる方なのね……」

ラフィーナの中で、ミーアの評価が「できる女」に格上げされた。

……自身の評価が割と大変なことになっていることを、ミーアはまだ知らない。

第三十九話　扇動者ミーア！

生徒会の陣容が決まると、ミーアは意気揚々とサフィアスのもとを訪れた。

「サフィアスさん、いらっしゃるかしら?」

鼻息荒く扉をノックすると、中からはげっそりした顔のサフィアスが出てきた。

「こっ、これは、ミーア姫殿下……。申し訳ありません。今、部屋が散らかっておりまして、すぐにでも……」

びくびくと応対するサフィアスに、ミーアは威厳たっぷりに首を振った。

「いえ。ここで結構ですわ。サフィアスさん、わたくし、あなたを生徒会の書記補佐に任命いたしましたの」

「…………はぇ？」

きょとん、と首を傾げるサフィアスにミーアは続ける。

「副会長にはラフィーナさまとシオン王子を、会長補佐としてアベル王子を、会計にはわたくしの大切なお友達のクロエを、書記にはティオーナさんを指名いたしましたわ」

混沌の蛇の手の者ならば、レムノ王国でのことはすでに知っているだろう。

シオンとアベルとが、ともに混沌の蛇に敵対していることは知られていることだった。さらに、邪教すべての敵対者たるラフィーナがおり、ミーアのお友達のクロエもいる。

ティオーナは……まぁ、ついでだが、彼女もレムノ王国に同行している。

つまり、ミーアは言っているのだ。

『お前の周りを、反混沌の蛇の者たちで固めて監視してやるから覚悟しとけよ、この野郎！』と。

ちなみに、加えて言うならば、辺土貴族のティオーナの補佐にサフィアスを付けたことも、ミーアの小粋な嫌がらせだったりするのだが。

その上で……、煽《あお》る！

「まぁ、いろいろやりづらいこともあるかと思いますから、別に断っていただいてもよろしいですわ。ただ、それでもこれはチャンスだと思いますけれど……」

勝ち誇った笑みを浮かべて、煽る煽るっ！

サフィアスが混沌の蛇だった場合、生徒会は敵地に他ならない。

けれど、逆に言えばそこは、敵対勢力の懐ともいえる場所だった。

獅子の穴に入らねば、獅子の子を捕らえることはできない。であれば、これはチャンスのはず。

――ふふん、断りづらいでしょう？　けれど、もしも生徒会に入ったが最後、くだらない陰謀など企めないように、全員でがっちり監視してやりますわっ！

ミーアは、ふんすっと鼻を鳴らして、サフィアスの部屋を後にした。

「まさか、こんな結果が待っていようとは、思わなかった……」

ミーアを見送ったサフィアスは、へにゃへにゃと床に座り込んだ。

ラフィーナに呼び出されて以来、サフィアスは部屋に閉じこもっていた。ラフィーナにさんざん脅されて以来、外に出るのが恐ろしくなってしまったのだ。

加えて、許嫁への手紙が彼の心を重くした。

サフィアスが生徒会に入れると知った許嫁は、心からサフィアスを祝福し、激励してくれたのだ。

未来の夫であるサフィアスさまが、ミーア姫殿下に厚く用いられていること、嬉しく思います。サフィアスさまの資質をきちんと見極めて、評価してくださったミーア姫殿下には感謝の言葉もありません。姫殿下をお支えする大任、どうぞ立派にお勤めくださいませ。

こんな手紙をもらってしまったら、とてもではないが、ダメでしたとは言えない。

それは、あまりにも惨めすぎる。

そんなこんなで、すっかり生きる気力を失いかけていたところで、先ほどのミーアの来訪である。

「ああ、なにはともあれ、手紙だ。愛しのマイハニーに手紙を書かなければ……」

筆を取ったサフィアスだったが、唐突に、その手が止まる。

「……オレの資質を評価した……か」

それが間違いであることは、サフィアス自身がよくわかっていた。

自身が、愚にもつかない小物であることは、ここ一週間のやり取りで、痛いほど実感できていた。

「それでもなお、このオレにチャンスを与えてくださった……そういうことなのだろうか……」

ミーアは言っていた。ラフィーナもいるし、自分が見下していたティオーナもいる。

やりづらい環境だろうが、チャンスでもあると……。

「期待……はされていないだろうが……。いや、それでも、まったく期待がなければ声すらかけてはいただけなかっただろう」

与えられた生徒会役員という地位、それはサフィアスが自身の力で勝ち取ったものではない。

ミーアの、ただ一方的な温情によって与えられたものだ。

「ミーア姫殿下をお支えする、大任、か」

そんなものは、建前であると思っていた。

けれど……、今の彼には、その言葉が重みをもっているように感じられた。

「我が名誉を保ってくださったミーア姫殿下のために、チャンスを与えてくださったあの方に報いるために……。このご恩を無下にしたりしたら……オレは一生、ダメな男で終わる気がする……」

顔を上げた時、サフィアスの顔は、わずかながら凛々しさを増したように見えた。


ティアムーン帝国四大公爵家によるお茶会。通称「月光会《クレール・ド・リュンヌ》」

定期的に行われるその会合に、珍しい人物が顔を出した。

「あら、珍しい。あなたが来るなんて何回ぶりかしら？　ルヴィさん」

エメラルダは、入ってきた人物を見て意外そうな顔をした。

「やぁ、ひさしぶりだね、緑月の姫君」

そう朗らかに笑みを浮かべたのは、四大公爵家の一角、レッドムーン家の令嬢、ルヴィ・エトワ・レッドムーンである。

短く肩のあたりで切り揃えた鮮やかな赤い髪。端整な顔には、男装の麗人という言葉がぴったりで、女子生徒でもついつい見とれてしまいそうな凛々しさがあった。

涼やかな瞳で室内を見回したルヴィは小さく首を傾げる。

「おや？　今日は一人かい？　蒼月の貴公子くんは来てないの？」

そう尋ねると、一転、エメラルダはムスっと不機嫌そうな顔で言った。

「生徒会の仕事が忙しいのだそうよ」

「ああ、そういえば、彼は生徒会に召集されたんだったか。だが、黄月の姫君はどうしたんだい？

確か、今年からセントノエルに通うはずだろう」

「ただ幸運のみによって地位を保ってきたイエロームーンなど知りませんわ。最古で最弱の黄色がいようがいまいが、関係などありませんでしょう」

「それはそうだけど、それでも一人で紅茶を飲むよりはいいと思うけどなぁ」

ルヴィは苦笑しつつ、エメラルダの正面に座った。

「じゃあ、せっかく来たのだし、私ももらおうかな」

「あら？　本当に珍しい。てっきりちょっと顔を出しただけかと思っておりましたわ」

「あまりサボってると、父上に怒られてしまうからね」

肩をすくめて、ルヴィは苦笑する。

「しかし、ミーア姫殿下には驚いたね。まさか、生徒会長に立候補するなんて……。しかも、ラフィーナさまに立候補を辞退させてしまうとは、なかなかどうして……」

目の前に出てきた紅茶を一口すすって、ルヴィは、ほうっと息を吐く。

「ペルージャン農業国産の紅茶だね。いやぁ、さすがに農奴の末裔なだけあって、大した品質だ」

「別に産地なんて知りませんわ」

ぞんざいに言って、エメラルダは不機嫌そうに鼻を鳴らす。

「私のもとに最高の品質のものが届けられる。それさえ徹底されていれば、産地の違いなど些細なこと」

「ん？　なんか怒ってないかな？　エメラルダ。もしかしてミーア姫殿下が生徒会長になったことが気に入らないとか？」

「ふん、別になんとも思ってませんわ。ただ、見る目がないと思っただけですわ」

「見る目がない？」

「どうして、サフィアスなんて無能者を選んで、私を選ばないのかしら……。しかも、ティオーナ・ルドルフォンなんて、田舎貴族まで選ぶなんて……許せませんわ。どうしてくれようか……」

その手に持つ紅茶が、プルプル震えていた。

「あー、一応言っておくけど、あんまり大きな騒ぎを起こさないようにね。まぁ、止めないけど……」

「あら、止めなくていいの？」

「あはは、だってさ、目をつけてた騎士を引き抜かれてしまったんだよ？　そりゃあ、私だって少しは、姫殿下には思うところがあるさ」

笑うルヴィの目は、しかしながら、まったくもって笑っていなかった。

かくして、四大公爵家の跡取りたちは、それぞれの思惑をもって動き出すのだった。

第四十話　再び集いし……

その日、ミーアはラフィーナにランチのお誘いを受けていた。

セントノエル学園の敷地内にある花園、通称「秘密の花園」にて、昼食会は行われた。

一面を薄紅色の花に彩られた花園。咲き誇る愛らしい花「姫君の紅頬《プリンセスローズ》」の香りにうっとりしつつ、ミーアは、ラフィーナの用意した食事に舌鼓を打つ。

「これ、すごぉく美味しいです！　ミーアお姉さま」

ちなみに、本日は、ベルとアンヌも同行している。

超豪華ランチを前に、ベルは満面の笑みを浮かべていた。

「うふふ、ベルさんはすごく美味しそうに食べるわね」

ラフィーナは嬉しそうにベルの方に目をやった。

「えへへ、とっても美味しいから、仕方ありません」

ニコニコ笑うベルを、ラフィーナは微笑ましげな様子で見つめている。

つい最近まで、ラフィーナのことを怖がっていたと思っていたが……。

――この子、案外、世渡り上手かもしれませんわね……。

そういえば、ベルと接する時はいつもみんな、優しい表情を浮かべている。

――年齢的にはアベルとかシオンより一つ年下なだけのはずなのですけど、やたら子ども扱いされてますわね……。

「ねぇ、ミーアさん」

っと、ふいにラフィーナが話しかけてきた。

「ミーアさんにとって、ベルさんって、大切な人なのよね？」

「もちろんですわ。わたくしの大切な……」

孫娘、などと口走りそうになって、慌ててミーアは黙り込んだ。

小さく言葉を呑み込んだ後、続ける。

「大切な、妹ですから」

「あら、珍しいわ。ミーアさんが言い淀むなんて……。ふふ、ミーアさんはお父さまのことが好きなのね」

ミーアベルがミーアの父親が外で作った子どもだと思っているラフィーナはそんなことを言う。

そういうことにしたのはミーアなので、なんとも言えないところだが……。

――お父さまが外で、わたくし以外の子どもを作ってきたからわたくしが嫉妬している……、などと思われるのはちょっと心外ですわ……。

ミーア的に父親のことは別に嫌いじゃあないのだが……、そんなに大好きと思われたくもない。難しいお年頃なのである。

それはともかく、

「それで、ベルがどうかなさいましたの？」

「いえ、ベルさんがミーアさんの大切な人なのであれば、従者にはきちんとした人をつけなければいけないと思って。蛇が付け入る隙になるかもしれないでしょう」

「ボクの従者……ですか？」

ベルはきょとんと首を傾げた。

「ええ、ベルさんのお世話をアンヌさんがするのは大変だろうなって思って」

「そうですね……。ベルさまは、大抵のことはお一人でできてしまいますから、負担はそこまでではありませんが、ミーアさまと授業をご一緒できないのは……」

――そうですわ。アンヌにいてもらいたい時がどれほどあったことか……。

ミーアは心の中で同意する。

もしも、ベルに信頼のおける従者を用意できるのであれば、それに越したことはない。

問題は、それに見合った人材を探せなかったことだが……。

――ラフィーナさまの推薦なさる方ならば……。あっ！

ミーアは慌てて口を開いた。

「ですけど、部屋はわたくしたちと同じにしておいていただきたいですわ」

「え？　でも、狭いのではないかしら？」

それは否定できないところではあるのだが……、ミーアとしては、いつでもベルの話を聞ける状況を整えておきたかった。

「大丈夫ですわ。問題ありませんわ。いろいろ、お話したいこととかございますし……」

「あら、ふふふ。ミーアさんは案外、妹さんに甘いのね」

ラフィーナはおかしそうに笑って、それから、頬に手を当てて首を傾げた。

「でも、そうね。それならば、当分、ベルさんはミーアさんと同室ということにしておくわね」

「お心遣い感謝いたしますわ」

「それで、改めて、ベルさんの従者をしてもらう人なのだけど……」

そう言うと、ラフィーナはパンパンっと手を叩いた。

それを合図に、一人の少女がそこに入ってきた。

「あら、あなたは……」

「お久しぶりです、ミーア姫殿下」

「まぁまぁ！　リンシャさんではありませんの、お久しぶりですわね」

数か月ぶりに再会した懐かしい顔に、ミーアは思わず笑みを浮かべた。

レムノ王国での革命事件以降、彼女とは会っていなかった。

アベルやラフィーナの口添えもあって、酷い刑罰を与えられるということはないと聞いていたのだが……。直接、顔を見て、少しだけ安心する。

「元気そうでなによりですわ」

「兄ともども、その節は、大変お世話になりました」

深々と頭を下げるリンシャに、

「あら、やけに殊勝な態度ですわね……。どうかなさいましたの？」

ミーアは小さく首を傾げる。

あの時は、もっと砕けた口調で話しかけてきたように思ったのだが……。

「い、いえ……さすがに、その……、ティアムーン帝国の姫殿下に、失礼なことは……」

「ふふふ、その姫殿下を眠らせてさらった者たちのお仲間がなにを言っておりますの？　それが許されたのですから、今さら気持ちの悪い話し方をしないでいただきたいですわ」

冗談めかして言うミーア。それを見たリンシャは、一瞬、きょとんとした顔をして、それからラフィーナの顔をうかがってから……、

「それなら、お言葉に甘えさせてもらうわ」

諦めたように肩をすくめた。

「それで、リンシャさんがベルの従者として仕えてくださるんですの？」

確かに、リンシャは混沌の蛇とは敵対関係にある。一定の信用が置けるだろう。それに、あの危機をともに乗り越えたリンシャに対して、ミーアは親近感を抱いていた。

「ありがとう、それはとても助かりますわ」

「こちらこそよ。セントノエルで学べるなんていい話、願ったりかなったりだったから」

ミーアの素直なお礼に、リンシャはちょっぴり照れくさそうな顔をした。

「うふふ、リンシャさんね、ミーアさんの役に立てるなら喜んでって、すぐに引き受けてくれてね」

「ちょっ、ら、ラフィーナさまっ！」

珍しく、慌てふためいた様子のリンシャに、ミーアは楽しげな笑みを浮かべた。

それから、ベルの方に目を向ける。

「ベル。こちらはリンシャさん。レムノ王国の人で、わたくしがとってもお世話になった方ですわ」

「そうなんですか？　よろしくお願いします、リンシャさん。ボクはミーアベルといいます。ベルって呼んでください。ミーアおば……お姉さまの、えーっと……」

「妹、ですわ。お父さまの隠し子で、あまり公にはできないあれやこれやがありますの」

「わかった。詳しくは聞かないわ」

その様子を静かに見ていたラフィーナは上品な笑みを浮かべた。

「うふふ、良かった。じゃあ決まりね。それともう一人、ミーアさんには紹介したい人がいるの。どうぞ、モニカさんも入って」

ラフィーナの声を合図に、メイド服に身を包んだ女性が入ってきた。

「お初にお目にかかります。ミーア姫殿下。モニカ・ブエンティアと申します」

「モニカさん……？　あら、あなた、もしかして、アベルのところにいた……」

ミーアにしては珍しく、その名前を憶えていた。

――確か……、話してくれた時、ちょっと嬉しそうにしていた方でしたわね。

知らない女の人の話を嬉しそうにするアベルに、ちょっぴりヤキモチを焼いてしまったミーアである。

――ふーん、この方がモニカさんなんですのね。ふーん、へー。そうなんですのね！　アベルもやっぱり、大人のお姉さんには弱いんですのね！

改めてモニカを見てミーアは頬を膨らませた。

「あの時は、姫殿下のおかげで、仲間たちも温情をいただくことができました」

「いいえ、こちらこそ助かりましたわ。あなたがいなければ、レムノ王国はもっと悲惨なことになっていたことでしょう」

ミーアは、ニコニコ笑みを浮かべつつ、

――ふん！　アベルは絶対に、渡しませんわっ！

心の中ではファイティングポーズをとるのだった。

かくして、ラフィーナの手配により混沌の蛇に抗する者たちは集められていく。

そんな折、ミーアのもとに、帝国からとある報せが届けられる。それは……。

第四十一話　質問上手のミーアさま

「ということで、第一回の生徒会の会合を開きます。といっても、今日は顔見せ程度ですわね」

ミーアは、生徒会室に集まった面々を見回して微笑みを浮かべて……それから、机の上に並べられた、きらびやかなお菓子に目を向けてから、輝くような笑みを浮かべた。

「まぁ、自己紹介が必要とも思いませんから、早速、ケーキの方を……」

「いえ、ミーア会長。こういうのは形も大切ですよ」

優しい微笑みを浮かべたラフィーナにズバッとツッコミを受けて、ミーアは言葉を呑み込む。

「そ、そうですわね。では、手短に自己紹介と意気込みを……」

そのようにして、会合は始まった。

ミーア、ラフィーナ、アベルにシオン。もはや顔なじみになったビッグネームの卒ない自己紹介の後、クロエとティオーナの、ちょっとおどおどした自己紹介が続く。

そうして、最後に立ち上がったのが、緊張でやや強張った顔をしたサフィアスだった。

「このようにして、名誉ある立場の末席に加わることができ光栄に思います。不肖の身なれど、ミーア姫殿下の信頼を裏切らぬよう精一杯務めさせていただく所存です」

誰よりもお堅い挨拶をした後、席に着くサフィアス。それを見たミーアはちょっぴり意外な感じがした。

――ふむ、案外、真面目な挨拶でしたわね。まぁさすがに混沌の蛇の者であっても、いきなり宣戦布告をするような真似はしませんわね。

などと考えていたミーアだったが、そんなものは目の前の甘いケーキ群を前にしては、軽々と吹き飛んでしまう。

「では、硬い挨拶もここまでにして……、早速……」

「そうね。ではお茶とケーキを嗜《たしな》みつつ……予算のお話をしましょうか」

「…………はぇ？」

「各クラブから今年の予算配分について意見が集まっているわ。それに目を通して、ある程度のことを決めてしまいましょう」

「え？　あ、いえ、ラフィーナさま。その、そういうことはまた……」

「うふふ、数字の難しい話をする時にはやっぱり甘いものよね。さすがはミーアさんね」

にっこり笑みを浮かべるラフィーナ。

可愛らしく脇腹のところで拳を握り締めて、ぐっと気合を入れて、

「頑張って終わらせてしまいましょうね」

そんな風に言われてしまっては、もはやミーアはなにも言えない。

「そ、そうです、わね……。わたくしも、予算のことは、は、早く片付けた方がいいと思っておりましたわ。おほほ、が、頑張りましょう」

ミーアはしょんぼりしつつ、ため息を吐いた。

そうして、話し合いが始まった……のだが……。

ミーアはキョロキョロ、メンバーの顔をうかがい、空気を読みつつ……。

「あの、ラフィーナさま、ここなのですけど……」

わからないところの質問をしていく。

前の時間軸において、ルードヴィッヒと一緒に、帝国のあれやこれやを処理していたミーアは知っている。

この手の事柄は、わからないことをわからないままに話を進めると……後で、ものすごく怒られるということを。

……幾度もルードヴィッヒに怒られて涙目になったものである。

あまり初歩的なことを尋ねるのも問題ではあるが……、聞くべきところではきちんと聞いておかなければ、かえって相手の信用を損なってしまう。

そして、質問箇所の判断基準として、ミーアが参考にしたものこそ、他のメンバーの顔色である。

もっともシオンに関しては参考にならない。アベルも、ミーアの中では「できる男」認定されている。そこまで参考にはならない。クロエもなんだかんだで数字には強そうだ。参考にならない。

ミーアが特に参考にしたのは、ティオーナ、そしてサフィアスである。

彼らがわからなそうな顔をしている箇所であれば、恐らくそれなりに難しい話のはず。

すなわち、そこであれば聞くことができる！

ミーアは、わからないところを書き出しつつ、質問できそうなところは質問していく。

……そして、実のところミーアは質問するのが下手ではない。

これまた前の時間軸のことである。

幾度も、ルードヴィッヒに嫌味を言われたのだ。

「質問するのはいいです。ですが、考える前から、なんでもかんでも質問するのはやめてください」

「どこがわかっていないのかが、そもそもわかっていませんね。そのような曖昧な質問ではなく、もっと具体的に」

幾度も…………悔し泣きさせられたのだ。

ふぐふぐ鼻を鳴らしながら、懸命に歯を食いしばって、涙を堪えた苦い記憶が甦る！

そうして、ルードヴィッヒの薫陶《くんとう》のよろしきを得たミーアは、すっかり質問上手になっていたのである。

そう、ミーアは自分がなにがわかってないのか、わかる人に成長したのである！

ミーアにとって成長の大きな一歩だ！

そんなミーアを見たラフィーナは……、

――ミーアさん……、ティオーナさんとサフィアスさんを本気で鍛えるつもりなのね……。

心底から感心していた。

話の最中、ミーアはずっとメモを取り、二人のことを気にしていた。

そうして彼らが理解していないであろうところは、わかりやすい質問をすることで、その理解を助けている。

自身が話している内容を、ラフィーナは理解することができている。けれど、それを誰かにわかりやすく説明することは、結構難しい。

まして、適切な質問を出すことで、ラフィーナの口から説明を引き出し、わかっていない者たちに理解させるのは容易ではない。

――二人のプライドを守りつつ、しっかりと知識を教え込む……。さすがだわ。

ラフィーナの中でミーアの評価がバブリー気味に膨らんでいく。いつかはじけて大暴落しないか、とても心配だ。

さて、生徒会の顔合わせもひと段落して、しばらく経った頃。

ちょうど引継ぎの関係で、アンヌとリンシャがいない日があったため、ミーアは改めてベルから未来の話を聞こうとした。

すると……、

「あっ、そうです。だったら『ミーア皇女伝』を読むのが、いいと思います」

「聞き覚えのある書物……ですわね」

確か、図書室で見た歴史書の一節に登場していた書物だった。

「……ミーア皇女伝」

「はい、エリス母さまが書いた、ミーアお祖母さまの記録です」

ベルによると、図書室で目を覚ました際、焚書にされないように本棚に隠したのだという。

「なるほど、本を隠すならば図書館の中、ということですのね……」

ベルの後について、ミーアは図書室を訪れた。

「こっちです。お姉さま」

ベルは、真っすぐに図書室の奥へ。やがて一つの本棚の前で立ち止まる。

そこは以前、ミーアが歴史書を見つけた本棚だった。

分厚い本を数冊取り出すと、その裏から一冊のぼろぼろの本が出てきた。

「これがそうです、ミーアお姉さま」

ベルが取り出した本……、擦り切れた表紙のタイトルは、確かに「ミーア皇女伝」とある。

その本を手に取った時……ミーアは、いやぁな予感がした。

本全体から、得体のしれない瘴気《しょうき》が漂いだしているような、そんな悪寒が背筋を走った。

いやだなぁ、読みたくないなぁ、と思いつつ、まさか読まずにいるわけにもいかない。

ミーアは思い切って、本を開いた！

悶絶した!!

「こっ、これは……」

そこに溢れるのは、自身を褒め称える美辞麗句の数々。読んでいるだけで、腕に鳥肌が立ってくる。

ページをめくるたびに、顔が熱くなって、体が自然とグニグニし始める。

……ちょっと怖い。

気持ちを落ち着けるために、はふぅっと大きく息を吐き、ミーアは、

「へ、へぇー、このミーアって人、すごいんですのね。なんだか、物語の登場人物みたいな人ですわ」

なんとか、それだけつぶやいた。

「あはは、ミーアお姉さま。さすがにそれはオーバーですよー。ちゃんと、現実にいるじゃないですか」

おかしそうに笑うベル。本に書かれた超人ミーアと現実のミーアとを同一視するベルに、ミーアは頬を引きつらせる。

——いったいぜんたい、なにがどうなればこんな人間が現実にいるって思えますのっ⁉

ミーア皇女伝いわく、ミーア・ルーナ・ティアムーンなる人物は幼少の頃より、毎日、十冊以上の本を読み、その叡智は、百年、千年先を見通す。のだとか……。

厳しい帝国の財政を立て直し、清貧で、天馬さえも巧みに乗りこなし、空中を舞う（比喩でなく）

ダンスをし、その美しさは月の女神のごとく……。

――って、これ、わたくしの容姿のこと以外、全部大嘘ですわ！

ミーアは呆れ返ってため息を吐いた。

…………まぁ、ツッコミはさておき。

――というか、この海で溺れそうになった時に、人食い巨大魚《メーガロドゥン》が襲ってきて、その鼻先を殴って倒した、ってどういうことですのっ⁉

そもそも、叡智とか関係なくなっている。腕力である。

まぁ、鼻先に感覚器が集まっているから、そこをぶん殴れば撃退できる、というのは、一応知識の一環なのかもしれないが……。

明らかにフィクション。盛りに盛ったエピソードだった。

なにしろミーア、そもそも泳げないのだから。

――ベルがわたくしのこと、こんな超人だと思っていたら、大問題ですわね……。

そう思いつつ、ミーアはその本を手に取った。

「とりあえず、こんな危険な本は回収する必要がありますわね……」

こんなもの、下手に誰かの目に触れたら大変だ。

――羞恥心、姫を殺すと申しますし……。

恥ずかしすぎて死ぬのは、さすがに嫌すぎるからと、ミーアは本を胸に抱えてそそくさと図書館を後にする。

途中、司書に止められたが、前に来た時に本を忘れていったと説明して乗り切った。

記録と照らし合わせても、タイトルが出てこなかったために信じてもらえたのだ。

タイトルを見られたミーアは、羞恥心で息が止まりそうになったが……。

「本当、自分の名前が付いた本とか、どうかと思いますわね……。今度会ったら、エリスに言っておきませんと……」

そんなことをつぶやきつつ、ミーアは自室へ帰ってきた。のだが……。

「あら？」

その扉の前に、一人の少女が立っていた。

「あ、ミーアさま、ご機嫌よう」

ミーアに気付き、スカートの裾をちょこんと持ち上げる少女。

小麦色の健康的な肌、夜空を溶かし込んだような漆黒の髪は、ティアムーン帝国の南方にある国で暮らす民の証。

深みのある緑色の瞳と、可愛らしく笑みを浮かべるその顔に、ミーアは見覚えがあった。

「まぁ、ラーニャさん。よくいらっしゃいましたわね」

ラーニャ・タフリーフ・ペルージャン。

ペルージャン農業国の第三王女に、ミーアは愛想の良い笑みを返した。


さて、すでにだいぶいい加減なことになってきてはいるが……、ミーアはセントノエルで生活するにあたり、二つのルールを定めていた。

一つは、自らのギロチンの運命につながるような人間には、極力近づかないこと。

もう一つは、ギロチンを回避するために、有益な人物たちとコネを築くこと……。

すでに一つ目は半ば瓦解しているが、二つ目の方はせっせと励んでいたりもするわけで……。

そして、目の前の人物、ラーニャは、ミーアのコネ作りにおいて数少ない成功例なのであった。

「とりあえず、部屋の中にお入りになって」

第四十二話　ミーアは知っている。ケーキもパンも小麦からできているということを……

ペルージャン農業国はティアムーン帝国の南西に位置する国だ。

国土のほとんどが農地、国民も農業関係者がほとんどというその国を軽視する帝国貴族は多い。

農奴の末裔、ティアムーンの属国……そのような目で見る者たちすらいる始末である。

……けれど、ミーアは知っている。

もしも、ペルージャンから農作物の輸入ができなくなった場合、帝国はシャレにならない状況に陥るということを。

そして、いざという時、一番大切なものは綺麗な絹でも、きらびやかな宝石でも貴金属でもない。

腹を満たす農作物であるということを。

――そう、わたくしは知っておりますわ。パンとケーキとが、実は同じ小麦からできているということを！

ゆえに、パンがなければケーキを食べれば……などということは、もう言わないミーアである。

前の時間軸、それを言ったら、ルードヴィッヒに心底呆れられたのだ。同じ轍《てつ》は踏まない。

ペルージャンの第三王女であるラーニャに対しても、失礼な態度などもってのほか。

丁重に、最大限の礼をもって臨むミーアである。

「失礼いたします。ミーアさま、申し訳ありません。突然、押しかけてしまって……」

「構いませんわ。ただ、今はアンヌが出てしまっているので、お茶を出すことができないのですけれど……」

「あっ、ミーアお姉さま、ボクが行ってきます」

「あら？　気が利きますわね、ベル」

「えへへ」

ニコニコと嬉しそうなベルを見て、ミーアはピンと来た。

――ああ、そういえば最近、ベルはあまーいホットミルクにはまってるんでしたわね。飲みすぎると体に悪いから、アンヌに止められてましたけど……、もらってくるつもりですわね！　ちゃっかりしてますわ。まったく、誰に似たのかしら……？

などと思いつつ、ミーアは止めない。

理由はとても簡単。自分も飲みたいからである。孫娘と祖母との共犯関係がここに成立した！

ベルは、ラーニャに会釈して部屋を出ていった。

「ふふ、可愛らしいですね。妹さんですか？」

「ええ、まぁ……。そんなようなものですわ。それで、今日はどうなさいましたの？」

ミーアはラーニャに椅子をすすめ、自らもその対面に座った。

椅子に腰かけたラーニャは、一瞬、考え込むように黙り込んでから……口を開いた。

「実は、二番目の姉のことなんです」

「はて、お姉さま……？」

ミーアはきょとんと首を傾げた。それから、おもむろに頭の中でつぶやきだす。

――ラーニャさんのお姉さんの名前……、なんだったかしら……。えーっと、あ、あ、い、い、う、う、え、お……。んー、ア行だった気がいたしますわね。あ、あ、あっ！

「確かアーシャ・タフリーフ・ペルージャンさま、でしたかしら？」

「はい。さすがミーアさま。ご存知でしたか？」

ラーニャは嬉しそうに笑みを浮かべた。

一方のミーアも、朗らかな笑みを浮かべる。思い出せたスッキリ感で、思わず微笑んでしまったのだ。

――思い出す努力が大事だと、ルードヴィッヒも言ってましたわね、確か。

そう、ボケ防止には思い出す努力が大事なのだ。

「アーシャ姉さまは、このセントノエルで六年間学び、専門の知識を身に着けました。国をもっと豊かにしたいからって一生懸命に……。でも、父は、そのことを認めようとはしませんでした。ペルージャンのためになる国と親交を深めるために、姉に嫁入りをするようにって、言うんです」

「ふむ、なるほど……」

それは、よくある話ではある。王族の婚儀とは、そういうものだ。

国の行く末を視野に入れ、その上でより良い国の貴人と婚姻関係を結ぶ。

学問や個人の能力によって国を富ませることよりは、少なくとも一般的な考え方なのだ。

――ふむ……、ラーニャさんの御父上のおっしゃりようは理解できますわね。

ミーアは、なにやら厄介ごとの気配を敏感に察知しつつ、ラーニャの方を見る。

「それで、わたくしにお姉さまのことを話してくださった理由は？」

「姉の気持ちを無駄にしたくないんです。なんとか、その……ラフィーナさまに、お取次ぎいただけないでしょうか？　この、セントノエルで働けるように……。それで、実力さえ認められれば、お父さまだって話を聞いてくださるはず」

――ああ、やっぱり、そういうことですのね……。

ふーむ、と鼻を鳴らしてミーアは考える。

正直なところラーニャとの関係は、ミーアにとって大切にしておきたいものだ。だから、できる限りのことはしてあげたいと思う。

けれど、そのせいでペルージャン国王から悪印象を持たれるのは得策ではない。

――ラーニャさんのお願いを聞きつつ、ペルージャン国王の心証の悪化も防ぐ手立てを考える必要がありますわね……。

唸りつつ、ミーアは腕組みする。

「ラフィーナさまにお願いするのは、問題ございませんけれど、ちなみに、姉上はどのようなことを学んでおられましたの？」

「はい。植物学を専攻しています。妹の私が言うのもどうかと思うのですが、優秀な成績をおさめていると思います」

「なるほど。植物学……」

その時の、ラーニャの言葉をミーアが思い出すのは少し後のことになる。

ほどなくして、ベルがホットミルクとともに部屋に戻ってきて……。

さらにそのすぐ後で、焦り顔のアンヌが、帝国からの報せを手に帰ってきたため、いろいろなことがうやむやになってしまったのだ。

第四十三話　帝都への帰還

アンヌが持ってきたのは、ルードヴィッヒからの知らせだった。

曰く、

『学園都市計画のことでご相談したきことがあり。至急、帝国に戻られたし』

とのことだった。

「まぁ、珍しいですわね、ルードヴィッヒからの呼び出しなんて……」

基本的に、優秀なルードヴィッヒがミーアの手を煩わすことはほとんどない。

時折、名前を貸してくれとかなんとか言ってくるので、その都度よく考えもせずに許可を出しているミーアである。

ミーアは昔からイエスマンなのである！

……悪い男に騙されないか、少しばかり心配だ。

それはともかく……。

手際よく、文《ふみ》とともに皇女専属近衛部隊も派遣されてきていたらしい。

湖畔に部隊が待機中とのことで、翌日、早々にミーアは帝国に戻ることになった。

同伴者はアンヌとベル、それに、ベルの従者であるリンシャだった。

「ごめんなさいね、リンシャさん。せっかくのセントノエルでの勉学の機会を……」

ミーアの謝罪に、リンシャは肩をすくめて見せた。

「仕事ですから気にしないでください。それに、ティアムーン帝国には行ったことがないので、後学のためです」

そうして四人を乗せた馬車は護衛の小部隊を引き連れて、帝国への道を急いだ。


「それにしても、学園都市計画のこと……、なんですのね。たしか建物の方はすでに建設が始まってて、夏ぐらいから生徒たちの勉強を始める予定と聞いておりましたけれど……」

さて、なにが起きたのだろう、などと首をひねりつつ、ミーアは持参した「ミーア皇女伝」を取り出した。

馬車に乗っている間は時間があるし、今のうちに検証作業を進めておきたい、と考えたのだ。

あまり他人に見せてよいものでもないが、まぁ、この三人なら適当に誤魔化せばいいか、という適当な判断である。

「あら？　ミーアさま、なにをお読みですか？」

早速、尋ねてきたのはリンシャだった。興味深げに、本を覗き込もうとする。

「ああ、これはですわね……」

図書室で借りた外国の本……などと口から出まかせを吐こうとした、まさにその時！

「うっふっふ、それはですねぇ。ミーアお姉さまの功績を讃えるために書かれた『ミーア皇女伝』なのです！」

ベルが、得意げに言った。

「なっ!?」

衝撃に、思わず声を失うミーア。その間にも話がどんどん進んでいく。

「ミーア皇女伝って……。ああ、もしかして、どこかの国の誰かが勝手に書いて出版されたのを入手して、分析してる、とか？　世間の評価を知ることは王族にとっても益になるでしょうしね、うん……」

などと納得して頷いているリンシャに、

「書いたのは、ミーアお姉さまのお抱え作家のエリスかあ……、エリスさんなのです」

ベルはペラペラと説明する。

「まぁ、エリス、いつの間にそんなもの書いたのかしら……？」

不思議そうな顔をするアンヌ。

その隣でリンシャが、しらーっとした目で、ミーアの方を見ていた。

『あんた、自分のお抱え作家に、自分の功績を褒めたたえる本を書かせたの？　っていうか、それを馬車の中で読むの？　私たちに見せびらかしながら……？　え？　正気？』と、そんな気持ちがありありと感じられるような目で見られたミーアは……、

「う、うう……。やっ、やめて、見ないでっ！　そんな目でわたくしを見ないでくださいましっ！」

顔を両手で覆い、ぶんぶんっと頭を振る。

羞恥心は姫をも殺す、恐ろしいものなのだ。

――や、やっぱり、この本は危険ですわ！

リンシャの前で読むのは心が持たないと判断したミーアは、アンヌとリンシャに言って、御者台の方に移ってもらった。

幸い、今夜の宿営場所や夕食の手配のことなど、近衛騎士たちと打ち合わせることもあったので、二人にはそれをしてもらうことにした。

さて、ベルと二人きりになったミーアは、しっかりとベルに注意した後、改めて「ミーア皇女伝」を開いて…………違和感を覚える。

――なんだか……変ですわね。これ、この前、読んだ時と記述が微妙に異なっているような……あっ！

その時、ミーアは見つけてしまう。

ある記述の欠落……それは。

「……ベル、つかぬことをお聞きしますけれど、わたくしはティアムーン帝国内に学園都市を築きますわよね？」

「はい。聖ミーア学園のことですね？」

……不穏な名前が聞こえて、ミーアは思わず固まる。

「えーっと、今、なんと……？」

「聖ミーア学園です。静海の森のすぐそばの皇女直轄領にある、ティアムーン帝国で最も格式高い学校で、様々な学問の研究をしてます」

「あー……まぁ、名前はちょっとどうかと思いますけど、それで間違いないですわね」

どこのどいつだ、そんな名前をつけやがったのは！　などと思いつつ、ミーアは、小さく首を傾げた。

「だとしたら、余計におかしいですわ。この皇女伝に……その学校のことが全然載ってませんわ」

その名前の学校であるならば、まず間違いなく、この本に載っているはず。にもかかわらず……、ミーア皇女伝には、その学校のことが一切書かれていないのだった。

「え……？　そんなはずないです。だって、ボク、読んだことありますよ」

本を覗き込んだベルは、あれ？　と声を上げる。

「え？　え？　そんな……どうして？　これ、変です」

混乱した様子のベルを見て、ミーアはなにが起きたのかを察する。

――恐らく、あの日記帳や歴史書の記述と同じ……なのでしょうね。なにかのきっかけで記述が書き換わったんですわ……。あら？　でも、ベルの記憶自体は変わっていない？　つまり記憶は書き換わらないか、それとも時間差で書き換わるということかしら？

文字とは違い、記憶というのは、確かに書き換えるのに時間がかかりそうな印象があった。

――うーん、わからないことが多いですわね……。

ミーアは首を傾げる。

――いったい、これはどういうことなんですの？

首をひねり、ミーアは考える。考える。考え、考え……、ミーアは一つの真理にたどり着いた。

――そうですわ。ベルはわたくしが求めた導としてここに来たんでしたっけ？　ということは、この皇女伝の変化する記述と、変化しないベルの記憶とを比較することで、いろいろなことがわかるようになる。そのために、このようになっているのですわ！

それは、「なぜ、そのようになるのか」という、現象に対する分析ではない。

ベルと『皇女伝』がここにそろったことに「どのような意味があるのか？」と問う、まったく別の視点であり、アプローチだ。

……断じて「難しいことをこれ以上考えるの面倒臭いですわ！」という手抜きではない。

……決して「考えてもわからないことを考えても疲れるだけですし、誰かに聞くことでもないから、なにがわかってて、なにがわかってないかとか、別に考える必要ないですし……とりあえず、そう思っとけばいいですわ」という思考の放棄ではない。それは大きな誤解である！

まぁ、それはさておき……。

「うーん、それに新型の小麦のことも」

「へ？　新型小麦……？　それは、えっと……なんのことですか？　ミーアお姉さま」

ベルの表情を見て、ミーアは思わずうなった。

――なるほど……つまり、ベルのいた未来では、学園都市はあっても新型小麦は開発されなかったんですわね……。まぁ、飢饉は食料の備蓄とクロエの商会のおかげで乗り越えられるって話なのでしょうけれど……。

ミーアの深い深い思索は続いていくのだった。

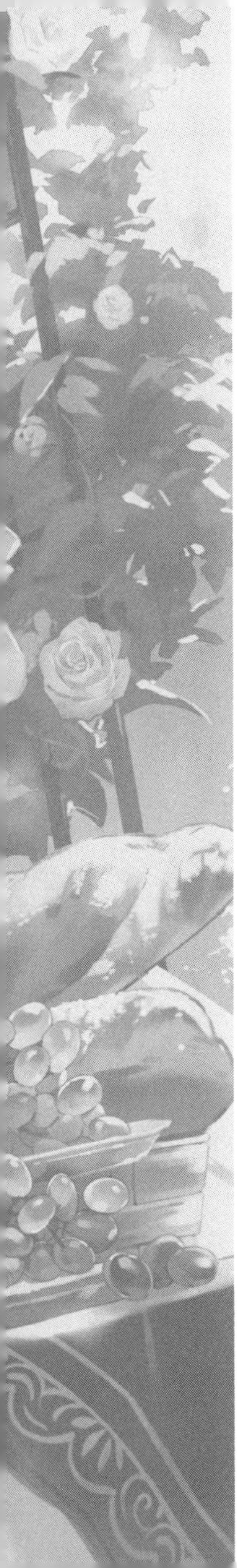

ディオンの見た夢

DREAMS OF DION

前編　見果てぬ夢の残滓《ざんし》

かつて、ティアムーン帝国最強と謳《うた》われた騎士がいた。

その名はディオン・アライア。

帝国の叡智、ミーア・ルーナ・ティアムーンの重臣として力を振るった彼だったが、ミーアが毒に倒れた後は軍を辞し、歴史の表舞台からは姿を消していた。

鬼神とまで呼ばれ、数多の敵兵を恐れさせた男は、不思議なことに、帝国を二分する内戦にすら姿を現すことはなかった。

誰よりも血と争いを好むと言われていたのに、一切の争いに関わることなく、隠棲していたのだ。

そんな彼が再び歴史の表舞台に姿を現すのは、ティアムーン帝国南方「ルナント大橋の死闘」と呼ばれる戦いでのことだった。

北上する聖瓶軍《アクエリアンフォース》の騎馬隊から、帝室最後の姫であるミーアベル・ルーナ・ティアムーンを守るための戦いは、鬼神ディオン・アライアの最期の戦いでもあった。


ベルマン子爵領の領都にある、小さな酒場。

寂れた店内は、けれど、その雰囲気とは裏腹に盛況だった。

陽気に酒を傾けるのは、すでに老境を迎えた男たちだ。

頬に傷を持つ者、片目を失っている者、数多の戦場を駆け抜けた証をその身に刻んだ男たちは、全員が古びた鎧に身を包んでいた。

ふいに、酒場の扉が開いた。

扉をくぐって入ってきたのは、腰に二本の剣を佩いた老人だった。

老いてなお力を失うことのない眼光、ただ静かに立っているだけで、息苦しくなるほどの圧力。一切の隙のない身のこなしは彼が歴戦の勇士であることを感じさせる。

そんな男の姿に気付いたのか、店内の老兵たちが歓声を上げる。

「おお、やっぱり来たな。ディオン隊長！　久しぶりだねぇ」

気の抜けた挨拶に二本差しの老人、ディオン・アライアは呆れた様子で言った。

「なんだ、お前たち、あの内戦を生き残っていたのか」

「へへ、ディオン隊長と同じですよ。引退して田舎に帰ってました。姫殿下が亡くなってから、やりがいがある戦争がなくなりましたからね」

「こいつなんか、この前、子どもが結婚して、孫までできるらしいですよ」

老兵の一人が、隣の男の頭を小突く。小突かれた方は怒ることもなく、照れくさそうに笑うのみだ。

酒場には、和やかな空気が満ちていた。

とても、これから死地に向かうとは思えないほどに和やかな空気が……。

「やれやれ、仕方のない奴らめ……。大人しくベッドの上で最期を迎えようなんて殊勝なやつはいなかったのか？」

苦笑いを浮かべるディオンに、当然、とばかりに一人が答える。

「帝国最強のディオン隊長と共に、帝国の叡智ミーア姫殿下のために戦う。そんな夢みたいな戦場に、俺たちが駆け付けないはずないでしょうよ」

ウキウキと、弾むようなその口調に、ディオンはただただ首を振る。

「……夢のような、か……」

そのつぶやきは、呆れが半分、納得が半分、交じり合ったものだった。

なるほど、確かに、これは夢の続きなのだ……。

かつてディオンが見た楽しい夢。

帝国の叡智、ミーア・ルーナ・ティアムーンと共に駆け抜けた、見果てぬ夢の残滓。

人生も終わりに近づき、まさか、このような死に場所が用意されているとは、さすがのディオンも予想していなかった。

――やれやれ、感傷だな、これは。我ながら年を取ったものだ。

椅子に座り、出された酒を煽る。強い酒気に、頭の奥がカッと熱くなる。

それは気つけの一杯だ。せっかくの夢の時間、ぼーっとしていてはもったいない。

「さて、諸君、仕事の話に入ろうか。といっても、帝国の内乱をこうして諦め悪く生き残っている我々にとっては、大した任務じゃないんだけどね」

若かりし日の彼を思わせる口調で言ってからディオンは〝諦め悪く生き残らなかった者たち〟を、先に逝った者たちのことを思う。

律儀に、帝国の内戦へと参加して、散っていた兵たち。

ディオンに迫る実力を持っていた副隊長でさえ、今この場には来ることができなかった。

――こんなに楽しい祭りに参加できないとは、運がなかったな。

先に逝った者たちに心の中で献杯をしてから、改めてディオンは周りを見渡した。

「我々の任務は、姫君のエスコートだ。今は亡き、我らの姫さんの忘れ形見、ミーアベル姫殿下を帝都ルナティアまで護衛する」

「ミーアベル殿下は今どこに？」

「南部のルドルフォン辺土伯領からミーア姫殿下の直轄領、皇女の町《プリンセスタウン》に避難されたとのことだ」

四大公爵家を二分した内乱は、否が応でも、帝国貴族たちに旗色を鮮明にせよと迫った。

そのような中にあっても、ルドルフォン家は、いずれの陣営にも与することなく、ただ親ミーア派であることを表明。皇女ミーアの直轄領を自領内に抱えるベルマン子爵家もルドルフォン家に同調。

かくして静海の森を含む近隣の土地は非戦の地として、しばしの平和な時を享受する。

それは、まるで、帝国の叡智の最後の余光のように……。

けれど、一時の平和は長くは続かなかった。

南部から侵攻してきた、司教帝ラフィーナの軍「聖瓶軍」により、ルドルフォン領は蹂躙《じゅうりん》されることになる。

ミーアの死後、ルドルフォン家に身を寄せていたミーアベルであったが、彼らの献身により、辛くも聖瓶軍の手を逃れることに成功。されど、逃れた先、ベルマン子爵領にも追手が迫っていた。

「今や皇帝直系の血筋を邪魔に思う者たちも多い。味方と断言できるような貴族が見当たらない状況にあっては、帝都ルナティアがほとんど唯一の安全地帯だ」

さすがに、帝都を戦火で焼こうという陣営は、今のところは現れていない。自身が皇帝の座についた際のことを考えれば、それも当然のことといえるかもしれないが……。

「ははぁ、なるほど。旧市街地では、未だにミーア姫殿下の人気は高いですからね。身を隠すにはちょうどいいでしょう」

「ポジティブに考えればそうだね。しかしまぁ、実際のところは国内に安全地帯がほとんどない、というのが実情だ。それに、その安全地帯もいつまで保てるのかはわからないけれどね……」

ディオンはにやりと笑みを浮かべて、酒を飲み干した。

「まぁ、それを心配するのは、我々の仕事ではないな。それでは、老兵諸君、準備はいいかね？」

集った男たちは、手にしていた酒杯を空にすると、整然とディオンの後に続いた。

ここに、皇女専属近衛隊《プリンセスガード》、最後の戦いが始まる。


皇女の町にて、無事にミーアベルを保護した彼らは、姫君を守りつつ帝都へ向けて進んだ。

実際のところ、ディオンに率いられた彼らは紛れもなく精鋭だった。

熟練の剣技と連携に加え、ここを死に場所と定めた者の覚悟があった。

同時に、少しでも長く生き抜くしぶとさもあった。ここで死すことに恐れはないが、この夢を一時でも長く見ていたいという思いから、生まれた粘りである。

聖瓶軍の激しい追撃を退けること数度。彼らは徐々に数を減らしつつも、自分たちに十倍する敵の手を逃れ、なんとか帝都近郊の大河にかかるルナント大橋までたどり着くことに成功した。

けれど……。

「ふん……、ダメだな。さすがに逃げ切れないか……」

ディオンは、舌打ちしつつ、遠くにかすかに見える土煙に目を細めた。

歴戦の彼らであったが、敵の追撃部隊の数は圧倒的だった。すでに、ディオンを除く生き残りの七人は満身創痍《まんしんそうい》の状態だった。

「幸いにして、目の前には川と橋……。足止めするにはちょうどいい場所か。ミーアベル姫殿下、失礼いたします」

一声断りを入れてから、ディオンは、自らの前に乗せていたミーアベルと共に馬を降りた。

それから、ディオンは部隊の中から、二人の老兵を選び出した。奇《く》しくもそれは、かつて静海の森にミーアとともに入った二人の近衛兵だった。

「いいか、お前たちは、このまま帝都まで止まらずに進め。我々の馬も使いつぶして構わん。この橋で、足止めしている内にできるだけ遠くまで行くんだ」

「しかし……」

言葉を失った二人に、ディオンはにやりと獰猛な笑みを浮かべる。

「生憎と諸君ら二人以外の者はもともと近衛などという、忠義の兵とは縁遠い者たちでね」

かつてディオンの百人隊に所属し、それから、皇女専属近衛隊に配置換えされた男たち。彼らは、ディオンに負けない物騒な笑みを浮かべて頷いて見せた。

「俺たちは、守るより敵をぶっ殺す方が性に合ってるのさ」

「お行儀のいい近衛兵は、とっとと姫殿下を連れて、行っちまいな」

にぎやかにはやし立てられ、二人の元近衛は苦笑いを浮かべて肩をすくめた。

「では、ミーアベルさまのエスコートは我ら近衛隊が担当しましょう。どうぞご武運を」

そんなやり取りを横目に、ディオンは、かたわらで静かにやり取りを見つめていたミーアベルの足元に膝をついた。

「ミーアベル姫殿下。我々はこの地にて不逞《ふてい》なる輩に鉄槌《てっつい》を加えます。どうぞ、心安らかに、帝都へとお向かいくださいますように」

それから、そっと顔を上げて、ミーアベルを見る。

今年七歳になるという、最後の皇女殿下は、きょとんとした顔でディオンを見つめた。

その愛らしい顔に、ディオンは、かつての主ミーアの面影を見る。

――ふふふ、やはりミーアさまに似ているな。全然、賢そうじゃないところなんか、そっくりだ。

そんな失礼なことを考えているディオンに、ミーアベルは不思議そうな顔で尋ねる。

「ディオンおじさま……、どうして？」

「は……？」

「ボクはわかりません。どうして、みなさん、ボクを守るために死んでくださるのですか？」

思いもかけず、投げかけられた疑問に、ディオンはため息を吐いた。

――死が、なにかもわからない年頃だろうに……。

それは、きっと上に立つ者としての教育を施されているから。

命をささげて自らを守ろうとする者があるということ、その者に対し、どのような態度をとるべきなのかということ……。それを彼女は教え込まれているのだろう。

だからこその、疑問。

なぜ、みなが自分を守り、自分のために命を懸けてくれたのか、という疑問を、彼女は抱いたのだ。

「ミーアベル姫殿下。実を言いますと、我々はただ勝手に暴れているだけなのです。昔、あなたのお祖母さまと共に戦えなかったその無念を晴らしているだけなのですよ」

そう言ってから、ディオンはニヤリと、笑みを浮かべた。

「我々は、楽しんで戦っているのです。いわばこれは遊びのようなもの。ですから、どうぞ、ミーアベル姫殿下は、お気になさらず、振り返らずに、帝都に向かわれますように」

ディオンの言を黙って聞いていたミーアベルは、真っすぐにディオンの目を見つめ、それから、すっと背筋を伸ばして言った。

「ディオン・アライア殿、並びにあなたに付き従った忠義の兵たちのこと……、我が命が尽きるその時まで、この心に留めておくとお約束いたします」

しかつめらしい顔をして、ミーアベルは言った。それから、わずかに顔をゆがめて……。

「それでは、お元気で」

深々と頭を下げてから、踵を返した。

その小さな背中を見送ってから、ディオンは苦笑いを浮かべた。

「なんだ、孫娘の方がよほどしっかりして賢そうじゃないか」

「はは、まったくだ。ミーアさまは、どこか抜けたところがありましたからね」

「これで帝国は安泰だな。それでこそ命の捨てがいがあるってもんだ」

明るい口調で笑いあう男たちに、ディオンは言った。

「さぁ、我らの戦いは、どうやら、あの小さなお姫さんの心に留められてしまうらしい。無様は見せられんぞ」

その叱咤《しった》に、男たちの眼光が鋭さを増す。獰猛な笑みすら浮かべつつ、彼らは戦いの時を待った。

ディオンを先頭に、彼らは橋の半ばに陣取った。

腰の二本の剣を足元に刺して、ディオンは腕組みしたまま、敵を睨みつける。

その目の前には、敵の騎馬隊が展開していた。様子見をするように、少し離れたところに馬を停めた騎兵に、ディオンは肩をすくめた。

「これは、名乗り上げでもしたほうがいい雰囲気かな？　我が名はディオン・アライア。いと高き帝国の叡智の剣にして、帝国最後の騎士である。この世への未練を捨てた者から……」

その口上を無視した騎兵がディオンの脇を通り過ぎようとする。

刹那、ディオンの剣が閃いた！

瞬いた白銀が描く軌跡は、美しく、騎兵の鎧の半ばを走って……。

一瞬の静寂の後、馬上の騎兵が崩れ落ちた。

「話は最後まで聞くものだよ、若いの。命は大事にしないとね」

鋼鉄の鎧ごと、兵を斬り裂いた斬撃。腕利きの聖瓶軍にも、使える者がほとんどいない斬鉄の見事な一撃に、騎兵たちに動揺が広がる。

「さて……、次は誰が、我が剣の錆と消えるのかな」

凄絶な笑みを浮かべるディオン。それを合図に、老兵たちは裂帛の気合と共に、剣を抜いた。

ディオンを先頭に、最後の皇女専属近衛隊《プリンセスガード》は、よく戦った。

寄せては返す波のような騎兵隊の攻撃を正面から受け止めて撃退、多大な損害を出した敵は、後退していった。

けれど、代償も大きかった。

今や、この世に踏みとどまっている者はディオンただ一人だけ。

そのディオンも、自他の血で体を赤く染め、満身創痍といった様子で座り込んでいた。

「やれやれ……、あと十年若ければ……もう少し、なんとかできたかも、しれないが……」

小さなつぶやきと同時に、口の端に、深紅の血が一筋垂れる。

「それにして、も……派手な見せ場、を用意……して、最後まで、楽しませてくれる、なぁ。姫さんも……。お前たちもそう思うだろう？」

その語りかけに答える者は、一人もいなかった。

みな散っていった。

帝国の叡智のために、彼女が残した大切な孫娘のために、命を張れることを誇りに思いながら。

朗らかに笑いながら死んでいった。

よき死に場所をもらったと、胸を張って死んでいった。

「よき死に場所……か。なる、ほど、確かに……。これは、実に……、僕らしい、最期だな。はは……」

そう、つぶやきつつ、遠く、今は亡きかつての主を仰ぎながら、ディオンは思う。

「でも、姫さんなら……もっと違った……僕が予想も、しないような最期を……用意してくれると、思ってたんだけど、な……」

安らかな最期など期待もしていなければ、望んでもいなかった。

戦場で命を散らし、敵兵に踏みにじられる最期を、今と同じような最期を、いつだって予想し、希望していた。

でも……屋敷のベッドで、あるいは病院で、みなに惜しまれつつ……、情けない主の顔を眺めつつ、苦笑いを浮かべながら死んでいくのも悪くはないのではないか、と……。

そう思った時が確かにあったのだ。

かの叡智が用意した、想像もつかないほどに平穏で平凡な最期を……、つまらないと文句を言いつつ、肩をすくめつつ、受け入れるのも……。それはそれで、悪くないのかもしれないと……。

そう思えた時が確かにあったのだ。

そして、そんな最期を迎えられなかったことが、わずかばかり残念で……。

「また、感傷……？　……この僕が？　鬼神と恐れられた、このディオン・アライアが？」

ディオンは、獰猛な笑みを浮かべた。

熱く血がたぎる。

まだ、戦い足りないと、心の内で誰かが叫ぶ。

その声に促されるように、ディオンは立ち上がった。

遠くに馬の駆ける音。その音が徐々に近づいてくる。

「ミーアベルさま、どうかご無事で……」

老人の声で祈るようにつぶやき、そっと目を閉じて……、ディオンは近くに落ちていた剣を拾い上げる。そうして、

「ふん……、少し遊び足りないな……。一騎当千とはいかず、とも……、百や二百を道連れにせねば、帝国最強の名が廃るというものだ」

朗らかな笑みを浮かべて、ディオンは言った。

「さぁて、それじゃあ、もうひと暴れ、しようか」

明るい声でそう言うと、ディオンは剣をふるい続けた。

それは、星がその生涯を終える刹那、ひときわ強く輝くように。

その剣筋は光となり、瞬き、多くの命を刈り取っていくのだった。

帝国最強と謳われた騎士、ディオン・アライアは、司教帝ラフィーナの聖瓶軍の前に散った。

その日、彼と皇女専属近衛隊の残党の剣に斃《たお》れた者は、二百と八十名にも及んだ。

かくて、ティアムーン帝国最後の皇女ミーアベルは、中立地帯である帝都に逃れ、そこで、ミーアの一番の忠臣アンヌやエリス、ルードヴィッヒらの手によって育てられることになるのだった。

後編　ディオン・アライアの学校訪問

「僕が前線を離れて、ねぇ……」

暇つぶしにルードヴィッヒの執務室を訪れたディオンは、突如言い渡された言葉に呆れた様子で首を振った。来客用の椅子に深々と腰かけ、やる気なさげに脱力しつつ、ルードヴィッヒに目を向ける。

「そうだ。前にも言ったと思うが、ディオン殿には黒月省内の協力者としてミーア姫殿下に協力してもらいたいんだ。だからこそ、できるだけ上の立場になってもらわなければ困る」

「てっきり冗談だと思ってたんだけどね……」

盗賊団の討伐や国境沿いの小競り合い、暴徒の鎮圧……。戦場の焼けつくような緊張感の中こそが、自身の居場所だと、ディオンは思っていた。

だから、当然のようにそこで生きて、死ぬのだと思っていた。

けれど、目の前の青年、ルードヴィッヒは真面目そうな口調で言った。

「残念ながら、本気だよ。ディオン殿。少なくとも俺はね」

その真っすぐな視線を受けて、ディオンは珍しく居心地悪そうに肩をすくめた。

「やれやれ、まさか、こんなことになろうとはね……。あのお姫さんと会ってから、想定外のことが起こりすぎるな」

仮に、黒月省での出世を目指さないにしても、ディオンの部隊は皇女専属近衛隊に編入されるのだ。

それは前線の百人隊よりは、はるかに戦から遠く、名誉ある仕事。

給料も上がり喜んでいる者はもちろんいるし、危険の少ない仕事をありがたがる者もいたが、困惑も大きかった。

「元部下《うち》の連中も、急すぎて戸惑ってたよ。こんな変化があるとは思わなかったからねぇ」

「戸惑っていた、か。ちなみに、嫌がっていた者はいたかな?」

「それはいなかった、かな……。なにしろ給料が上がるし、帝都にいられれば遊びにだって出やすい」

それを聞いて、ルードヴィッヒは満足げに頷いた。

「ああ、それこそが、ミーアさまの性質だ。あの方に関わる者は、良い方向に変わることを余儀なくされるんだ。俺もしかり。ディオン殿や部下たち、それにもともとの近衛たちもしかり。恐らくはご学友の王子殿下たちも、そして、かの聖女ラフィーナさまも例外ではないだろう」

まるで自分のことのように誇らしげに、ルードヴィッヒは言った。

「おお、それは怖い。望むと望まざるとにかかわらず、強制的に変えられてしまうとはね。仮に、それが本当に良い方向なのだとしても、それって少し高慢じゃないのかな？」

そう言って、肩をすくめるディオンだったが、その瞳には、ほかの誰が変えられたとしても、自分は変えられることはない、と確信しているような、どこか頑なな光が宿っていた。

「望むと望まざるとにかかわらず……というのは少し違うかもしれない。ミーア姫殿下は、変わることを望まぬ者も自ら望んで変わるようにしてしまうんだ。変わりたいと思うような、そんな未来を見せてくれるのが、帝国の叡智の恐ろしいところだ」

「剣に生き、剣に死ぬを人生と見定めた、この僕でさえ、剣を捨てようと思う……、そんな風に変えられるということかい？　ありえないと思うけどなぁ」

腰に佩いた剣を軽く撫でる。

そこにそれがあるのがひどく自然に感じる剣。前線でこれを振るう以外の生き方が自分にできるとは、欠片も思わないディオンだった。

「ところで、それはなんだい？　ルードヴィッヒ殿」

「ミーアさまのところに送る報告書だ。ミーアさまから託されている資金があるから、その運用状況を詳しく知らせておかないとと思ってね」

「ふーん……。ああ、そうだ。それなら、僕が届けに行ってあげるよ」

ディオンは、ふと思いついたといった様子で微笑んだ。

「いや、しかし……」

「セントノエル学園の警備状況もチェックしてみたいし。黒月省には、ヴェールガの視察とでも言っておこうかな」

「そうか……。いや、そうだな。それならついでにラフィーナさまにもお会いしてくるといい」

「ヴェールガ公爵令嬢、聖女ラフィーナと？」

「ディオン殿が、これから出世していくためには、そういった人脈も必要になるだろう」

「いや、別に、そういうつもりで言ったんじゃないんだけど……」

しまった、と苦り切った顔をするディオンだったが、もう遅い。

三日後、ディオンは、ティアムーン帝国の特別武官として、ヴェールガ公国へと旅立った。

「まぁ、せっかく行くんだったら、ちょっと楽しんでこようかなぁ」

などと、不穏なことをつぶやきながら……。


その日、ミーアはご機嫌だった。

ラフィーナからの生徒会の引継ぎがようやくひと段落し、今日と明日は、ゆっくり羽を伸ばせるのだ。

「ふふん、せっかくの休日ですし、町に出てみるのもいいですわね。甘いもの巡り、まだまだ行っていないスイーツ店がたくさんございますし……、うふふ、楽しみすぎますわ」

「あっ、あの、ミーアお祖母さま！　ボクもご一緒してもよろしいですか？」

横で、ミーアのひとり言を聞いていたらしいベルが挙手した。

帝国が崩壊した未来からやってきたという彼女であったが、この時代の甘いものに、今やすっかり心を奪われている。

「そうですわね。わたくしのこと、お祖母さまと呼ばないのでしたら、考えてあげてもよいですわ」

物覚えの悪い孫娘に小さくため息を吐いて見せつつも、依然としてミーアは上機嫌だったのだ。

「今日、明日で、島の美味しいものを食べ尽くしてやりますわ！」などと、気合が入っていたのだ！

なので……、

「やっ！　久しぶりですねぇ、ミーア姫殿下」

ニコやかな笑みを浮かべて手を挙げるディオンと遭遇した時には、ふぎゃっと悲鳴を上げたものだった。そこはセントノエル島の町中。人通りで賑わう中央通りの一角だった。

「なっ、なな、なぜ？　どうして、ディオンさんが、セントノエルにいらっしゃいますの？　あ、あなたは、ティアムーンで軍務についていたはず……」

近くの露店で買った串焼きなどを咥《くわ》えたディオンは、懐から紙束を取り出してヒラヒラ振った。

「もちろん、任務で来てますよ、いやだなぁ。ルードヴィッヒ殿からの伝言を持ってきがてら、姫さんの様子を見に来たんですよ。なにしろ、公爵令嬢のラフィーナさまに喧嘩を売ったって言うじゃないですか。心配にもなろうってもんです」

「喧嘩なんか売っておりませんわ。人聞きが悪い！」

ラフィーナにケンカを売るなど、とんでもない、とばかりに、ミーアはぶんぶんぶんぶんっ！　と首を振る。

「そのような、火のないところに煙を立てるような言い方、やめていただきたいですわ！」

「ははは、相変わらず、姫さんは、面白いなぁ」

ディオンは朗らかな笑みを浮かべた。それから、んっ？　と首を傾げた。

それを不思議に思いつつ、ミーアは彼の視線を追う。と、そこには、呆然とした顔でディオンを見つめているベルがいた。

——しまった！　ベルのこと、完全に忘れておりましたわっ！

「……姫さん、その子は……？」

「あ、え、ええ、そうですわね。この子は……」

答えようとして、ミーアは思わず言いよどむ。さて、なんと説明したものだろうか？

——ここで、お父さまの隠し子、なんてウソを言うと、後々で面倒なことになりそうですし……ふむむむ……。

っと、ベルは、とてとてとディオンに走り寄ると、ヒシっと抱き着いた。

「えーと……」

「あの、ディオン殿、その節は、お世話になりました」

ミーアベルは、若干、涙ぐんだ瞳で、まっすぐにディオンを見つめた。

「……さて、どの節か記憶にないんだけど……」

珍しく、困惑したような顔をするディオンに、

「はい。それでもかまいません。またお会いできて、とても嬉しいです」

一歩後ろに下がり、ニッコリと笑みを浮かべるベル。それを見て、ミーアは察した。

――なるほど、未来の世界でディオンさんとも知り合いだったんですのね。ベルは……。それなら、納得……。

「ボクはミーアベル、ミーアベル・ルー……」

突如、サラッと自己紹介を始めようとするベル！　ミーアは慌てて止めに入る。

――ここで、ティアムーン姓なんて名乗られたら面倒くさいことになりますわ。

後ろから口を塞ぎ、それから、ディオンの方を見てニッコリと誤魔化しの笑みを浮かべる。

「ふーん、ミーアベル……。へー、似たお名前なんですね。ミーア姫殿下？」

ディオンは、そう言って、ニコニコ笑みを浮かべる。けれど、その目は、なんとなくだけど、笑っていないように見えて……。

――ひっ、ひぃいっ⁉　なんか知りませんけど、疑われている気がいたしますわ！

ひくひく頬を震わせつつも、なんとか笑みの形をキープして、ミーアは頷いた。

「そっそそそ、そうなんですのよ。そっ、それで名前が似てるから、その、ね？　仲良くしてるんですのよね？　姉妹みたいに、ね？　この子もわたくしのこと、お姉さまなんて、呼んでくれるものですから、ね？　そうですわよね、ベル？」

じぃいっとベルの瞳を覗き込みつつ、ミーアは言った。

結果、ベルは小さく頷き、笑みを浮かべた。眼力姫《ハイパワーアイプリンセス》の本領発揮である。

「ふーん……。でも、気を付けてくださいよ？　姫さんは、敵を作りやすい性格してるんですから。可愛い顔をした暗殺者、なんてのもいるかもしれない」

などと言いつつ、ようやくディオンは疑惑の視線を解いた。

「もっとも、この島の警備状況は、結構大したものでしたから、そう簡単に暗殺者なんか送り込めないと思いますけど……」

「あら……？　それはどういう……」

ディオンの何気ない一言に、なにやらきな臭いものを嗅ぎ取り、ミーアが首を傾げかけた……、まさにその時だった。

ふいに、ミーアの背筋に、いやぁな悪寒《おかん》が走った！

直後……、

「あっ、そうです。ミーアお姉さま」

何事かを思いついた様子で、ベルがぱんっと手を打った。

「せっかくディオン殿が来てくださったんですから、ボクたちで観光案内するのはいかがでしょう？」

――なっ！　ぁっ！　こっ、この子、なんてこと言い出しますのっ⁉

慌ててディオンの方を見ると、

「ああ、それは助かるな。お願いできますか？　ミーアさま」

ニコニコ、楽しげに笑っている。

――のっ、ノリノリですわ！　くぅっ、自らの主君に案内させようだなんて、なんたる無礼！　実にディオンさんらしいっ！　ああ、どうしてこんなことに……。

などと、ミーアが嘆きだそうとしたところで……、ベルがジィっと目を覗いてきた。

「お願いします。ミーアお姉さま。ディオン殿に、少しでもご恩を返したいんです」

その顔を見て、わずかばかり、ミーアは落ち着きを取り戻した。

——ふむ……、ベルがこれだけ言うのですから、よほど恩義を感じているのですわね……。もしかすると、ディオンさんでも、未来の世界では少しは改心してるのかしら……。まぁでも、よくよく考えると、レムノ王国では、わたくしも彼には恩義がないとも言い切れないですし……うう、でも……。

ミーアは、ディオンの腰に下がっている剣に目をやった。

——剣を持ったディオンさんと並んで歩くのはちょっと……。

案内するとなれば、彼より前を歩く必要があるかもしれない。となると、いつ後ろから首を落とされるか、気が気でないミーアである。

しばし考えた末、ミーアは言った。

「仕方ありませんわ。特別にわたくしが案内して差し上げましょう。ただし、ディオンさん、その腰のものは外してどこかにお預けいただけるかしら？」

「おや、気付いてましたか。やっぱり、姫さんは鋭いな……」

苦笑したディオンは、肩をすくめつつ後ろを振り向いた。

「ということなんだが、剣を預かってもらえるかな？　お嬢さん」

——はて、誰に言っているのかしら？

などと、ミーアが首を傾げていると、ディオンの後方から歩み寄ってくる一人の女性がいた。

茶色がかった長い髪を揺らし、小さく一礼をした後、顔を上げたのは……、

「あら、あなたは……モニカさん？」

「ご機嫌麗しゅうございます。ミーア姫殿下」

にこり、とミーアに微笑みかけてから、モニカはディオンの方に目を向けた。

「そちらの方はミーア姫殿下のご関係の方でしたか……」

「関係というか……、我が国の騎士ですけれど……それがなにか？」

「正規の方法で島に渡られませんでしたから、てっきりどこかの国の刺客かと……」

「なっ……ぁっ……」

思わぬ言葉に、ミーアは頭がクラッとした。

「ど、どういうことですの？　ディオンさん、正規の手続きをしないでって……」

「いやぁ、島に渡る前に剣を預けなくってはいけない、なんて偉そうに言われたので、つい」

「つ、ついじゃありませんわっ！　なんてことしてますのっ!?」

「聖女ラフィーナに喧嘩を売ったミーア姫殿下の家臣に相応しいでしょう？」

「だっ、だから喧嘩なんか売ってないって、言ってるじゃありませんのっ！」

と、そこで、ディオンはモニカの方に目を向けた。

「でも、さすが。武器を持って入った不審者にはきちんと監視がつくんだね」

モニカはにこりと愛想のいい笑みを浮かべて、

「ご安心いただけたところで、では、そろそろその腰の武器をお預けくださいますか？」

そう言われ、ディオンは素直に腰の剣を外してモニカに渡した。

「姫殿下直々のご命令だからね。もちろん従うよ……。しかし……」

と、彼は、剣を受け取るために伸ばされたモニカの腕を掴み、顔を寄せた。

「……なにか？」

「……ただのメイドじゃないよね？　君も。僕を尾行してくる時の足運びが暗殺者のものに近い気がしたけど、何者なのかな？」

モニカはディオンの顔をまっすぐに見つめ返してから、小さくため息を吐いた。

「風鴉《かざがらす》としてレムノ王国に派遣されていた者です」

「ああ、例の……。なるほど、サンクランドを離れて、今ではヴェールガに忠誠を誓ってると……は、それはまた、ずいぶんな変わりようだね。さすがは間諜。腰が軽い」

若干の皮肉の混じったその言葉を聞いても、モニカは怒ることはなかった。むしろ、その顔に浮かぶのは穏やかな笑みだ。

「ええ、まさか、私もこんなことになるとは思ってませんでした。想像もつかない変化でしたけれど、でも……、こう言ってはなんですけど、あの時、ミーア姫殿下に陰謀が破られて良かったと思っています。私は今、とても幸せな仕事をさせていただいています。ミーア姫殿下のおかげです」

そうして、ミーアに向かい、頭を下げるモニカ。

「まぁ、あれはたまたま。偶然うまくいっただけで、わたくしの手柄でもなんでもありませんし……」

まごうことなき、事実である。ミーアが、珍しくまっとうなことを言っていた。

「なんだ、元間諜にしては、ずいぶんと朗らかに話すじゃないか」

呆れた様子のディオンに、モニカはやっぱり笑みを返す。

「はい。なにしろ、今の私はラフィーナさまのメイドですから……」

そうして、一礼するとモニカはその場を去っていった。

「ふーん……」

どこか釈然としない顔をするディオンだったが、やがて小さく首を振った。

「まぁ、いいや。それじゃあ行きましょうか。案内をお願いしますよ」

それに無言で頷き返し、ミーアは内心で決意する。

――と、とりあえず……、なんとかなりましたけれど……、やっぱりディオンさん、危ないですわ。ラフィーナさまの怒りを、ものすっごーく買ってしまいそうですわ。ひぃい、ディオンさんとラフィーナさまのケンカとか、地獄絵図以外の何物でもありませんわっ！　こ、ここ、ここは、わたくしが上手いこと誘導して……。ラフィーナさまに目を付けられないようにしませんと……。ああ、本当、わたくしの関係者とか言わなければよかったですわ！


――聖女ラフィーナのメイド、ねぇ……。

ミーアの後について歩きつつ、ディオンは先ほどのメイドの姿を思い出していた。

格闘術の心得はあるようだが、当然ながら、それはディオンに危害を加えうるものではない。にもかかわらず、なぜだろう、わずかに引っかかるものを感じた。

――望むと望まざるとにかかわらず、誰も彼もが変わることを余儀なくされてしまう者、ミーア姫殿下……か。

視線を向けると、なにやら偉そうに腰に手を当て、得意げに説明しているミーアの顔が見えた。

――うーん、こうして見てると、とてもそんなすごい存在には思えないんだけど……。

というか、どちらかというと、ちょっとおバカそうに見えてしまう。

っと、そんなディオンの内心が伝わってしまったのだろうか。ミーアがちょっと不機嫌そうな顔をして、ディオンの方を見つめていた。

「ちょっと、ディオンさん、聞いておりますの？」

「ははは、いやだなぁ、もちろん、ちゃんと聞いてますよ？　えーと」

っと、ディオンの顔を見つめていたベルが心得た、とばかりに頷いて言った。

「ディオン殿、あの馬場で、よくミーアお姉さまは乗馬の練習をするんですよ。それと、馬に乗って湖に出たりもしています」

「なるほど、ここが姫さんが所属してる馬術クラブか」

そういえば、自分が見てみたいと言ったんだっけ……などと思い出しつつ、ディオンは優しくベルの頭を撫でた。

「えへへ……」

などと、ニコニコ笑みを浮かべるベルであった。実にちゃっかりさんである。

「でも、妙ですわね。なんだか、馬の数が少ないような……」

「よぅ、嬢ちゃん。なんだか久しぶりだな」

っとそこで、馬小屋の方から一人の少年が歩いてきた。

年の頃は、十代の後半。引き締まった体と、バランスの取れた歩き方、夜闇のように黒い髪の色を見て……。

――騎馬民族……、かな。

などと、予想を立てるディオンである。

「確かにお久しぶりですわね。馬龍先輩。ずいぶんご無沙汰してしまいましたわ。すっかり生徒会の仕事が忙しくなってしまいまして……」

ミーアは馬龍という少年に深々とお辞儀をした。

「アベルから聞いてるよ。惜しかったなぁ、嬢ちゃん。もう少し早く来てれば、アベルと一緒に遠乗りに行けたのに」

「まぁ、アベルも来ていたんですのね！」

ほああ、っと顔を明るくするミーアに、馬龍は豪快に笑って見せた。

「このところ毎日来てるぞ。乗り方もだいぶ上達してるな」

それから少し遠い目をして、馬龍は言った。

「嬢ちゃんのおかげで、あいつは変わったよ。軟弱なところがなくなって、雄々しい王族の顔を見せるようになった」

「あら？　そんなことありませんわよ。アベルは元から格好いいですわ。わたくしのおかげなんて、そんなこと、ぜんぜんありませんわ……うふ」

あはは、うふふ、などと……。テレテレと身をよじりつつ、アレな笑い声を漏らしているミーアをしり目に、ディオンは馬龍に話しかけた。

「その話、少し興味があるな。僕が知っているアベル王子殿下は、将来有望な生真面目な少年なんだけど……」

「ん？　なんだ、あんた、嬢ちゃんの連れかい？」

馬龍は、少しだけ警戒した顔をしたが、ディオンの足元で、ミーアベルが上機嫌に微笑んでいるのを見て、小さく肩をすくめた。

「アベルとは古い付き合いなんだが……、昔のあいつは根性がなくってな。いや、根性がないというよりは、頑張る理由がなかったというべきかな。それが、そこの嬢ちゃんを見初《みそ》めてからというもの、どんな苦手なことにも粘り強く取り組むようになったのさ」

恋だなぁ、と首を振る馬龍。対して、ミーアは、

「まぁ、見初めるだなんて、嫌ですわ。馬龍先輩ったら……うふふ」

相変わらずのウザさである。ディオンは、若干イラっとした。

「それになぁ、この馬術部も、嬢ちゃんのおかげで、ずいぶん雰囲気が変わっちまったよ」

「へー、それはどういう？」

気を取り直して、馬龍の方に目を向けるディオン。

「嬢ちゃんの影響でなぁ、女子の入部希望者が増えたせいで馬が足りないんだよ。昔は、貴族の令嬢なんざ、一部の物好きを除けば、馬なんか臭いだの馬糞が迷惑だの汚いだの……、散々な言われようだったのにな。今じゃすっかり見学も増えてな。いい関係になっちまったよ」

「なるほど……ね」

ディオンは、改めてミーアの方を見た。

――姫さんのおかげで馬術部に対する不当な評価が正されたということか……。とても、そんなことをするような子には見えないけどなぁ……。ふふ、やっぱり面白いな、姫さんは。

一通り馬術部の見学を終えたところで、

――ここですわっ！　学園からできるだけ離れて、ラフィーナさまと鉢合わせする可能性を減らさなければ……。

ミーアはタイミングを見計らって口を開く。

「さ、では、学園内はこのぐらいにして、そろそろ町の方に……」

「せっかくですから、ラフィーナさまにもご挨拶したいですね」

「う……ぐ」

一蹴されてしまった。

「で、ですが……、ほ、ほら。あなたも正規のやり方でここに来たわけではないですし、気まずいのではないかしら？　それに、ラフィーナさまは怒ると怖いですわよ……」

「あら？　ひどいわ、ミーアさん。私は別に怖くなんかないのに……」

その声に、ミーアは、ぴょんこっと飛び上がった。

慌てて振り返った先、ミーアはその少女の姿を見つける。見つけてしまう！

小川の清流のような水色の髪、澄んだ瞳は清浄な光を宿し……、端整な顔には穏やかな笑みを湛えて、ラフィーナ・オルカ・ヴェールガは、優雅にミーアたちの方に歩み寄ってきた。

ミーア、咄嗟に、なにかあった時のためにディオンと無関係を装おうとし……、

「ラフィーナさま？　あっ、えっと、この男は……」

「うふふ、モニカさんに教えてもらったわ。ミーアさんの大事な家臣の方でしょう……」

「…………そっ、そうなんですの。うう、ラフィーナさまにも、ぜ、ぜひ紹介しようと思って……」

逃げ場がないことを悟って、若干、涙目になるミーア。目元を押さえて、天を仰ぐ。

「あら、どうかしたのかしら？」

「ちょっと目にゴミが……。問題ございませんわ……」

ミーアは指で涙を拭い取ると、改めて笑顔で言った。

「ラフィーナさま、彼はディオン・アライア。我がティアムーン帝国の騎士で……」

「聞いているわ。レムノ王国では大活躍だったそうね……、帝国最強の騎士、ディオンさん」

すっと優雅な動作でスカートの裾を持ち上げて、ラフィーナは言った。

「はじめまして。私はラフィーナ・オルカ・ヴェールガ。ヴェールガ公国公爵の娘です」

それから、ラフィーナは、少しだけ声を低くして……。

「はじめてよ、ディオンさん。このセントノエル島に、無許可で武器を持ち込んだ方は。さすがは、ミーアさんの剣ね」

「それは光栄の至り。聖女ラフィーナさま」

ディオンはおどけた態度で言うと、膝をつき、騎士の礼の姿勢をとる。

「我が名はディオン・アライア。今のところは帝国の騎士で、ミーア姫殿下に剣を預ける者です。もっとも、あくまでも今のところは、ですが」

「あら、私のお友達のミーアさんが、生涯の忠誠に値しないとでも?」

ラフィーナの瞳に、微妙に剣呑な光が宿るのを見て、ミーアは、ひぃっ！　と息を呑んだ。

「まぁ、今のところは及第点というところかな。僕としては……」

肩をすくめるディオン。

「ところで、この島の支配者さま的には、無許可で武器を持ち込んだ不逞の輩にかける言葉は、称賛のみでよろしいのですか？」

返す刃のごとく、投げかけられるのは、ディオンの挑発の言葉。それに対して、ラフィーナは、変わらず、完全無欠な笑みを崩すことはない。

「んー、そうね。あなたがただの賊ならば、咎める言葉もかけるでしょう。でも、あなたがミーアさんの従者であるというのならば、私が言うことはなにもない。ミーアさんが、あなたの安全を保証するというのであれば、私はそれを信じるわ」

――わたくしは、ただの一度も、この危険な男の安全を保証したことなどございませんけれど……。

などと……思ってはいても決して口にはしない奥ゆかしい（＝小心者な）ミーアである。

「だって、ミーアさんは私の大切な、大切なお友達だもの。ミーアさんが信じると言うなら、私だって信じるのは当たり前のことではないかしら？」

くすくす、と楽しそうに笑ってから、ラフィーナは続ける。

「それに、ミーアさんは今や生徒会長。この学園に害をなすことを貴方がしたら、きっと放ってはおかないのではないかしら？」

そうよね？　と話を振られて、ミーアの精神力がガリガリ削られる。

――こっ、鋼鉄の槍を剣で真っ二つにするような常識外れを、わたくしがどうこうできるとは思いませんけれど……。

ミーアは、ゴクリと喉を鳴らしつつ、自らにかけられている期待の大きさに慄く。

慄きつつも、ミーア、全力で蛮勇をふるって、繰り出す！

「え、ええ、もちろん、そうですわ。わ、わたくしは生徒会長ですから……」

二人に聞こえるかどうかという小声での相槌！　ここに帝国皇女の気概を示す！

「へぇ……、ずいぶんと我が主を信頼していますね……。試みに問いますが、あなたにとってミーア姫殿下とはどういう方なんですか？」

その問いに、ラフィーナは小さく首を傾げる。けれど、答えはすぐに返ってきた。

「大切なお友達、親友よ。今まで私に、共に重荷を負ってくれると言ってくれた人はいなかったから……」

――あら？　わたくし、そんなこと言ってない……。

などと、思ったミーアは、ここでも、なけなしの勇気を出して……、自らを鼓舞《こぶ》して口を……、口を――っ！

「…………」

開かない！　戦略的撤退である！

そうなのだ、危険地帯に足を踏み入れることは勇気ではなく無謀！

公国の雌獅子《めじし》ラフィーナと帝国の虎ディオンのやり取りに口を挟むことなど、小心の猫ミーアには、とてもではないが不可能なのだ！

ミーアができること、それは、流れに身を委ねることのみ。

時々、話を振られた時にだけ、穏やかに微笑んで「ですわね！」などと相槌を打つことだけなのだ。

究極のイエスマンになることのみが、この場を生き残る方法。

ゆえに否定の言葉は絶対に口にしてはいけない。名うての交渉人のようなミーアである。

「鎖に縛られていた私を自由にしてくれた……。こんな気持ちになれる日が来るなんて、思ってもいなかったわ……」

「なるほど……」

その答えに納得したのか、どうなのか……。ディオンは頷きを返すのみだった。

そうして、ラフィーナと別れた三人は、セントノエル学園を後にした。

「あはは、うん。なかなか楽しかったですよ、ミーア姫殿下」

明るい笑みを浮かべたディオンが言う。

「そっ……そうですの。それは、なにより、ですわ……」

一方のミーアは、すでにグッタリしていた。

「ま、まぁ、また、付き合ってあげてもよろしいですわよ？　今日のように剣を持っていないのでしたら、ですけど……」

だから、今日はこのぐらいで帰ってくれないかしら？　とのニュアンスを込めて、ミーアは言った。

「ふーん、やっぱり姫殿下もルードヴィッヒ殿と同じく、僕に剣を捨てさせるつもりですか？」

「まぁ、ルードヴィッヒもそんなことを考えているんですのね。よくわかってますわ」

さすがは、ルードヴィッヒ、などと感心してしまうミーアである。

それは、ミーアの変わらない目標だ。悲願とも言えることだ。

自らの首を斬り落とした男、未だに時々は「なんとなく、斬られそうだわ！」という、殺気を感じる男、ディオン・アライア。

この危険な男に剣を捨てさせた時、初めて平和な日常を送れるようになる！　などと思ってしまうミーアである。

ゆえにそれは、どのようなことがあっても訴え続けたい、ミーアの心からの願いである。

「そうですか……、ふふ、やれやれだ」

ディオンは、小さく肩をすくめる。けれど……、

「まぁ、そういうことなら、興味もあるし。せいぜい頑張ってみてくださいよ」

そうして彼が浮かべたその笑顔は、今まで一度として見たことのないぐらい、険の抜けた素直なものだった。

思いもかけない笑顔を見て、ミーアはポッカーンと口を開ける。

「ん？　どうかしましたか？」

「あ、いえ、なんでもありませんわ。ええ、それでは、気を付けてお帰りくださいまし……」

……油断があったのだ。

このまま、いい雰囲気でお別れできる流れなんじゃないかって……、そう思ってしまって油断したのだ。

だから、ミーアは完全に、ある人物のことを忘れていた。

そう、彼女の孫にして、ディオンに多大なる恩義を感じている人物……すなわちっ！

「ミーアお姉さま！　せっかくですから、町の方もボクたちでご案内するのはいかがでしょうか？」

にっこにこと、とてもいい笑顔を浮かべるベル。

「……はぇ？」

「ああ、それはありがたいですね……。ぜひ、お願いしますよ」

ベルの提案に、上機嫌に笑うディオン。

「…………………はぇ？」

そして、すぅうっと気が遠くなるミーアなのであった。

その後、楽しそうに島中を案内するベルとディオンに、一日中連れ回されたミーアは……。

「う、うーん……」

なんとか、ディオンを見送り、部屋に戻ったところで、カクンッと倒れこんだ。

気力を、完全に削り取られてしまったのだ。

すべての体力を使い果たしたミーアは、楽しみにしていた翌日もベッドの上で過ごすことになってしまうのだった……。

もっとも、たとえ元気でも、休日はベッドの上で過ごすのがミーアという人なのかもしれないが……。

かくて、姫君と騎士の夢物語は続いていく。

その夢の終わりは、まだ、誰も知らない。

第三巻了

ミーアの怪談日記帳

MEER'S GHOST STORY
DIARY
TEARMOON
EMPIRE STORY

三つ月　十日

きょうのディナーは仔羊のチーズソテー　☆☆
お肉がホロホロでとてもおいしかった。でも、黄月トマトが少し硬い。一つ減点。

三つ月　十二日

きょうのランチはサンドイッチ　☆
中身は五種のベリーのジャム。甘くておいしかった。でも、形が普通。遊び心がない。やっぱり馬型にしたわたくしの発想にはかないませんわね。二つ減点。

三つ月　十七日

きょうのディナーは、焼き立てのキノコパイ　☆☆☆
パイ生地がサクサクでとてもおいしい。
アベル王子に作ってあげようかしら。レシピを聞いておかないと。

三つ月　十九日

きょう、ラフィーナさまから、ろくでもないことを聞かされた。

謎の秘密結社とか、混沌の蛇とか、本当に勘弁してもらいたいですわ。

でも、帝国がまた危険にさらされる可能性もあるわけですし、放ってはおけませんわね。なんとかしなければ……、誰か、なんとかしてくれないかしら？

なにか、例の日記帳のような、これからの指針になりそうなものが必要ですわね。

そういえば、図書室の本になにかあったような……。

三つ月　二十日

きょう、図書室で不気味な影を見かけた。

あれは、いったい？　ただの見間違い？

危ないものかもしれませんから、アンヌにはできるだけ、わたくしのそばにいるように言っておかなければなりませんわ。そうじゃないと、アンヌが危険ですし……。

三つ月　二十一日

図書室で見た影の正体はわからなかった。

アンヌと一緒に、図書室の昨日の場所を調べてみたけれど、なにも見つけられず。

まぁ、きっとただの錯覚ですわね。気にしないことにいたしましょう。

でも、念のために、アンヌには近くについているように言っておきますわ。油断大敵、アンヌを危ない目に遭わせたらたいへんですわ。

三つ月　二十二日

なんだか、壁のシミが顔に見える。ジッとわたくしのことを見つめてる気がして、気になって眠れませんわ。眠れないはずなのに、気が付いたら朝になってましたし、絶対におかしいですわ。

図書室で見かけたお化けと、なにか関係があるんじゃ？

ラフィーナさまに相談してみようかしら？

念のために、アンヌに布をかけてもらって、見えないようにしてもらった。ジッと見つめられてるなんて、わたくしはともかく、アンヌは怖いでしょうし。

それにしても、こんなことなら、帝国に帰るんでしたわ。ルードヴィッヒだったら、お化けとか信じてないでしょうし、馬鹿にした口調で、そんなのいないって言ってくれたはずですわ。

三つ月　二十三日

アンヌが心配だから、今夜から一緒に寝てあげることにしましたの。

もしも、あのお化けが来てアンヌが食べられてしまったら、と心配で眠れませんでしたけれど、これで安心して眠れますわ。アンヌもわたくしと一緒で安心できるでしょうし、一石二鳥とはまさにこのこと。よいことを思いつきましたわ。

四つ月　三日

もうすぐ、新学期。また忙しい日々が始まりますのね。

結局、あの影みたいなのは、あれから出てきませんし、きっと見間違いだったに違いありませんわ。

壁のシミもよくみたら、ただ点が三つ並んでるだけじゃありませんの。まったく、あんなのが顔に見えるだなんて、アンヌったら怖がりですわ。

ということで、わたくしは、自分のベッドに戻ることにいたしましたわ。


いざとなれば、すぐ隣で寝ているわけですし、平気ですわよね、アンヌ。

あとがき

こんにちは、お久しぶりです。お元気ですか？　二巻に引き続き三巻、さらにコミックスまで連続刊行という未だかつて経験のない事態に右往左往している餅月です。

というわけで、三巻でした。

今回の巻では、かつてのミーアの宿敵であるティオーナと、ティオーナをいじめていた貴族の子弟とが、共にミーアの味方になって……というお話が出てきます。

人は、自分で蒔いた種の刈り取りは自分でしなければならないもの。その実りが良いものであったとしても、悪いものであったとしても……。

果たして、涙目ミーアが刈り取る実は良いものか、悪いものか……。

ぜひ本編にて、ご確認いただければと思います。

ところで、このティアムーン帝国物語は当初、二巻までで一区切りつける予定で書いていた物語だったりします。なので、この巻は、一、二巻を映画の一作目とすると、第二作目の前半部分にあたる巻となります。新キャラの登場だったり、友情物語だったりと、いろいろございましたが、お楽しみいただけたでしょうか。

そんなわけで、今回は出番があまりなかったルードヴィッヒ氏に来ていただいてミーア姫と対談していただきます。では、張り切ってどうぞ！

ミーア「ああ……せっかく、バラ色の未来が見えておりましたのに……。すべてが泡と消えてしまったのですわね……二巻で終わっていれば……」
ルードヴィッヒ「やはり、ミーアさまに女帝になっていただく以外に未来はないようですね。バルタザルと準備を進めておきます」
ミーア「あー……やっぱり、やらなければならないのかしら……」
ルードヴィッヒ「ミーアさまの慎み深いところは、長所だと思いますが、それでも、ここはやっていただかなければならないところですから」
ミーア（面倒くさいですわ……。誰か、代わってくれないかしら……？）

最後に謝辞を。

イラスト担当のＧｉｌｓｅさま。いつも可愛らしいイラストをありがとうございます。二巻、三巻と続けてのお仕事お疲れさまでした。ベルのイラスト最高です！

担当のＦさま。もろもろお世話になっております。三巻も無事に出せて感謝です。コミカライズ版ともども、このまま突っ走れれば、と願っております。引き続きよろしくお願いいたします。

家族へ。いつも応援ありがとうございます。

読者のみなさま。三巻を手に取っていただきありがとうございます。お楽しみいただけたなら、なによりです。

では、また、四巻でお会いできると嬉しいです。失礼いたします。

忠義(?)のメイド

ティアムーン帝国物語3巻もとてもおもしろいですわ
これはもうベストセラー間違いなしですわね
わたくしとてもチャーミング
ムフフ…
ダッ
ミーアさまミーアさま大変です こんな本が……!
ティアムーン帝国物語っていうんですけど
ひどいんですよ! 主人公のミーア姫がギロチンで首をはねられるところから始まるんですっ
あ
他にもっ ミーアさまは深い慈悲なんて持ってなくてただの自分ファーストの小心者のポンコツ姫っていう設定なんです 失礼にもほどがあります
誰が書いたか知りませんけどひどいですひどすぎますっ
うっうっ
ああのアンヌ……
とにかくこんなものミーアさまの威厳に関わります
どうしますか燃やしますかっ
物騒すぎますわ落ち着きなさい
誰ですのアンヌに本を渡したの!!
ティアムーン帝国物語コミックス①巻も大好評発売中です!
3
ティアムーン帝国物語
3巻
お買い上げありがとうございます!
もりの.

巻末おまけ

コミカライズ 最新話

Comics trial reading

Tearmoon

Empire Story

原作——餅月 望
漫画——杜乃ミズ
キャラクター原案——Gilse

神聖ヴェールガ公国
大陸の民に古くから信仰されている中央正教会の本拠地であるこの国には一つの『学校』があった
セントノエル学園
近隣諸国の王侯貴族の子弟が集められた超エリート校である
この春からミーアが六年間通うのはそんな学校だった
わぁ！
すっごーい！
第5話

アンヌ
今から そんな様子では 疲れてしまいますわよ
はわ〜!
で でも ミーアさま すごいですよ
海っ ほら海が!
あれは 湖ですわ
ミーアさまは さすが 落ち着いて おられるのですね
ガタン
ゴトン
まあ そうですわね……
言うて 前の時間軸で 数年を共にした 学び舎ですし…
……六年
これからの 六年間が 大切ですわ
万が一不幸な革命が 起きてしまった 時のために できる限り有益な 人脈を築いて おくことと……
なにより重要なのは ギロチンに繋がるような 危険人物には 近づかないことですわ

とくに『あのふたり』には……
ぜったいに関わらないようにしないといけませんわ
そう ぜっっっったいに!!
シオン・ソール・サンクランド
ティアムーン帝国と並ぶ大国にして歴史と伝統持つ国サンクランド王国の第一王子である
そのルックスと穏やかで正義感にあふれた性格
成績は勿論優秀 剣の腕前も教師ですら並ぶ者はごくわずか
キャーーッ!
パーフェクトな王子は全女子生徒の憧れの的でありミーアも例外ではなかったのだが…

前の時間軸にて
さあ話しかけていらっしゃい
あなたのような王子に釣り合うのはティアムーン帝国の皇女であるわたくしぐらいなのですから～！
それは恋というより割と傲慢な思いであった
……
…
ティオーナ！
？

な……
なんですの
あの女…！
わたくしを
差し置いて……
許せませんわ！
キィイイイイ
ティオーナ・
ルドルフォン
ティアムーン帝国の
南の外れ
農耕地が広がる
辺境地域に
領地を持つ
貴族の令嬢である

ミーアは彼女をいびった
あなた帝国《うち》の貧乏貴族の娘なんですってね？
え……
あの……
どうしてこんなところにいらっしゃるのかしら
ドン
さっさと田んぼでも耕しにお帰りになれば？
こんな感じで私怨《しえん》だけで数年間粘着し続けたのである

…………
おほほほほ
結果 これがティオーナの 原動力となり
彼女は 民衆の怒りを 代弁する 革命の指導者となる
ワアアアアア
聖女と呼ばれた 彼女の指揮によって ミーアは……
……我ながら 愚かなことを しましたわね
自分でまいた種は 自分で収穫…… 全部自分に 返ってくるものなの ですわ……

うんうんうんうんうん
だから
あのふたりには
絶対に
近づきませんわ
知り合いにさえ
ならなければ
個人的な恨みを
買うことなど
ないわけですしね！
うわぁ……
キラ
キラ
はっ
入るのが怖いお店が
たくさん……！
はわわわわわわ
ふふ
そうです
わね
でも　それも
表通りだけ
ですわ

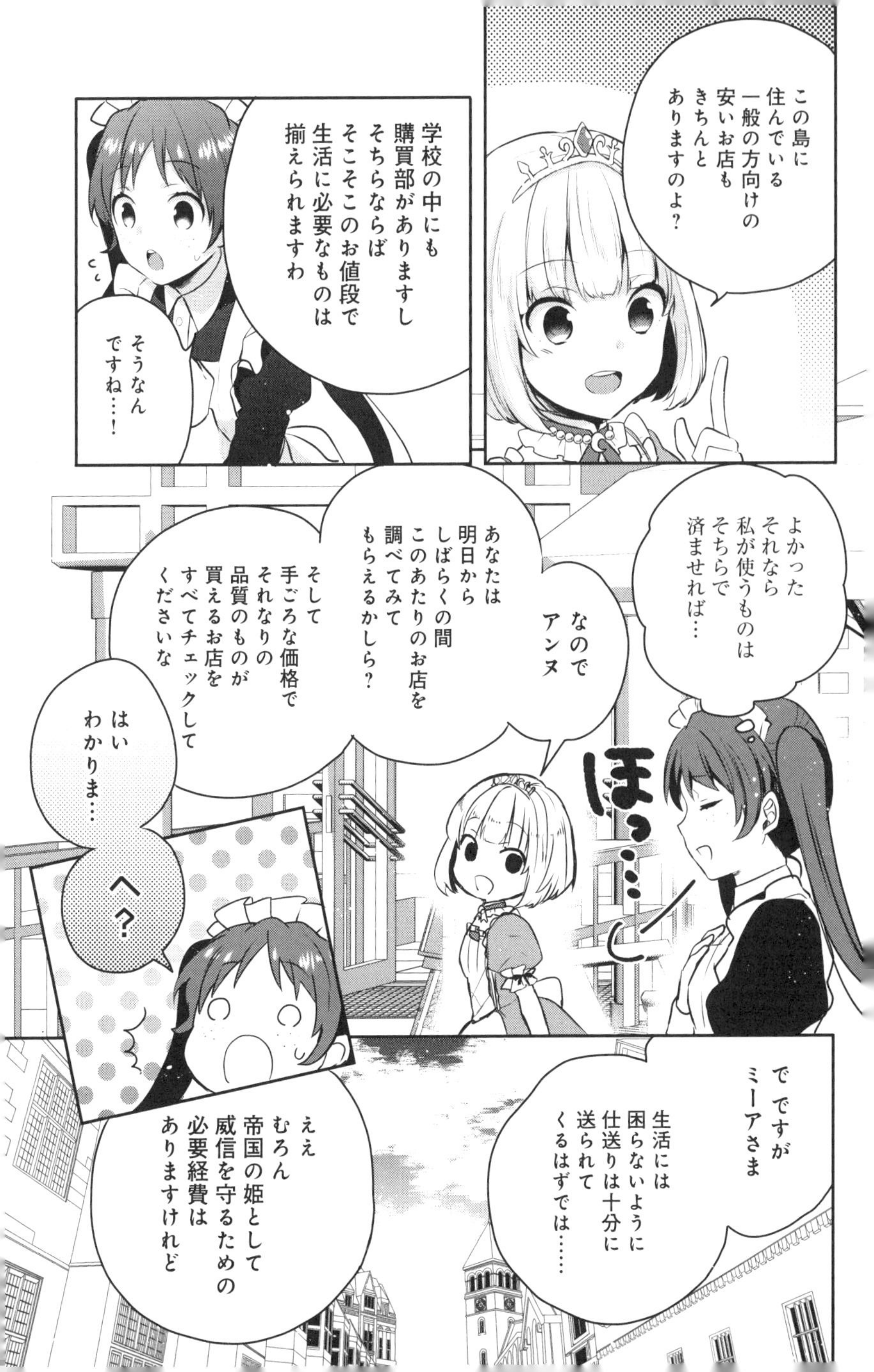
この島に住んでいる一般の方向けの安いお店もきちんとありますのよ？
学校の中にも購買部がありますしそちらならばそこそこのお値段で生活に必要なものは揃えられますわ
そうなんですね…！
よかったそれなら私が使うものはそちらで済ませれば…
ほっ…
なので アンヌ
あなたは明日からしばらくの間このあたりのお店を調べてみてもらえるかしら？
そして手ごろな価格でそれなりの品質のものが買えるお店をすべてチェックしてくださいな
はい わかりま…
へ？
でですが ミーアさま
生活には困らないように仕送りは十分に送られてくるはずでは……
ええ むろん帝国の姫として威信を守るための必要経費はありますけれど

でも……

血税を無駄遣いしているようで気が引けますの……

っ……!

だから仕送りの半分はルードヴィッヒに送って有効に使ってもらうことにいたしましょう
ハイ!

ミーアさま…!

ご自分のことよりも国のことを第一に考えてらっしゃるのですね…!

さすがですっ…!

そう
無駄遣いなど
できませんわ
絶対に……
金貨一枚
無駄にするごとに
ギロチンが一歩ずつ
迫ってくるん
ですもの…！
ちーん!!
意図はどうあれ
アンヌの忠誠心は
より上がったので
あった
……！
ミーアさま
あれ……
？

ゲッ
ティオーナ！
これは……
前に初めて会った時と全く同じ状況ですわ
たしか使用人が無礼を働いたとかなんとかで罵倒されていて…
たまたま通りかかったわたくしは冷たくあしらってしまったのですけど

どうしますか？ミーアさま……
ふいっ
どうって……そんなの決まってるじゃありませんか
危ないものには近づかないついさっき誓ったばかりですわ
ここは道を変えて……
……ん？
ピタ・
そ～…っ
どうやって助けますか？

うっ
ミーアさまが
困ってる人を
助けないはずが
ないわー
キラ
キラ
キラ
キラ
キラ
わたくしを
信頼しきった
この目…ッ！
考えてることが
手に取るように
わかりますわッ
ひえっ
ミーアは
究極の選択を
迫られていた
Thank you & Kill you!!
自分の仇敵を
助けるか
一番の
忠臣の信頼を
失うかである
ミーアさま…
ゴゴゴゴゴ

……
キッ
あれは……

……ここも同じか
はぁ
残念ながら各国の王侯貴族の腐敗は進む一方だ
……
国王陛下やシオン殿下のような立派な志を持った人なんてなかなかいるもんじゃないさ
執事キースウッド
…それでもセントノエル学園には期待していたんだ
ここには人の上に立つにふさわしい人間が沢山いるのだろうと

で　どうする？
当然だ
面倒くさいことになりそうだけど助けに入る？
一方的に罵《ののし》られる少女を放っておくことなどできない
殿下ならそう言うと思った
行くぞ
ダッ
ちょっとそこのあなたたち！

ドン
何をなさっているの?
あれは……

はぁ?
なんですの あなた いきなり…
みっ……
ミーア姫殿下……!
!?
ティアムーン帝国 皇女 ミーア・ルーナ・ティアムーンですわ
キラ キラ キラ キラ キラ
以後 お見知り置きを
みっ ミーア…姫殿下って まさか……
いかにも
まっ 眩しいッ!
はぅ

で……
あなたたち なにを なさって いるんですの？
仇敵に やりたくもない 助け舟を 出させるなんて 万死《ばんし》に 値します わッ！
マジギレ である
ティアムーン 帝国の姫 と来たか
どうする 殿下…
……

殿下？
え　あ　その　これは……
いいえ　ですが……
帝国貴族と言っても辺境貴族　社交界も知らぬ田舎者で…
わたくしの帝国の臣民に無礼を働いているように見えましたが…
ハッ
聞こえなかったんですの？

わたくしはあまねくすべての臣民に寵愛を与えておりますの
たとえそれが力のない奴隷の子どもであってもです
帝国臣民であれば誰であれ無礼を働かれているところを見過ごすつもりはございませんわ
……………!

ちら
ダダダ
ふー。。。
助けてあげたのだから何を言われても文句は言えないでしょう?
要約すると
別にいじめられているのが奴隷の子どもでも助けるわけでティオーナが特別なわけじゃないーぞ
憎きお前なんて奴隷の子ども程度の扱いだこの野郎
……と言いたいようなのだが
ローファアアア

ぽろっ
ぎょっ
!?
ティオーナさま……
……っ
いつだって
貴族扱いも
帝国臣民扱いすらも
されなくて…

そんな奴らを見返したくて血の滲む努力をしてセントノエル学園に入学して
それなのに初日からまたこんな嫌がらせをうけて……
どれだけ頑張っても認められない
私はルドルフォン家の者は永遠に帝国人として認められないと思っていた
でもこの方は……
おろおろ
あ
ああの
えっと
わたくしも言い過ぎましたわ
そのっ
泣き止んでくださいまし
あゅあゅ
私を帝国の民だと認めてくれた

なんの力もなく
取るに足りない
存在であったとしても
寵愛を与え
庇護すると
言ってくれた
こっ…
この程度の嫌味で
泣くなんてっ……！
ふえええええ
想定外
すぎますわっ！
ミーアは彼女に
真意が全く届いて
いないことに
気付いていなかった
え
えっと…
す…

こっ
これで顔を拭きなさい！
ぱしっ
ダッ
ピューーッ
……

あれが
帝国の叡智《えいち》と
うたわれる
ミーア姫……
か
聞くところによれば
彼女の手配で
貧民街に
病院を作ったとか
ああ
あの話を聞いて以来
会ってみたいとは
思っていたんだが……
……てっきり
物の価値が
わかっていない
箱入りか
あるいは慈悲しか
持ち合わせていない
お人よしかと
思っていたが……
あなたたち
なにをなさって
いるんですの!?
悪が
行われていることに
正当に怒れると
いうこと
それは
民の上に立つ者として
持っていなければ
ならない資質だ

ただのお人よしには自分から騒動に首を突っ込み悪を一蹴することは不可能
パァァァァァァ
彼女には帝国の皇帝に連なる者にふさわしい叡智と正義を愛する心があるに違いない
……彼女と知己になれるだけでもセントノエルに来た甲斐があったというものだ
他人にした嫌がらせが全て自分に返ってきたように
ミーアさまー!!
他人への善行の種もいつか実を成し収穫されるのだということをミーアはまだ理解していなかった
続きはコロナEXにてお楽しみ下さい!

小説
第14巻
2023年
9月9日
発売！
シリーズ累計
140万部
突破！
（紙＋電子）
TVアニメ放送開始！
帝国物語
餅月望――著
Gilse――イラスト
式HPへ！
原作HP
TVアニメHP

Comics
ティアムーン帝国物語
ティアムーン帝国物語
ティアムーン帝国物語
ティアムーン帝国物語
ティアムーン帝国物語
コミックス
第7巻
2023年
10月14日
発売!
漫画：杜乃ミズ
2023年10月より
MBS・TOKYO MX・BS11にて
ティアムーン
断頭台から始まる、
姫の転生逆転ストーリー
詳しくは公

（第3巻）
ティアムーン帝国物語Ⅲ
～断頭台から始まる、姫の転生逆転ストーリー～

2020年3月1日　第1刷発行
2023年8月1日　第5刷発行

著　者　餅月 望

発行者　本田武市

発行所　TOブックス
〒150-0002
東京都渋谷区渋谷三丁目1番1号　PMO渋谷Ⅱ　11階
TEL 0120-933-772（営業フリーダイヤル）
FAX 050-3156-0508

印刷・製本　中央精版印刷株式会社

ISBN978-4-86472-914-7

Printed in Japan